浪濤

巴代◎著

目錄

一、聯盟瓦解

一八七三年（清同治十二年），瑯嶠（恆春）半島，豬勞束社。

二月，「豬勞束社」[1]大族長卓杞篤在清晨病逝的消息，如東北季風般的，高高爬上山嶺掃過瑯嶠半島所有部落，又颳起落山風之勢，襲向整個西半部的平埔與漢人庄落，引起極大的震撼。

稍早，天微亮，準備生火煮食的婦女們，發現多年喪偶而長年獨睡的卓杞篤床上一直沒有動靜，卓杞篤習慣性在黎明前的夜咳也一直是沉靜的，大女兒忐忑前往查探，發

1 今之屏東縣滿州鄉里德村。

現他早已經沒有氣息，遂即刻叫醒所有家人。長子朱雷・卓杞篤以第一順位繼承人的身分，依習俗派出快腿通知楓港以南所有部落，並趁遺體還未僵冷肢硬時，要家人取了家裡預留的牛皮，將卓杞篤以蹲屈的方式包裹捆縛，並罩上卓杞篤生前出席重大宴會時的串珠織繡披肩，靜置在屋子主柱前，由兩個女兒與家中女眷披罩著喪頭巾守侍在旁。太陽升起前，距離屋子後方約五十步的山腰，男丁們已經挖好了一個墓穴，穴內四邊以石板裝襯，準備在各社族長領導階層都抵達禮敬後，將卓杞篤與上五代祖先依序排列蹲葬，卓杞篤兩個女婿，此時也都待在院子招呼陸續抵達的各社領導人。

時間大約在上午九點鐘，院子已經坐進來了較近部落的族長以及隨侍。「四林格」社的大族長在以冶遊、智慧著稱的青年阿帝朋的陪伴下最先抵達。卓杞篤的親弟弟「射麻里社」[2]的伊瑟隨後抵達，接著又陸續進來了幾位不同部落的族長。院子一角臨時搭建的大廚房堆起了由各社帶來作為慰問的食物與飲酒。眾人低聲交談，卓杞篤的二女婿任文結也拉著阿帝朋說話。

院子口忽然響起了近似嗥叫的哭聲，他的哭聲打斷了所有人的交談，幾個部落族長都貼心的起身前去迎接與安撫。來者是「龜仔角社」[3]的大族長巴也林，他幾乎是一路哭著抵達屋子門口，在半遮蔽著黑布的矮小門口前，哽咽哭播的述說著卓杞篤生前的事蹟與龜仔角社的關係，並嗥啕著泣訴日後誰能像卓杞篤那樣領導著下十八社[4]，哀憐著再也沒有人可以像卓杞篤那樣幫著龜仔角社。

龜仔角社族長的泣訴，引來眾人的安慰，卓杞篤的大兒子趕緊倒了一杯酒來安撫。他的泣訴，眾人深表贊同，沒有人覺得矯情。因為過去幾年，龜仔角社確實是南台灣幾個重大歷史事件的最核心部落，而近幾年，卓杞篤的協助讓他們在事後都安然度過。

十七世紀，荷蘭時期，曾有一艘荷蘭籍船隻觸礁上岸，被龜仔角社人視作入侵的敵人予以殺害，派駐台南荷蘭東印度公司長官毫不遲疑的派兵力屠村，近百人的部落幾乎全殺光，只逃出了三個人。事後這三人遷地重建，努力的復社。從此對於洋人或者意圖登陸在其領地的外人視為寇讎，遇有機會便趕盡殺絕。比較為人知曉的較近的例子是：一八六七年三月九日，美國「羅妹號」（the Rover）於七星岩擱淺，船長杭特夫婦與其他十二人乘兩艘救生艇上岸，被龜仔角社人發現動員全部落戰士予以襲擊殺害，只逃出一名廣東籍的廚師，逃抵打狗[5]衙門報案。英國駐打狗領事館卡羅（Charles Carrol）獲悉旋即通知台灣府、英、美駐北京公使，又同時派遣泊於安平港的英國軍艦鸕鶿號

2 今恆春的網紗。
3 今墾丁的社頂部落。
4 指稱屏東楓港以南的部落。
5 今之高雄。

（Cormorant）開赴出事地點想找尋生還者。英軍登陸搜索時，被埋伏的龜仔角社人伏擊，造成一名水兵受傷，全軍落荒而逃被迫撤回艦上，後來覺得不甘心，只在艦上發砲洩憤。接著六月十九日，美國亞洲艦隊司令貝爾少將（H.H.Bell）奉華府訓令，率領率哈特佛號（the Hartford）、懷俄明號（the Wyoming）共計一百八十一名陸戰隊，準備針對杭特一行人被殺的事進行調查與伺機報仇。上午九點左右登陸龜仔角海岸搜查，約下午四點與龜仔社戰士在雜樹林遭遇，麥肯吉少校（A.S. Mackenzie）陣亡，其餘倉皇撤退回軍艦。

事情並未結束。遠在下十八社以外隔著海，針對美國平民被殺軍人被襲事件，不斷進行著英、美、清的國際間談判折衝，終於在一八六七年十月十日，著名的美國遠東事務專家獨眼龍李先得，由台灣鎮總兵劉明燈率兵五百人陪同，向瑯嶠下十八社進行溝通談判。沒想到進入恆春半島後，清軍以無管轄權為理由陳兵在外，不願隨李先得進入山區與當地部落談判。李先得最後決定自己幹，編組六、七個人，深入下十八社領地與卓杞篤為核心的幾個部落領導人在出火草原[6]會面。

這些事件背後的細節，尤其國際間的折衝，下十八社包括主角龜仔角社社眾並不是很清楚，但是以五、六十個人的小部落擊退擁有大砲鐵船的侵略者這件事，還是讓所有部落當成楷模典範而一提再提，特別是對領地觀念最強烈的「牡丹社」，其大族長阿碌古更是當成教材，無時無刻訓誨牡丹社人要學習龜仔角社不畏懼人少，也要拚死捍衛家園。

龜仔角社巴也林的泣訴斷斷續續，抽抽噎噎，當提到「出火」會面的場面，他停止了哭泣，抹了抹臉上的淚水鼻涕，接過卓杞篤第二個兒子遞來的酒，一口飲盡，正經的說：

「我必須很認真的說……」他的話才脫口說一句，便引來幾個人壓抑的笑意幾乎忍不住笑出聲來。

「唉，巴也林啊，你記住你是龜仔角社的大族長，全社的領導人，你別在這個場合開玩笑啊。」射麻里社的社長伊瑟輕皺眉頭說。

「什麼開玩笑？」巴也林瞪了一眼，「我的樣子像是開玩笑的樣子嗎？嗯？」他的話一出，終於有人忍不住笑了。

巴也林作為只有五十多個人左右的小部落領導人，他在事件後，被英美兩軍無限的放大想像，說他高大偉岸，身手矯健，槍法奇快，長弓遠距離也格外的精準，所以他率領的「大軍」可以靠著原始武器，擊退所有帶著後膛毛瑟槍在艦砲支援下的美國陸戰隊。

---

6 今恆春東門外的出火。

但實際他是個個子矮小約一百五十公分高，面目黝黑扁平，大眼塌鼻，闊口而牙齒寬大不齊的粗壯矮子。當他認真說話時，往往像個小孩子刻意畫了妝，擠眉弄眼的說話，確實有些滑稽。

「當時那個洋人李先得，只帶了六個人，我們各部落加起來就去了一百多個人。見面時，我們把他們團團圍住。那個只有一隻眼睛的洋人膽識真是叫人佩服，他一直說話，毫不膽怯，反倒是那些通事翻譯嚇得一直發抖，說也說不清楚到底要幹什麼。」

「當時啊，我就知道，他們是害怕龜仔角社的巴也林族長。」一個社的族長說。

「你的話沒有別的意思吧？」巴也林斜著眼看著他說。

「我哪敢有別的意思，當天去的人，每個人都知道，包括那個一隻眼睛的洋人，每一次說到龜仔角社的時候，都會往伊瑟的臉上看一眼，起初我們不知道什麼意思，後來才注意到他看伊瑟的時候，翻譯接著就會提到龜仔角社。原來他把伊瑟誤認為是巴也林。」

「這也難怪啊，伊瑟族長這麼高大英俊，而龜仔角社又這麼神武威名遠播，讓洋人還有那些百朗[7]的軍隊都嚇得跑回去。」一個上了年紀的老人說。

「可是他們誰也想不到，高大英俊的居然不是巴也林，而是……」

「閉嘴，我雖然矮小，但請記得我的力氣剛好可以摔倒一隻三歲的長獠牙的公山豬。

唉……」巴也林忽然嘆了一口氣，讓眾人都安靜了下來。

他繼續說：「這個場合，你們還能開這種玩笑啊？我們不是來這裡聚會歡樂的，我們是來送卓杞篤一程的呀。卓杞篤的膽識、善辯，確實讓那些身上到處長毛的洋人尊敬。」

「的確是這樣。當他們詢問龜仔角社為什麼要殺那些外國人，我看到巴也林緊張的眼睛咕嚕嚕亂轉，但卓杞篤身體動也不動，丟了一顆檳榔進嘴裡幫巴也林說話，告訴他們是因為洋人曾經殺了他們部落所有人，最後只剩下三個，所以，以為這一次又是要來殺他們的，所以不得已才反擊。」四林格社的族長說。

「你別亂講話，什麼我緊張的眼睛咕嚕嚕亂轉。不過，我的確不知道該怎麼回答，我甚至忘了要提起以前那些白人屠殺過部落的事，怕說錯話，他們又要派人開船用大砲來轟炸，我們可受不了啊。」巴也林說，「但是我覺得卓杞篤最厲害的還是，他派兩個能幹的女兒去跟百朗的官員回話，說，因為後來那兩艘大船帶著大砲來，我們很欣賞他們的威武，所以下十八社已經跟洋人和好，答應他們的要求了。他的態度明明白白的表示，就是不想跟那些百朗的官員合作。另一方面，卓杞篤又跟那個一隻眼睛的洋人說好

7 排灣語，泛稱居住在平地的人，對漢人的通稱。

了，日後他們的船隻觸礁，只要拿著紅旗就表示友好，我們會盡一切可能的幫助他們，但是對於這些經常欺詐不守信用的百朗，舉十八社之力戰到一兵一卒，也絕無締約的可能。我想，這說法應該是讓這些洋人覺得受尊重了吧。這樣的事，我怎麼想也不可能想得到啊。哎呀，那可是我們這裡從未有過的事啊，幾個部落的族長們看著那幾個穿了很多衣服，腳上裹著厚厚的鞋子的洋人，就像我們正觀賞一頭活捉而來的水鹿那樣新奇。真是壯觀啊我們的隊伍，我想那些洋人們知道我們的威望了。這都是卓杞篤的領導啊。」巴也林的聲音越來越大，而卓杞篤院子裡所有人幾乎都安靜的聽他說話。

「你輕聲一點，巴也林，別吵了卓杞篤，你說的事大家都知道了，別說得嘴上的泡泡像螃蟹那樣啊。」伊瑟說著，他幾乎是沒張開嘴巴，直接由喉嚨發出聲音說話。

「大家都知道？這是六年前的事，跟著去的幾個部落族長還有長老，算一算坐在那裡的也不過十幾人，那些外圍的戰士，還有留在部落沒去的這些人，這些年輕的小孩，沒多少人知道那個情景吧？」

「但是這幾年，你吹噓得還少啊，我看剛生下來的嬰兒應該也聽過幾回吧？」

「啊呀，你怎麼這麼說？我說的意思難道不是要告訴大家，卓杞篤族長的機智反應，確實值得我們尊敬的嗎。」巴也林說著又出現了哭腔，「現在他離開我們了，跟著祖先們一起回到祖靈居住之地，剩下的，就要靠我們自己面對了。」

他的話引起一陣感傷，眾人也無語了。

院子內陸陸續續進來了一些人，眾人正在等候所有部落族長抵達後，再一起將卓杞篤安葬在預定的墓穴。此時，除了北方部落的牡丹山區幾個社與高士佛社，下十八社幾個部落族長幾乎都已經抵達。眾人都在猜測這兩個社的族長會不會缺席？誰會先到？

高士佛社的大族長俅入乙來了。陪著他的是他的大兒子卡嚕魯，那個在前年十一月率領高士佛狩獵隊追擊琉球宮古島人，並最終在牡丹社戰士的投入下，造成五十四個琉球宮古島人死亡的精幹漢子。幾個跟著來扛著穀物酒類的青年，隨即將物品堆置在臨時的廚房。他們的到來引起輕微的喧嘩，幾個族長起身招呼俅入乙，而卡嚕魯跟幾位族長與長老問過好之後，也走到阿帝朋與卓杞篤二女婿任文結低聲交談的位置。院子內大家帶著一股哀傷盡量保持低聲交談。畢竟這是卓杞篤的喪事，是下十八社近年形成攻守聯盟的總指揮，不管是不是每個人都同意這個形式的存在，總有人以大族長稱呼，總有人以總頭人敬之。現在他過世了，未來，這個形式上的聯盟還能不能繼續存在，幾個社的族長心裡，不免多了些思慮。

幾個彼此交好的年輕人已經圍在一起打招呼。

「牡丹社的亞路谷也該到了吧。」卡嚕魯說。

「他們路途遠，應該也要到了。」阿帝朋說。

「他們這麼重情重義，怎麼可能不到呢？」任文結說。

「我們很久沒一起幹些什麼事了，沒想到卻在這樣的場合見面。」

「這種事，誰都不願見到，又避免不了，能見面總比見不到面好啊。」

「是啊，上次在這裡見面，都已經是一年前的事了。」

三個好友寒暄著，其他長老們也沒安靜下來，幾個婦女忙著在廚房協助分類與收拾東西。龜仔角社巴也林那獨特的，合併著粗獷又時不時高拔的聲音又響起：

「我說高士佛的俅入乙啊，雖然你來得晚，但還是請你來評評理，看看我說的有沒有道理？」巴也林拉了椅子，坐在俅入乙身旁說：「我正在述說著卓杞篤的事蹟，說起那些白人前幾次與卓杞篤見面說話的情況，他們居然嘲笑我。你想想，我說的有錯嗎？去年（一八七二）三月，那個一隻眼睛的白人又來了一次，為了那些被殺的『海上來的百朗』的事。要不是卓杞篤的英明與機智，誰知道後來又會發生什麼事啊？」

「巴也林，你能不能去喝點酒休息一下，俅入乙才剛到，你讓他喘口氣吧！」伊瑟冷冷的望著他，說著話，那喉音咕嚕嚕的快速換字，語氣也有些不耐。

俅入乙看也沒看巴也林一眼，繃著臉沒接話。

前年（一八七一）十一月七日，高士佛的卡嚕魯、四林格的阿帝朋與牡丹社的大族長之子亞路谷，相約在一個颱風天後一起到海岸巡察有無傳說中的海外來的船隻靠岸，以便觀察鄰近的漢人如何取得他們的財物。不料真的碰上了來自琉球宮古島人觸礁大船，還親眼見到他們為了上岸，溺斃了三個人。其餘的六十六人登陸後，果然被兩個當地漢人三言兩語不費槍彈的，將他們勉強帶上岸的剩餘財物全搜括而走。完全打破了他們一直以為「搶奪必須靠刀槍搶掠」的想像，三個人受到了極度的震撼。他們不知道琉球宮古島人來自何方，是什麼種族，但外貌看來就像柴城[8]、統埔[9]、保力[10]附近的漢人，有些人也懂得一些粗略的閩南語，所以，他們以「海上來的百朗」稱呼這些琉球人。

隔天，這些琉球人不明原因的，由向南改向西行徒步進入高士佛社領地，也是由卡嚕魯與阿帝朋兩人派人通報部落，並取得大族長俅入乙向部落各氏族族長提出保證，獲得同意後，一路帶著他們進入從未有外人進入的高士佛部落，還勞動部落人送飲水與水煮地瓜，讓一群飢餓了幾天的外人飽餐一頓。只不過到了半夜，兩三個高士佛人因為好奇、貪念，強剝了琉球人的一套衣服，引發了恐懼。六十六個琉球人趁夜摸黑不擇路的往山下逃亡，最後被部落人發覺而通報稍早出發狩獵，準備招待他們吃肉的狩獵隊。於

8 今屏東車城。
9 今恆春統埔村。
10 今恆春保力村。

是，一場充滿疑懼與逼向生死邊緣的山區追逐便展開，最後琉球人被攔截在雙溪口。高士佛人覺得琉球人違背了一起喝水進餐所形成的盟友默契，後又因為語言無法有效溝通引發殺機。高士佛社與後來支援而來的牡丹社亞路谷人馬大開殺戒的結果，造成琉球人死了五十四個，其餘十二人由當地長年進行「番產交易」的漢人淩老生、鄧天保、楊友旺等人藏匿，並以牛隻布匹水酒交換而救了下來。整個過程中，卡嚕魯與阿帝朋也在陰錯陽差之間，第一次拔刀殺了人。

這件事，高士佛社其他氏族族長怪罪俅入乙識人不明，讓部落陷入危難，令俅入乙不但失去威信，領導權岌岌可危。去年三月美國人李先得第三次拜訪卓杞篤，帶了許多禮物想了解這事情的全貌，卓杞篤希望兩個社參與談話，但牡丹社大族長阿碌古認為這是牡丹社與高士佛的事，要問清楚這些事情的原委，或者進一步簽訂任何口頭與書面的約定，也該由李先得這個白人親自到牡丹社或者高士佛社來詢問，所以拒絕了卓杞篤的邀約，當時俅入乙僅指派了卡嚕魯代表參加。此時，巴也林提起這事，倒有傷口撒鹽的意味兒，雖然不是有心，但任誰也看得出來俅入乙的不悅。射麻里社的伊瑟出言制止也是因為這個。

現場氣氛急轉直下，忽然都安靜下來了。而屋內卓杞篤兩個女兒斷斷續續的哭泣吟誦，愈發清楚的傳出院子，一遍又一遍：

山嶺總是雲霧迴繞著
那是祖先靈群的吟唱
我們的阿瑪揮手遠行
雲霧繚繞的群山裡啊
那兒有陽光與百步蛇
有潔淨的飲水與陶壺

我們的阿瑪呀，遠離
我們的家人啊，哀傷

吟誦中，北方幾個部落的族長們，正隨著牡丹社大族長阿碌古，帶著十名扛著獵物、小米穗串與揹簍著芋頭、地瓜的青年正要進入院子。向其他社長打招呼後走到屋前致意誦禱。阿碌古的舉動令其他族長不解，但阿碌古誦禱著：因為山路遙遠，耽誤了卓杞篤的旅程，請見諒，卻令卓杞篤家人感動也急忙趨近致意，屋內的吟誦也跟著停止了。

各部落族長社長既已到來，入葬儀式便開始進行。一般入葬儀式除了家人外，其餘外人是不得參加的，但卓杞篤生前是下十八社的「總頭人」，所以由家人提出邀請，請所有族長參與。首先，卓杞篤的家人將遺體抬置屋後預定的墓穴，面部朝山頂蹲坐放入，接著家人們將卓杞篤生前部分衣物、裝飾品、一把長刀放在他的身旁，然後是族長們輪流撮了土撒上，最後由家人填上土，蓋上小塊石板後再填土補實種植草皮，葬儀便結束。卓杞篤的家人在院子鋪上幾塊蓆子，一些跟著前來的年輕人也協助陸續端上早上以來一直準備的食物。所有人各自找尋位置坐了下來。

牡丹社大族長之子亞路谷有幾分雀躍之情，急急的走向卡嚕魯。前年琉球人被殺的事件之後，他暫時被他父親阿祿古限制出門。這不是因為他的父親責備他參與殺人，而是因為當時亞路谷親率牡丹社百餘名剽悍戰士，土石流般的沿牡丹溪而下，協助高士佛社攔截琉球人，殺了剩餘的十八個人，同時將五十四顆首級馘下，全部掛在雀榕樹群祭祀，震驚所有部落。首級之多也讓牡丹社上下幾個部落沸騰。這是牡丹社建社以來從未有過的事，也是南台灣整個恆春半島下十八社，記憶中未曾有過的事，亞路谷的風采，完全蓋過最先發起追擊，也殺了三十六個琉球人的高士佛社。這件事，高士佛領隊的卡嚕魯不以為意，但是其他人則心生不服，揚言哪天要找亞路谷較量。阿祿古限制亞路谷活動的意思，除了避免紛爭意外，也希望壓抑亞路谷，不讓他得意忘形招致牡丹社內部其他氏族的側目。

這一回見到了常常一起鬼混的好朋友，亞路谷一下子就擠到卡嚕魯身旁，兩個經常鬥嘴的成年漢子，居然像個青少年彼此伸手戳對方身體，看在任文結與四林格社的阿帝朋眼裡，也只能相視而笑。相對於這些年輕人的開心會面，院子各個部落的大族長們，彼此間散發出的不自然氛圍就顯得沉悶與各懷鬼胎。任文結與阿帝朋幾乎同時感覺出這個不尋常。

院子內的坐席，區分出了幾塊：首先是坐在靠向卓杞篤屋子，以射麻里大族長伊瑟為首的一組，其中包括四林格社[11]、竹社、八瑤社、老佛社及阿眉大社，再加上貓社、上快社、下快社。往日以豬勞束社為核心的，現在分裂成兩個集團，一個是以牡丹社的阿碌古為核心的北方部落，包括高士佛社、尼乃社、四重溪社、茄芝萊社[12]；一個則是南方的幾個部落，包括豬勞束社、蚊蟀社、龜仔角社、八姑角（港口社）、萬里得社，兩組人各自圍坐在一個蓆子。其他平埔馬卡道族[13]的幾個部落代表前來致意後，都結伴一起離開了。

11 今車城鄉保力林場附近。
12 今牡丹鄉石門村。
13 平埔族的一支，多由高雄南部、屏東地區遷移而來。

這樣的區分，在卓杞篤生前的聚會並不特別，但卓杞篤一死，明顯的少了一個核心，加上大家心存著應該產生新的聯盟盟主的微妙心理，射麻里的伊瑟與牡丹社的阿碌古，所代表的南北勢力的區分，就明顯的有了「表態」的聯想。看在阿帝朋眼裡，也有幾分憂心以及旁觀情勢發展的好奇心。

豬勞束是七十幾個人的小部落，十幾年來能成為鄰近的部落的核心，讓卓杞篤儼然成為下十八社「總頭人」「大族長」的地位，倚靠的不是部落實質的武力，而是他個人的特質以及靈活彈性的溝通技巧與能力。這使得包括平埔馬卡道族，甚至漢人聚落與其他部落紛爭，都會邀請卓杞篤幫忙調停。這種能力，目前只有卓杞篤之弟，射麻里伊瑟能媲美，甚至更突出。卓杞篤之子朱雷接任豬勞束社沒有問題，但要成為所謂「聯盟」的共主是不足的。這樣一來，聯盟的中心勢必移轉至射麻里的伊瑟身上，這是大多數部落族長的想法；但兵強馬壯的牡丹社，那個酒後揚言可以踏平整個十八社的阿碌古不可能屈服，這也幾乎是所有部落族長一致的認定。畢竟牡丹社可以隨時動員兩百多個獰頑與強悍的戰士，阿碌古又如此的果斷英明。

這是有趣的事啊！阿帝朋心裡說。但不容他想，龜仔角社的巴也林說話了：

「我認真的說句話。」巴也林站了起來，他看似認真的表情與口頭禪，引來一陣輕笑，院子氣氛瞬間緩和。

「你們都別笑，我是認真的想了這些事，我一定要說出我的看法。」巴也林粗野又不時尖聲上揚的聲音，還是引來大家的注目與笑意，除了伊瑟，誰也都不敢造次放浪，畢竟巴也林領導的小部落龜仔角社，是唯一擊退過洋人洋槍洋砲的部落，也是迫使獨眼的李先得一而再造訪卓杞篤的主要原因。

「不管怎麼說，我們敬愛的卓杞篤過世了，過去我們形成的聯盟還是要有個領導核心，各位的想法如何？我們是不是利用今天大家都在的機會，把這件事說定了。」巴也林說著，環視了一圈之後不忘了在伊瑟與阿碌古身上多停留。

「不用這麼麻煩吧！卓杞篤的大兒子朱雷也長大了，更何況他的叔父伊瑟還是他的教父，有伊瑟的協助，他可以繼承卓杞篤過往的功能。」四林格社的族長說。

「這確實是個好方法，有伊瑟的輔導，將來有什麼紛爭，應該也不至於處理不來的。我說的對吧？伊瑟！」巴也林說。

「哼哼，巴也林啊，卓杞篤剛走你就提這件事，又不能說你的不對。不過，聯盟的領導人，還是得有一定的分量與溝通能力啊，朱雷還小，世面還見得不多，自己十八社內部有紛爭還不見得說服得了各位族長，萬一又碰上了洋人，他如何處理啊？不如，就你來擔任吧！」伊瑟挺著身子幾乎是瞇著眼說話。

「我？我一個小社，被那些洋人的船艦砲轟得讓田園地長不出穀子，瘟疫流行。這種事可不能再發生啊，我得讓我的部落多生些孩子，這種事就別找我了。不如，我建議阿碌古來擔任，牡丹社四五百個人，戰士像溪床的礫石一樣多，隨便一吆喝就有兩百多個人，我聽說柴城那些百朗怕阿碌古怕得要死，阿碌古來擔任盟主，帶領我們這些小社，一起對抗外人吧！」巴也林說。

「呵呵……巴也林啊，日後只要有船在哪裡出現，你就依照卓杞篤的方法提供協助，自然也就不會有人開砲啊。不過說起打仗，誰比龜仔角社還強悍啊？我們都沒有跟洋人打過仗，也只有你有能力一再的擊退。既然你提議了，不如你來擔任吧。你只要一聲令下，任何在下十八社地域發生事情，我牡丹社一定在最快的時間趕到，支持你做任何處理，絕不怯懦。」阿碌古臉上掛著令人難以理解的笑容，「這樣吧，回牡丹社的路遠，我們就先離席了。」說完隨即起身。

「聯盟的事，只有在發生了事情之後才有作用是吧？」阿碌古又說，而後往院子外走去。

伊瑟習慣半瞇著的眼睛忽然閃了一絲光芒。一直安靜觀察的阿帝朋，也不自主的打了個冷顫。

伊瑟分明表達著朱雷沒有那個分量與能力，暗示對外交涉還是伊瑟自己最有能力。而阿碌古已經表明他的牡丹社戰士隨時可以出動，抗擊所有出現在下十八社的外人。牡丹社的阿碌古，清楚知道伊瑟有爭雄之心，南方的幾個部落自然也會支持伊瑟，所以挑明不接任所謂的聯盟，多少也暗示牡丹社不願意再聽命只有嘴巴能力的小部落族長擔任聯盟的盟主。換句話說，現在的態勢，伊瑟想取代卓杞篤的盟主地位，而阿碌古寧願龜仔角社的巴也林擔任，但不論誰擔任，他都不屑成為聯盟的一份子，在他的認知與實際情況，牡丹社已經強大到獨霸一方，可以支撐整個下十八社。

至於另一個大部落高士佛社，與幾個零星散住的小部落加起來也有四五百個人，實力不下於牡丹社。這幾年與牡丹社形成攻守同盟，以致琉球人被殺事件時，兩個部落能緊密聯絡，相互支援。這種同盟關係讓高士佛社也不那麼支持南方部落的所謂十八社聯盟關係，這是所有人都清楚的事。北方的攻守同盟，實力遠遠超過原先卓杞篤的聯盟概念，這也是大家都認知的事。這幾年，強調談判溝通技巧的卓杞篤或者伊瑟，與講究實力的阿碌古誰也不服誰，誰也沒把對方看在眼裡。這就是現在的態勢，任誰也看得出來。

聯盟瓦解了，沒有盟主了！阿帝朋心裡這麼想的。他撇頭望了一眼任文結，只見任文結輕皺著眉，無意識的點點頭，一對老鼠耳一搧一搧著前後擺動。

阿帝朋又看了卡嚕魯，想起前年那些被殺的「海上來的百朗」，他又打了個哆嗦。龜仔角社殺了十四個洋人引來兩波白人軍艦砲轟與近兩百人的登陸攻擊。那些被殺的五十四個人背後所支持的國家或官廳，又會有什麼樣的反應呢？一隻眼睛的白人來詢問這件事，又會引發怎樣的後續效應啊？阿帝朋心裡直嘀咕。

也許就這樣了吧，畢竟兩年了，連下十八社諸社談起這事，也像提起古遠的往事那樣，沒有沸騰沒有火花，只剩下傳說以及雙溪口那四座大墳塚吧。阿帝朋想著，心頭感到沉重，忍不住長長的吁了口氣。

二、不平士族

一八七三年（日本明治六年），日本九州，鹿兒島。

相較於瑯嶠下十八社多數人逐漸淡忘了一八七一年十一月八日的雙溪口殺戮，此刻遠在一千三百海里外的日本，卻猶如茶壺內部悶著的風暴，時而沸騰時而轉換議題，關於琉球人被殺事件，時不時的浮上檯面又沉落醞釀。出兵征伐嚴懲「凶蕃」的聲音與日本國內外的國際干預、折衝與壓抑，令日本當局舉措無定，猶豫不決。但對於三十七歲的陸軍少佐[1]樺山資紀來說，卻感到雀躍與充滿希望。

1 日本軍階，少校。

生還的琉球人十二名經由清國福州轉至琉球那霸的時間是一八七二年六月，這消息傳到九州的鹿兒島縣[2]參事大山綱良耳裡，立即上書外務卿[3]，主張派軍艦向台灣蕃人興師問罪。

當時陸軍少佐樺山資紀被派駐熊本鎮台[4]的鹿兒島營區，代理大佐[5]司令官，琉球群島正屬於其責任轄地。五十四名琉球人被殺的消息傳來，他即刻著手整理台灣與琉球的相關資料，並針對事件寫了報告。八月，前往東京向同屬薩摩藩重要人物，遊說發兵征臺。除了明治維新三傑之一，時兼任陸軍元帥兼近衛都督的西鄉隆盛，及其弟西鄉從道，還有時任外務卿的副島種臣。另外向陸軍省（部）提供近年整理的台灣調查「探險臺灣生蕃意見書」，並向外務省提出「琉球民為臺灣蕃民殺害調查書」。此行獲得薩摩出身的重臣們一致肯定。

「還好，這些重臣沒有忘記自己是薩摩藩的身分，沒有忘記幾百年來我們對於島嶼的重視啊！」樺山看著牆上那張他手繪的琉球群島輿圖，那裡註記著航程以及「慶長十四年」（一六〇九），「藩主島津家久」、「樺山久高」、「平田增宗」、「兵三千人、船一百餘隻、鐵砲六百挺」等字樣。

「總算有機會為日本軍打先鋒了。」樺山又說。

樺山積極奔走遊說的原因，除了是因為琉球屬於軍營責任區，實則還有薩摩人傳統的所謂「島嶼情結」。幕府時期的一六〇九年，薩摩藩藩主島津家久派兵三千襲擊琉球群島，要求某些商業利益以及一年一次的朝貢，但仍允許其保留王氏體制，也不干涉其內政。撤兵後，使得薩摩藩在德川幕府鎖國的近三百年，仍能享有對外貿易並取得各大洲的物資與情報，提供江戶[6]參考。當時琉球同時向明、清與薩摩納貢，但在一八五四年美國培里率艦迫使日本開國以後，琉球與列強簽訂幾個條約都是在薩摩藩監督下完成，即便到了一八七一年七月日本「廢藩置縣」，薩摩藩改為鹿兒島縣，琉球仍維持現狀。感情上，薩摩藩是把琉球視為自己國（藩）內的一部分。所以琉球人被殺，引起鹿兒島人的群起激憤，但這個憤怒似乎也僅限於鹿兒島，並未引起日本廣泛重視。今年（一八七三）三月八日，小田縣佐藤利八四人海難飄到台灣東部遭搶一事，引發日本輿論的探討與注目，「生蕃殺害日本人」的事，忽然變得是一件恐怖、可怕與不可輕易放過的事；加上熟悉清國政治生態並與南台灣下十八社有交情的美國人李先得忽然出現在

---

2 明治維新前的薩摩藩。
3 外交部長。
4 軍區。
5 上校。
6 昔幕府的中心，今之東京。

日本，也使得「漂民被殺」與「領有台灣」有了直接的連結與藉口。

去年（一八七二）十月底，李先得與薩摩藩出身的外務卿副島種臣兩度會晤，曾提出五份所謂「李先得備忘錄」，令副島種臣有相見恨晚的暢快，「將台灣納入日本」的想法越加清晰。於是副島種臣十一月在內閣提出「台灣問題意見書」，十二月二十八日，李先得辭去美國駐廈門領事職務，並於十二月二十八日獲天皇任命為外務省二等出仕（二等官）。

今年四月，副島種臣將樺山資紀編入使節團，前往清國簽換兩國修好條約的同時，也想盡辦法刺探清國對台灣蕃地的態度，卻意外的得到清國相關大臣以「化外之地」「政教不及」的說法。令薩摩士族感到振奮。副島甚至暗示，要薩摩藩出身的軍人們準備好，一旦內閣決議對台用兵，一定要擔任先鋒隊打第一仗。

回想這些過程，樺山資紀也忍不住笑了。隔著窗望向操練場，新制的軍隊編組正操練著銃劍術[7]，呼喝聲一陣一陣響起。那是一八七〇年開始實施徵兵制，仿效歐美體制建立的陸軍，這些年除了儲備真正受過現代軍事訓練的士兵，也培養了不少基層軍官。

現代的日本軍隊，應該可以跟歐美列強相抗衡吧？樺山暗道。

書桌上攤著幾份他自東京歸來後陸續收集的，關於台灣的調查報告，他抬起頭看著書桌正前方牆上掛著的琉球輿圖，和一份台灣輿圖。台灣地圖上，中央山脈東邊除了海岸線，其餘只有荷蘭時期探查過的一條代表小徑的黑線，和幾個代表村莊的零星圈點。

他起了身離開書桌。

這台灣東半部究竟是怎樣的國度？那些獰頑的蕃人比起南部半島的蕃人又如何？他心裡想著。點燃起了近日藩內大老西鄉隆盛送的洋人雪茄，吸了幾口後重重的呼出煙來。

去年，他到東京遊說同樣薩摩出身的大老們報告琉球人被殺事件時，樺山曾向同鄉大老西鄉隆盛提起，希望自己也能親自參與到台灣偵察的行動，當時西鄉與他密談，交付了一些事情，結束後，送了他兩盒雪茄。他計畫八月以後到達台灣進行偵察，然後接應還留在清國的副島種臣。現在，他正準備出發前往台灣的幾項前置作業。在這個之前，陸軍少佐福島九成已經偽裝成畫家，六月初抵達台灣，而稍早的四月，水野遵已經在台灣活動。

「看來，征伐台灣是可行的。」樺山噴著煙自語。

「台灣就算不能從此變成日本帝國的領土，也可以是另一個琉球啊。」樺山又說。

他指的是一六〇九年，他的養父樺山四郎左衛門的先祖樺山久高，擔任征琉主帥，襲擊琉球中山國，使薩摩藩從此成為琉球中山國監督者的身分。

---

7 刺槍術。

「可惜，我無法擔任元帥，但日後，我一定要成為治理台灣的重要人物。」樺山兩眼炯銳的看著台灣輿圖，認真又輕聲說著。

九州中部熊本鎮台營區內銃槍突刺的殺聲震天，營區外遠遠的南方鹿兒島幾個街道上，幾近中午的時刻，街上閒蕩著一些男人，高聲談話與騷擾路人。六月的九州已經熱得讓人難以招架，鹿兒島縣今年的狀況尤其異常，往年出現在七月的極端高溫，這個月就已經出現過四天接近三十八度的氣溫，傳出不少老人熱衰竭的現象，也讓戶外活動的人大喊吃不消。

穿越鹿兒島中央的甲突川，一座磚窯廠的左邊小院子，蹲著兩個人，敞著衣服前襟，抽著當地生產的菸葉捲，有一搭沒一搭的交談著。

「這樣下去，又要再亂個幾年了。」

「你是說戰亂嗎？幕府的時代結束了，早些年爭吵不斷的勤王佐幕[8]，那些志士該殺的殺該關的關，賜死下放的，也應該都停止了吧？看看那些藩主被削減勢力了，也不可能發生大的動亂吧。」

「笨蛋，你說什麼呀？就算是明治天皇時代了，全日本國一統了，也不能保證沒有動亂啊，特別是大家不知道能幹什麼的這個時候。」

「不知道能幹什麼？藤田新兵衛，你現在在幹什麼呢？」

「我幹什麼？你幹什麼我就幹什麼啊，你不是跟我一樣，在這個小磚窯搬磚塊賺十幾錢的喝酒錢嗎？真是笨蛋。」

「是啊，所以，你怎麼不知道你在幹什麼呢？」

「啊呀，你不用腦袋想想啊？田中衛吉，田中君。你看看別人，有幾個像我們願意到這些庶民的小磚廠打工賺零用錢？我們可是武士呢。」這個被稱為藤田新兵衛的漢子提到武士時，聲音忽然變小了。「我是說，我們都沒有顯赫的家世，過去一直朝著當一個武士而努力，我們投入精神長時間的習字練刀，就是希望有一天能替藩主立功，受重視光宗耀祖。結果版籍奉還[9]了，所有藩主削去了領地，連新式現代常備軍都成立了，所有的武士一下子都失去了存在的正當性，你要他們現在幹什麼呢？」

「你說這個，我倒是同意。我們還沒有機會成為武士，也不能真正的自稱武士了。你也別一直叫我笨蛋吧，我是笨蛋你也聰明不到哪裡啊。」田中衛吉抗議著，他看著藤田新兵衛寬額頭、窄下顎，高顴骨的樣子，很難把他看成一個能文能武的武士。雖然他知道藤田確實是有本事。

---

8 指明治維新前，尊王與支持幕府的兩派人馬鬥爭。

9 指各藩主向天皇交還各自的領土和轄內臣民戶籍。

「的確是這樣啊，但是一個男人總是要想著怎麼變成有用的人，不是嗎？我們本來就卑微低下，但是那些失去尊榮的武士們怎麼面對他們的失落與屈辱感？那些位階高的上士，俸祿減低了還能養家活口，那些下級的武士，他們能像我們這樣蹲在這裡搬磚頭嗎？沒有收入，他們怎麼生活？我說的是這個，遲早有一天會爆發比明治以前（一八六八）更多的動亂。畢竟下級武士人數眾多，當一無所有了，就沒什麼顧忌了。」

「藤田君，你說的有道理，現在街上打架、搶奪的事確實變多了。」

兩人抽著菸，說著話也停頓無語一陣子。

「喂！你們兩個，吃個飯糰好上工吧！」磚窯旁一間工作房門口探出了一個頭朝他們喊著。

「真是混蛋，這樣無禮的叫嚷著，我們可是武士呢。」藤田新兵衛碎唸著。

「哈，武士？我們還沒開始吧。」田中衛吉不自覺的多看了一眼藤田那寬飽的額頭。

「你等著，就算從此不再有武士這個階級稱呼，一定還有機會靠著我們一身的武藝立功的。」

「還立功呢，你我的刀術看來應該不差，就算現在街上遊蕩的那些武士，我也有信心以刀術制服幾個。不過呢，請記得，藤田君，我們現在是搬磚的工人，我們的手掌已經習慣磚頭的粗糙，對於刀柄應該已經陌生了，你儘管做夢，但是別忘了我們得先吃個飯糰。」田中衛吉說。

「啐！你這哪裡是薩摩男人應該有的志氣，你等著看，日後我一定有辦法的。」藤田新兵衛說完，站了起來朝那屋子走去。

磚場圍牆外突然響起了斥喝聲，短暫的追逐聲驟然停下，幾個婦女尖聲驚呼接著傳來，有人吆喝著、督促著要路人靠向路邊稍微遠離。原本準備進食的藤田新兵衛、田中衛吉兩人，改變主意快步的走出磚場，連磚場主人也抓著飯糰一邊送進嘴裡跟了出來，知道外頭打架又害怕惹麻煩的走回到屋內。

藤田兩人出了磚場大門街道，循聲向右側的一個巷子接口望去，看見兩個大小刀插腰的武士打扮的男人對峙著，路人不敢接近，都退到路邊以及牆邊圍觀。兩個對峙的人都以左手拇指推出了刀鍔，右手按著刀柄怒視著對方，猶豫著要不要拔刀。遠遠圍觀的人情緒也矛盾，希望好好看一場武士的比鬥，洩一洩燠熱天氣的煩悶；那些習慣於冶遊閒盪，飲酒滋事，造成市民困擾的失業武士也希望看一場廝殺，好藉此移情的發洩挫折與屈辱。但每一個人又不希望看見兩人真正的拔刀，那意味著一場關乎生死的流血決鬥，那將引來一大批的邏卒[10]來干預，甚至導致封街宵禁的種種不便。

10 警察。

剛剛那兩人各自走在街上路中央閒蕩，對面接近時，誰也不讓誰一步，誰都怕彼此忽然拔刀，所以都本能的向右讓一步，卻造成伸向左邊的刀鞘碰撞，觸犯了傳統武士的禁忌，認定對方挑釁，所以兩人立刻擺出決鬥的姿態，卻引來路人遠遠圍觀，還有幾個佩了刀的武士輕呼著鼓譟。

「啐！真是墮落啊，這要是早幾年，那些吆喝的肯定也要被當成挑釁者，這是什麼風氣啊，武士墮落到這個程度，連拔刀的鬥志也沒了。」藤田新兵衛喃喃的說著。

「哎呀，你別一副老人的口氣，別忘了，你沒趕上當武士的年代，現在你是搬磚工人藤田新兵衛！」

藤田新兵衛沒理會，倏地轉過身回到磚場牆邊，以另一條備用擦汗水的灰色舊布條，只露出眼睛的蒙住臉，另外取了兩根約三尺[11]長，手腕粗的木棍又回來。沒等瞪著眼看著他的田中衛吉問話，他朝著準備拔刀的那兩人開口了：

「喂，兩位將要拔刀的武士，既然沒有意思要決鬥，我看你們就用木棍玩玩，讓大家娛樂娛樂好了。」

藤田新兵衛的話引起圍觀的群眾「喔」的鼓譟，兩個看起來要決鬥的人，也停止了對峙，撇過頭怒視著藤田新兵衛。藤田的舉動，不曾有人做過，但這是對一個武士的極端羞辱，卻是現場都感受得到的事。

「混帳東西！」靠近藤田的那名武士，大吼著拔刀高舉欺向藤田，接近五步時，猛力揮刀砍向藤田頭頸部，現場圍觀的路人尤其女人霎時驚呼著。只見藤田甩掉其中一根木棍，雙手以執真刀的方式，採中段姿勢利用那武士前進的時間，自己同時退了一步拉出空間，瞬間收棍出棍，由左上向右下擊向那武士的右手腕。只聽得那武士手腕骨骼「砢」的一聲響，長刀被擊向武士左側，藤田順勢收起木棍尖，上一步擊向那武士右臉頰，只見那武士右下顎當場被擊碎，倒地昏了過去。

現場爆出了呼喝聲，而另一個街口響起了一群人雜沓的跑步接近聲音。

「邏卒來了！」有人喊著，佩刀的人隨即一哄而散，現場圍觀的路人也趕緊疏散，怕被找去當證人訊問。

趁著眾人四散慌亂的當下，藤田丟下木棍與田中迅速離場，趁隙摘了布條，先往外一個路口走去又慢慢走回磚窯廠，邊走邊說：「啐！真是墮落啊！什麼時候，那些高貴的武士，都成了街頭鬥毆比劍的浪人啊。」

「你真高明啊，木棍，不，是木刀對真刀，他根本沒碰到你的木刀就已經被擊倒，真要用真刀，他的人頭不就……，哎呀，藤田君，你真是厲害啊。」

11　三十公分。

「厲害？刀術厲害有什麼用？我們在街頭比試有什麼用啊？還不如搬個磚頭還有錢可以領著花用呢。」

「哎呀，你就別謙虛了，刀術這麼高強，要是早幾年，說不定你真的可以建立功勳呢。」

「田中君，我看過你使刀，我知道你已經超越了普通鄉下小道場的實力。進了道場，你我之間還不容易分出高下的。你的刀術很高明，不過，不是我潑你冷水，請問您的父親大人是什麼階級？」

「這……，這跟那個有關係嗎？我的父親……幕府後期是足輕[12]。多半的時間要自己務農。」田中衛吉說起家世有些吞吐。

「您的家是足輕出身，我的祖父則是花錢買了一個鄉士[13]的階級。我們這些人，就算把刀術練得超越宮本武藏[14]，我們還是下級武士，供人差遣，不但薪俸沒辦法養家，更沒資格見藩主說上話。現在幕府結束了，建立新軍隊，我們這些下級武士的階級都被廢掉了，家庭沒有了微薄的薪俸，生活狀況更差了，多數人也只能這樣忿懣著啊。刀術好有什麼用？還真不如來這裡搬搬磚頭呢。唉，別說了，傍晚領了錢，我請你喝酒。」藤田說。

「你這麼一說，我也忽然開心不起來了。」田中衛吉說，「我總是還抱著理想，希望將來能開個小道場，或者私塾教人寫字讀書傳道授業，但是這個局勢還真是亂啊，那些洋人的學問都要淩駕傳統的經文了。除了打雜賺一點零錢，我還真不知道怎麼養活自己呢。總不好投靠那些賭場或者那些流氓組織，一天到晚生事，這不是傳統武士該做的事啊。我們薩摩藩都出了些大人物，他們應該要想點辦法處理這些失業的下級武士的問題，也應該為我們這些人想點辦法謀生，否則，有一天一定會出亂子的。我可不想變成動亂份子啊。」

兩人說起身世，不自覺的悲涼起來了。日本德川幕府時代（一六〇三——一八六七），近三百個藩（國）的軍隊武力就是武士，其真正的說法是「侍」，平時讀書練藝，責任就是保護幕府，保護藩主。人數占全日本約一成，其餘九成則是農人與商人，替商人工作的工人則多半是農民出身。這些武士本身也有階級之分，當年協助德川家康擊敗其他藩國，建立幕府一統日本有功勞的家系，通常享有較高的俸祿與武士位階。戰敗的家系，或者被貶抑剝奪俸祿的武士，則會降級到比較低的位階。幕府的武士階級概念非常嚴苛，所以下級武士被鄙夷、看輕其來有自。但不論高階低階，作為武士的修養鍾鍊一樣不能

12 武士最低階，相當於現代伍兵、雜務兵。
13 下級武士。
14 日本歷史著名的刀客。

少，只是低階武士遠比上階武士更注重自己的修為，希望時局一到有機會立功建立名聲功績，以至於幕府末期促成明治維新的主要推動者，多為下級卑微武士所為。藤田兩人對於身世的自卑，對於武士的崇高想像，對於趁亂世建立功名的期待即緣由於此。

「喂！你們喫飯糰，上工吧！」磚場主人又探出頭遠遠的叫喚著。

藤田揮了手表示知道。才起身，想到什麼似的說：「喔，那些邏卒應該不會那麼快查出我的身分吧，剛剛我打人的事一定會延燒一陣子，我看我們得更像個工人，沒事躲在磚場工作。」

「真是啊，你剛剛下了重手啊，他的手骨、下顎都被打碎了，要是沒治療，吃飯都要成問題了，我看將來他一定會找你報仇的。至於邏卒，我想應該沒有人會想到下手的是你吧。」田中看了一眼藤田的長相，認真的說。

「哎呀，一時忍不住就下了重手。那傢伙看起來應該是成了浪人的失業武士，既然敢佩真刀上街，起碼的刀術武藝也要好好磨練的。要不，就像我們這樣，不佩刀，當個工人，也不至於污辱武士這個自古以來的榮譽職業。一想到這個，我就很難控制自己。他要報仇，也得好好學習刀術，要不然，我可能會真的打掉他整個下顎。」藤田新兵衛說。

「我看圍觀的路人應該也有跟你相同的想法吧，對於這些遊手好閒的武士有相當的厭惡，加上我們平時不上街，我想應該沒人指認我們的。安心吧，吃個飯糰，該上工了。」

中午市街有人拔刀鬥毆的事件，並沒有引起治安單位過於激烈的反應，這除了是每日常見的違反社會秩序的案件，最重要的是鹿兒島當局是默認這一類有助於宣泄那些失業武士情緒的衝突。傍晚時分負責街道治安的邏卒單位，只是象徵性的貼出公告，重申庶民不得無故攜帶刀械上街的規定，同時針對事件，也下令實施三天的局部禁刀令，禁止所有人佩刀在事故發生的街道出沒活動，違者勞役十天處分。

相對於官府的處置，關於藤田以木刀擊敗真刀的現場畫面，卻成了大街小巷最熱烈精采的話題，那個拿著木刀的蒙面刀客是誰，已經成為茶餘飯後最懸疑的猜測。

甲突川水岸街道的幾間木造結構的居酒屋，中午休息過後已經開始營業，六月夏天的四點多，太陽還高掛著，天氣溽熱，不少人敞著前襟半裸坐在居酒屋前，一如平常的大聲閒聊著。幕府結束後局勢的話題帶引著忿懣語氣，還有關於第三條巷子底，臨靠水岸邊那個高級的料理店，來了幾位有著京都腔的美少婦，所拉扯的帶有情色想像的交談，不時輪替交雜；但最精采的還是中午街上木刀與真刀對決的話題，時不時有人說書似的生動轉述加油添醋的描繪，說什麼當年宮本武藏也是以木刀擊敗對手，引來男人們的親近聆聽，連服務的女人們也忍不住要湊上來聽一段。

這幾年武士街頭鬥毆不是新鮮事，但是以木刀擊敗真刀這種事，確實罕見，有人猜測那蒙面的刀客一定是幕末時期江戶第一流道場的高手，因為看不慣武士的墮落才出手羞辱。這種猜測獲得大多數人的支持，所以又引起更多在酒肆飲酒武士的悲憤與不平，說什麼如果這樣的高手都只能在街頭洩憤，那麼乾脆大家一起來造反還比較有尊嚴。這幾間居酒屋的來客幾乎都有著相同的猜測與結論，連情緒也相同。

稍遠離河岸的最後一家居酒屋室內靠角落的位置，身上衣服帶有些磚頭粉屑的藤田新兵衛與田中衛吉兩人安靜的喝著酒，聽著院子外時大時小又爆發出喝采的交談聲，有時也跟著笑，也偶爾輕聲的交談著。隔著一個座位坐著衣著整潔，頭髮修剪整齊，目光安定有神的三十幾歲男子，不時微笑看著他們兩個人。在他坐進來之前，藤田兩人還不時隨著居酒屋院子幾張桌椅的聲音起舞轉變話題。正聽得那蒙面刀客的形象變得無限巨大的時候，這個男子坐了進來，點了酒，又似乎見過兩人似的，點過頭後還不時投來目光。這舉動令藤田兩人不自在，收起了交談聲，光是專注外面的交談發出笑聲或安靜喝酒。

「我們花了三個小時的時間處理。」那個男子忽然撇過頭對著藤田兩人輕聲說。

「手骨還簡單，咬合的下顎斷裂，脫落，面頰皮膚碎爛就複雜多了。我們使用魚線縫了固定，又讓整個下顎以托架固定著。這可是第一次實驗手術，狀況好的話，三個月後就可以咬合了。」他又說，令藤田兩人感到驚奇與熟悉。

「我是落合泰藏，熊本鎮台兵營的軍醫。」

「鎮台兵營的軍醫？熊本離這裡這麼遠，怎麼會出現在這裡？」

「哈哈，我到這裡出差，今天休假。」

「休假？」田中衛吉無意識的複誦著。

「是啊，今天是日曜日[15]，我四處走走，中午的時候，在街上看見一場比鬥，有趣極了。」

「日曜日？比鬥？」兩人幾乎是揚起聲來，隨即又壓下聲音來。

「所以，你剛剛說的是……」藤田忽然瞪著眼看著自稱落合泰藏的男子。

「就是那個被你擊倒的人。」

「我？」藤田幾乎是張著大口說不出話來。

「哈哈哈，我是個醫生，我有個毛病，對於我好奇的人與事物，我會專注觀察，不輕易放過任何一個細節。」落合泰藏聲音並未張揚，他說話音量也就環繞在他們三人靠坐的區域。他端了酒杯朝兩人舉了舉喝了一口，又說：「你蒙著臉，但是額頭與下顎的形狀仍然清楚，我注意到你們走了一個路口又回頭走向那個磚場，你們的穿著我記得，

---

15 週日。

現在身上那些磚屑都還在呢。」

「你……」藤田眼神忽然出現殺機，街頭變換路徑的事，他原本以為沒人注意，但沒想到全都在這個人的觀察與注視中，而他居然還參與救治了那個被擊倒受傷的人。

「別太多心，我說了，我是軍人、醫生，可不是邏卒啊。」落合泰藏又喝了一口酒，那股從容自信彷彿掌握一切的態度，令藤田與田中感到反感，但是落合沒多加理會。開口又說：「重視士族的西鄉隆盛大爺，正在籌備學校以及道場，甚至可能招募志願軍，看起來你們武藝高強又年輕，與其在街頭與人決鬥，或者到磚窯廠搬磚做苦工，倒不如去西鄉大爺的學校或道場好好鍛鍊成為一個武士，也許日後當個志願軍有機會建立功勳，像個武士一樣活在這個世上。」

「你在說什麼呀？說得好像我們很可憐的樣子。」藤田似乎被觸動了低階層那種因自卑而張起的防衛心。

「很多下級武士，不，士族，都去應募了，現代軍隊雖然沒有辦法像過去武士階級那樣，但生活照養不會少，這也是報效天皇的一條路啊。況且志願軍沒有役期的問題，想待多久就待多久，比起徵兵的建制，還是會有一點不同的，你們應該可以適應。」

「你剛說的日曜日跟休假是怎麼回事？」藤田問，落合泰藏的話似乎打動了他。

「咦？今年（一八七三）都改陽曆了，你們不知道啊？七天算一個星期，第七天日曜日休假。」

「改陽曆的事當然知道，但不知道日曜日可以不工作休假。」

「參加軍隊就有這樣的事，況且有機會建立功勳的啊！」

落合泰藏的話轟然響著，周遭似乎都安靜下來了，藤田新兵衛腦海不停翻騰著「志願軍有機會建立功勳」的聲響。他看了看落合泰藏又撇頭看著田中衛吉。落合泰藏的話一直「嗡嗡嗡」在藤田腦裡響著。

另一方面，八月二十三日抵達台灣淡水的樺山資紀，惦記著與外務卿副島種臣約定十月底完成征台計畫書，於是，自九月五日自淡水出發前往宜蘭、南澳偵察地形民情四十二天，隨後擬定了佔領南澳的拓墾計畫。但十月二十五日傳來副島種臣與西鄉隆盛辭職的消息，讓整個征台計畫出現了變局，樺山決定拒絕召回的命令，繼續前往大陸沿海偵察。

這件事的關鍵人物西鄉隆盛與大久保利通，同為薩摩人又並稱維新三傑之二，彼此立場不同形成的政治鬥爭，令薩摩人感到矛盾與心痛。

為了解決失業武士所造成的嚴重社會問題，西鄉隆盛等人希望能轉移注意力，徵集這些失業的武士，以武力逼迫遲遲不願與日本修好的韓國開國。正當西鄉隆盛上書自薦擔任司令官征韓[16]時，以右大臣（副首相）岩倉、大久保利通為主要核心，出國考察歐美將近一年半的「岩倉使節團」正好返國，以現階段安定為主，積極建設新國家為理由，成功在內閣會議攔阻了主張武力打開韓國門戶的西鄉等人的計畫。造成西鄉隆盛、板垣退助、江藤新平、後藤象二郎、副島種臣等薩摩重臣辭官下野。這場政治鬥爭，令舊薩摩藩、土佐藩（四國，高知）下級武士群起激憤，這些被稱為「不平士族」的失業武士，揚言反對明治政府。有些人更是主動到過去的藩主家，志願成為私人軍隊。

為了防止擴大，西鄉隆盛等人籌資收募了一批士族予以編組，以報效國家之「志願軍」為名，成立小型軍隊。而個性火爆素有人望的參議江藤新平回到故里佐賀，像個磁鐵一般，立刻大量吸引不平士族的投靠，也引起東京的注意與警戒，秘密調派軍隊警戒。

「將來，一定會發生動亂的！」樺山資紀在開往廈門的船上自言自語的說道。

「這些士族，將來一定可以好好運用。」他又說。

16　日本有不同的研究，有的認為西鄉隆盛自薦擔任使節出使韓國。

三、柴城之行

一八七三年（清同治十二年），南台灣，柴城。

「我們在這裡休息一會兒吧！」

「也好，洗個臉，免得進了柴城，那些百朗把我們當成鬼了。」

「哇哈哈，我們要真被當成鬼，那可是件有意思的事了。」

六月二十三日約略上午十點左右，保力溪南岸的雜樹林，一條南北向的泥地礫石道路跨越溪前幾棵相思樹下，兩個漢子望著溪水並肩站著。他們裸露在短上衣的臂膀都沁出了汗水，黝黑的額頭臉頰敷了些灰塵，顯然走了不少路程。

「阿帝朋啊，一路上你說的事，越接近柴城我就越感到焦慮緊張了。」

「我也只是這樣想像著，柴城這一帶的人本來就對牡丹社懷有敵意。去年底，牡丹社大族長阿碌古，帶幾十個人全副武裝的到柴城，警告不准再私下進入牡丹社的事，柴城那些經常出沒山區做買賣的百朗，心裡不可能沒有一點怨恨。被阿碌古直接登門警告，讓他們面子上也很難掛得住，你別忘了，百朗很在意他們說的『面子』。」被稱為阿帝朋的漢子說。

「嗯，柴城的親戚確實特別提醒我，去了柴城要沉住氣，千萬不能跟人起衝突。」

「你的意思是，那裏發生過這類的事？我只聽過柴城跟保力、統埔的百朗經常吵架械鬥，沒聽過他們對我們幾個蕃社的人動過粗。」

「阿哈，阿帝朋，你長年遊歷，很少事情是你沒聽過的，你沒聽說過這類的事，應該就是沒發生過。可是，你別忘了，前年（一八七一），我們殺了那些海上來的百朗，去年牡丹社大族長阿碌古幾次強硬的喝斥柴城的人，柴城的人早就恨得牙癢癢的，這些事我們都知道啊。過去沒發生的，不代表現在不會發生啊。就像你說的，百朗死要面子，柴城的人會不會因為這個而遷怒延伸出其他的問題，確實很難說得準啊。」

「嗯，卡嚕魯，你說的有道理。今年初，柴城的元宵，我來過，我看過不少雙充滿敵意的眼神，這也是我憂心的事，日後說不準真會發生衝突的。」

「你真的那樣想啊？」

「我不會真的認為整個柴城會與牡丹社的人直接武裝衝突，畢竟那裡還有不少我們附近部落人嫁進來的。但是零星的、個別的、突發的衝突還是很難避免啊。」阿帝朋已經卸下了佩刀，脫了上衣的同時又說：「不過，柴城雖然有將近一千人，人口遠比牡丹社、高士佛社、四林格社加起來都多，但是人口複雜，離鳳山那個漢人的官府又遠，我認為他們想安定下來，找機會賺錢的念頭一定很強烈，他們不會主動挑起跟部落的爭鬥的。」

「可是，你說你憂心。」

「是啊，你忘了？我是那種沒事就憂心這個那個，然後要費上一大股心力去查證的人，那是我的樂趣與習慣啊。」

「哈哈哈，我忘了你是阿帝朋，智慧比我高上許多的人。」

「啐，你說這個，我都要不好意思了。我是很感興趣觀察柴城的人，現在是怎麼看我們這些在他們口中所說的『殺人生蕃』，所以你邀我一起進城參加部落親戚的孩子結婚這件事，我一口就答應了。我一路反覆說這些憂心，也不過是提醒你，萬一真有人喝了點酒找我們鬧事，你可別像前年那樣，拔了刀砍人。我們只有兩個人，被追殺的滋味一定不好受，我可不想死在百朗的地方啊。」

「呸呸呸，你胡亂說這個幹什麼。不過……哇哈哈，我們真要被追殺，下場一定比那些海上來的百朗更淒慘可憐。」

提起這事，當時擔任高士佛三十名狩獵隊的隊長卡嚕魯，還心有餘悸又有幾分愧疚，若不是他急著為他的父親俅入乙，討回被背叛的恥辱一個公道，因而盛怒質詢宮古島人，也不至於如提油救火，讓情勢一發不可收拾，血染雙溪口。

剛剛阿帝朋的言語，確實有幾分憂懼這類的事再發生。

「阿帝朋啊，你放心，經過這一回，我已經很能控制我的脾氣了，畢竟我本來就不是容易暴怒的人，我又不是牡丹社的亞路谷。」

「哈哈，卡嚕魯，我倒不是說你會再殺人，一路上我有意無意再提這件事，其實是有更多的憂心。你確實不是一個易怒的人，經過了上一次的事件，我感覺你也有了很大的轉變，我認為你已經變得沉穩、凡事願意多深層思考，未來高士佛社在你的領導下，一定可以成為比牡丹社更強更可靠的盟主部落。」阿帝朋坐了下來，一雙大腳落進保力溪溪床分岔而來的小水流。

「我憂心的是……，等等，我們先抽管菸吧。」阿帝朋取出菸袋捏了一些菸絲，取出點火石敲擊點火，再傳給卡嚕魯引燃。

「這兩年，我們這些被稱為下十八社的區域，有了一些細微的改變，感覺形成了南北兩個聯盟。」

「這個很自然的事吧？牡丹社以及高士佛社本來就不屬於豬勞束卓杞篤的管轄。豬勞東小小的部落，要不是因為他們頻繁接觸這裡的百朗，又懂得溝通聯繫，加上那些白種人被殺的事替龜仔角社協調，他們恐怕也沒資格統領或者發號施令吧。蕃社各自為政，自古皆然啊。」

卡嚕魯所提的洋人被殺事件，是指一八六七年三月美國羅妹號在墾丁七星岩附近觸礁沉沒的事。這一連串折衝協調，讓卓杞篤儼然成為恆春諸部落與外界的代言人，各部落之間形成某種攻守同盟的默契又再度被喚醒與確立。但是較為深山，人口與實力高出豬勞東社一大截的高士佛社與牡丹社並不服氣。前年琉球人事件之後，牡丹社與高士佛社聯手一舉砍下五十四顆人頭氣勢高漲，根本就不再理會卓杞篤名義上的領導，再加上年初卓杞篤過世，南北兩個聯盟幾乎已經是確立了。

「事實確實是這樣，我們蕃社之間幾百年勢力消長，分分合合的確實是再自然也不過的事，但，那總是我們內部自己的事啊。你看不出來這兩年這一帶的百朗，態度上也有所轉變嗎？」阿帝朋呼了口煙說。

「嗯！」卡嚕魯停頓了一會兒，「我也注意到了，他們雖然更積極的進出馬扎卒克思[1]，跟我們幾個社往來做生意，但態度更戰戰兢兢，這兩年通婚的少了，難得進城，見

1 今屏東四重溪石門隘口。

了誰總是隱隱約約透露著敵意。我總以為是牡丹社阿碌古的強勢作風所造成的。」

「阿碌古的態度的確是一個原因，卓杞篤的過世也是一個原因，我看北方那些百朗的官府的態度也有影響。」阿帝朋說。

「怎麼？你也知道官府要幹嘛？」卡嚕魯瞠著眼不可置信。

「我哪有這個本事，我們有幾次遇見一些外地人，在柴城或者社寮[2]海邊這一帶附近活動，那些活動的人都是幾人一組，穿著、外貌看來不像一般的百朗，反而像是官員，你忘了？」

「我怎麼會忘呢？有幾次還是我提醒你的啊。你想，他們在幹嘛？有什麼企圖？」

「我怎麼會知道？我不懂啊，卡嚕魯，過去我的確很難在沒有農事的時候安心的待在家裡，所以四處遊歷想知道更多的事，即使我這兩年幾乎懷抱著憂心，有時間便在西邊海岸的這幾個百朗村莊附近走動，我還是不知道這有什麼，沒什麼？」

「阿哈，阿帝朋啊，你太多心了，想太多事了。既然想不出個道理，我看，你該跟著我，往牡丹山區找亞路谷一起打獵追雲豹。」說完，卡嚕魯掬起溪水洗臉，忽然又說：「阿帝朋，我了解你，你倒說說看，你真正的憂慮是什麼？」

「你看！」阿帝朋吸了口菸，指著腳下流水向左向內細細流入所形成的一個手臂寬直徑的小水窪，然後緩緩吐出煙霧說：「你看這個小水窪，這條溪水少量的不斷流入，水窪內的水始終在一個高度，就算底下的魚、螃蟹、蝌蚪怎麼翻攪，水面也維持在土堤下方一點點，既不溢出也沒下降；頂上樹葉落下，枯枝掉落，掀起的也只是小小波紋，水是活的，也是死的。沒有刮風下大雨，這裡就是這個樣子。」

「阿帝朋，你又要說很長的話了？自從前年那些海上來的百朗被殺之後，你常常說很長的話。我們要不要繼續趕路啊。」卡嚕魯打斷了阿帝朋的話。

「唉唷，你不聽聽我說完嗎？」阿帝朋說著，又拿起一塊手掌大小的石塊往那水窪砸去，濺起了一大塊水花衝向土堤外。

「那些輕微的力量所引起的波紋，只會讓水窪水面好看，但是猛力的衝擊就有可能裡外改變這個水窪。」阿帝朋又說。

「所以，你擔心有巨大的變化？」

「我的確是憂心，我憂心的不是會有大的變動，而是我們會變成什麼樣？」

「哈，說了半天，這道理我都懂得呀，況且我們也不知道會怎麼樣。我看，我們暫時別想這些了，好好去吃一頓柴城百朗家庭準備的飯菜，然後到街上走一走，看一看有什麼好玩的。」卡嚕魯說。

2 今恆春車城南邊之射寮。

「唉，我又多想了，我一定是老了。我們走吧，提醒你，別跟人動氣啊。」
「你有臉說我，那個海上來的百朗，肚子上的一刀可是你劃開的，別推給我啊。」
「你……還不是為了救你！」阿帝朋沒好氣的說。
兩人著完裝，立刻涉過溪，走上通往柴城的路上。

抵達柴城，已經是中午時間。柴城周圍圍起的木砦城牆，一般是作為城外與城內的隔絕。這些圍柴，大約是清康熙末年至雍正年間，為防範附近原住民部落的襲擊所圈圍的木柵，所以習慣以「柴城」稱呼這個接近千人的城鎮，居民多半是閩南人與當地、鄰近部落婦女聯姻所組成。一七八八年（乾隆五十三年），清廷陝甘總督大學士福康安率軍討伐林爽文黨夥莊大田時，水師即登陸於此地海域，所以這裡又稱為福安庄或福安城。近幾十年，柴城居民因為聯姻與貿易往來與鄰近部落逐漸修好，除了零星紛爭的凶殺，大規模的襲擊或械鬥已經少見，所以，木柵多已失修，木柵圍牆多處連接著稻田，小徑也向四方散射。

柴城，或者鄰近幾個漢人的庄落，不論閩粵，與鄰近平埔族或排灣族各部落婦女通婚的比例相當高。早些年嫁進來的，已經完全融入變成閩南家庭或客家家庭，即使面容外貌膚色仍清楚呈現部落人的特徵，卻多半已經沒有「部落人」的意識，態度上不免會對後期嫁進來的新娘產生鄙夷。所以，嫁進來的婦女每逢喜慶，總會邀請部落領導家系或者有名望的人來作客。一方面讓夫家有機會與部落望族建立情誼，方便夫家日後從事部落產業經銷或者土地買賣有更好的機會；二方面也是抬高女方的身分，周知街坊鄰居自己親戚的影響力，這已經是多年來的習慣。

卡嚕魯的親戚在柴城靠外圍的地方，幾戶人家形成一個小鄰里。見到兩人接近，遠遠的就走出人來前去迎接，才接近院子，院子內歡呼聲響起。幾張幾乎已經坐滿的桌子，大家都投來了目光，畢竟來者是這個地區知名剽悍部落的未來領導人。

「哎呀，高士佛社的卡嚕魯來了。」

「是啊，街上那幾戶人家要小心了，晒掛的長條布要收好啊。」他的話引起哄然大笑。

「呸，什麼不提，提這個。」卡嚕魯沒好氣的說，看了一眼阿帝朋自己又忍不住的笑了。

幾年前卡嚕魯受邀拜訪街上的另一個親戚，因為好奇，伸手翻過一戶人家的短牆，拿了一晒掛的長布條，被院子內女人追了出來搶回去的笑話，早已廣為流傳。這種長條型的布條作為女人處理生理期的月經帶，也成為部落婦女爭相探詢與效仿製作，部落女人甚至以「卡嚕魯的布條」來指稱月經帶。

「這怎麼能不提呢？『卡嚕魯的布條』可是聲名遠播啊。」一個人說，他的話引來其他已經坐在席上的賓客，幾個女人抿著嘴笑著。

喜宴倒是簡單，新郎新娘拜過堂，主家介紹完賓客，便一起餐食，一桌五道大菜的宴席，還是讓大家開懷飽食。

卡嚕魯甚為開心，親戚喜宴上的賓客除了衣服穿著較新與乾淨，某些交談的閩南語大多聽不懂以外，其他的與部落無異，無論男女都大聲說話唱歌，這讓卡嚕魯兩人感到自在。

卡嚕魯喝了幾杯酒後，便囑咐親戚代為把酒裝好，留著讓他帶回去。主家也不勉強，因為憂心佩了長刀的卡嚕魯兩人喝酒衍生其他意外。

宴席一結束，卡嚕魯與阿帝朋急著離開要到街上走走看看，特別是到「福安宮」那座廟逛逛。柴城街道並不寬敞，長年防盜防賊侵擾，建築上還有些相連緊蹙，連主要巷道也設計成幾個曲折相連，以方便敵襲的時候可以相互支援。

卡嚕魯阿帝朋走進街道引起不少的騷動，「生蕃來了」的竊竊私語還是此起彼落地落入兩人耳裡。兩人不以為意，東張西望的走過一條街，轉入另一條巷子。

「這裡！」卡嚕魯指著一個有矮牆的住家。

「什麼？」

「我說，這裡就是我拿了布條的人家，當時我躲在那個樹後方。」卡嚕魯指著一棵構樹說。

「這居然是真的事啊，哎呀，卡嚕魯，聽別人說了幾年，看你一直沒有否認，原來是真的。真有這件事，真有這個女人。」阿帝朋難得表現出驚訝的表情，瞠著眼說。

「當然是真的啊，先前我都親口跟你說了，你還懷疑。」

「她長得怎樣？你跟她……」

「我跟她還能怎樣？我先前都跟你說了，我沒跟她說過話，更不可能牽過手，我甚至忘記她長什麼樣子了。」

「而你，卻記得這個地方，每一次來都要到這裡走一下，連話都沒交談過，也忘記她長什麼模樣。啊呀，卡嚕魯，你還真的……令我驚訝啊。」一向能言善道的阿帝朋忽然詞窮，他覺得太意外太難理解了。

「呵呵……這種事，就是這麼回事，我就當它是一件發生過的事，來了柴城我總是不自覺走到這裡，畢竟這兩年，『卡嚕魯的布條』已經是整個琅嶠如風一般的訊息，人人皆知啊。」

「我太意外了，所以你選擇走這裡紀念一下你的記憶？」

「呸，什麼紀念一下，那座廟的位置，往這拐一下就到了，不走這裡，該走哪兒啊？」

「哈哈……」阿帝朋不知怎麼接話，才走兩步拐進另一條巷子，遠遠看見那座廟忍不住大笑起來，那笑聲吸引兩側住家探頭，連廟口幾個攤位也投來好奇眼光，又引起一些騷動。

柴城主要以閩南語為交談用語，但官方或者後來的日本人都以「熟蕃」來註記或看待這個混血通婚的市街，但即使是擁有著許多「蕃人」面孔的街市，對於只穿著少少布料幾乎裸裎上身的所謂「生蕃」，佩著長刀出現在眾人群集的廟口，還是引起不少的騷動側目。

阿帝朋注意到有些鄙夷與敵意的眼神不斷的投來，卡嚕魯也意識到不少年輕漢子隱匿在巷弄間，不斷的交換眼神逐漸聚攏，他們手上似乎帶了些棍棒。兩人不著痕跡深吸了一口氣，左手按了按刀柄，讓刀身上下抖動幾下，然後左前右後的拉出兩步的距離，卡嚕魯在前，阿帝朋在右後，兩人面露微笑又若無其事的緩步前行著。

這個舉動令周圍忽然都靜了下來，離前方約二十步一個拉著二胡吟唱的老者也住了嘴，停止唱歌往這裡瞧望。那些躲藏在周圍監視著，又不著痕跡接近的漢子們更是停止了前進，警戒的看著阿帝朋兩人。

阿帝朋高大的身軀與卡嚕魯結實精壯的體態，看似無意的抖動著刀身，卻是有意讓所有人清楚的注意到他們刀鞘尾綁紮的一綹長髮。這個小動作果然有效，街巷的人，任誰也知道那是殺過人的標幟，不用認真的猜想，也看得出來頭髮是不超過兩年的新髮，多數的人推測眼前這兩個殺過人的「生蕃」，極有可能就是參與雙溪口凶殺的成員之二。見到兩人正自信的微笑著無敵意的進入廟口廣場，沒有人想貼近惹事，連剛剛那些帶有警戒責任的巡守漢子，也意識到一些危機，只採取距離外盯視的警戒態度，避免引起緊張。

那拉二胡的老者忽然開口唱了：

勸你莫去抬郎（殺人），抬得郎來啥好處，
莫如歸化心不變，學習種茶與作田，
薙髮穿衣來做郎，有衣有食有銀錢，
你來聽我七字唱，從此民蕃無仇怨。

阿帝朋笑了，卡嚕魯也忍不住大笑了，因為他們都聽懂了這是兩年來常常聽到的「勸世歌」，歌詞意思是勸這些周邊的部落「生蕃」不要再隨便殺人。阿帝朋兩人當然不知道幾年後清朝官府實質掌握這個區域，居然把這首歌改寫成二十四句的長歌詞，抄給各部落的族長和通事，教導部落傳唱作為教化歌曲。不過現在已經有人自行填上一些調情的字詞哼唱，在部落「依依喔喔」的模仿這個七字調，這讓部落人覺得有趣。兩人的大笑也是因為想起部落傳唱的版本。

卡嚕魯兩人的大笑聲意外的引起周遭的共鳴，幾個攤子也傳出了笑聲，那拉二胡老者愣了一下，忽然也跟著笑了。

「喂，兩位強壯的阿力央[3]，請跟我們坐在一起吧。」一個夾雜著排灣語與卑南覓[4]地區語彙的聲音響起。

循著聲音望去，阿帝朋注意到一個方桌坐著一個漢人與兩個佩刀的部落人，部落人的穿著似是卑南覓地區的人。

「你們是卑南覓來的彪馬人？」阿帝朋問。

「沒錯，我們是彪馬人。」一個穿短上衣的漢子以排灣語回答，腔調明顯有著東部排灣語特有的輕颺聲調，眼神掃過阿帝朋兩人，又問：「你們不是牡丹社人吧？」

「不是！」卡嚕魯覺得被冒犯，冷冷的回了話，看了那桌一眼，繼續往前走。

「喂，別誤會了。坐一下嘛，接受我們的招待吧。」另一個看似年紀稍長的起了身說明。那身材看來與阿帝朋相當，裸露在後敞褲外的腿部肌肉線條，尤其顯得精壯結實。

阿帝朋兩人交換了眼神接受邀請坐定位，店家隨即送上兩個陶酒杯。那人表明三人是來自卑南覓的彪馬社，那漢人名喚陳安生，是十幾年前第一批由枋寮遷居卑南覓的漢人，目前是彪馬社女王的夫婿。他們前幾天乘船護送在東部馬武窟船難獲救的四名日本人之後，改由陸路想經由牡丹社看看有無做買賣的可能，卻被牡丹社刁難驅逐，大族長阿碌古還警告陳安生別撈過界，否則將要他留下人頭。不得已只好折向這裡，準備回枋寮過夜，隔天回卑南覓。

「我們陳老爺的地位等同彪馬社的阿亞萬[5]，我們來這裡，也不過是想跟這個地區往來建立情感，不是想建立仇敵啊。」那彪馬人說。

「剛剛看到你們，陳老爺說，如果你們是牡丹社人，我們想跟你們認識做個朋友，如果不是，也希望跟你們結交，未來也許可以一起成就什麼事業的。」另一個彪馬人也說。

聽在阿帝朋耳裡，想起兩年前高士佛大族長俅入乙提過彪馬人的特質，心頭忽然一凜。

他們分明是對牡丹社的驅離感到氣忿，見到阿帝朋兩人居然可以迅速轉換語氣要交

---

3 排灣語，朋友之意。

4 台東平原。

5 領導人，頭目。

朋友，而且不論是否為牡丹社人。怪不得俅入乙會評價這個民族像漢人一樣狡猾、身段柔軟又處處找尋機會。

卡嚕魯覺得厭惡，沒多說一句，舉起桌上的杯酒倒進嘴裡。阿帝朋則看了一眼陳安生，又向其他兩人點了頭，也沒多說什麼。那個被喚為陳安生的漢人似乎不以為意，接著以排灣語開口說了話，讓阿帝朋大驚，但陳安生說了什麼，他倒是沒聽進任何一句。

阿帝朋的心思早已在為眼前的狀況打轉以至出神。這些彪馬社人可以經常穿越大武山南邊的山脈到西部這裡的蕃社，又毫無顧忌的進出漢人的庄落談生意做買賣，他們能說流利的排灣語，一定也能說漢語。如果他們的話是事實，眼前這個漢人是等同頭目的身分，那麼彪馬人跟附近「社寮」、「新街」這些馬卡道人，到底是什麼想法可以允許外族成為他們的領導人？他們又如何能夠不斷的製造部落口傳故事中，種種驚奇與不可思議的作為？這是怎樣的民族啊？

阿帝朋有一點挫折感，他喜歡遊歷，但他遊歷的範圍，就僅限於南部十八社與鄰近漢人的庄落，和這些經常穿越山脈的彪馬人，根本無法比擬；另一個讓他挫折的是：前年因為語言隔閡無法有效溝通而殺了那些海上來的百朗，他早已意識到自己的語言能力不足，所以這兩年認真學習了統埔、保力的客家語，以及柴城地方的閩南語。即便盡了心力學習，他目前也只能進行極簡單的對話。眼前這個由枋寮遷居卑南覓又變成女頭目夫婿的陳安生，能以排灣語交談，相信一定也能以彪馬語溝通，這兩個彪馬人能以排灣語交流，也難保不會使用漢語表達想法。想到這個，阿帝朋更挫折了。

我不夠聰明！阿帝朋心裡說，雖然他常被稱讚為下十八社懂最多最有老人智慧的年輕人。

我沒辦法跟他族流利溝通的！他心裡又嘀咕著。

「阿帝朋……」卡嚕魯叫喚著。

阿帝朋沒有聽見，他目光往前延伸，看見下兩個店家門口樹下一張桌椅坐著一個人。單眼皮，略微方形的臉，穿著排布釦上衣，合身長褲與一雙皮鞋，不似本地的漢人。除了身旁的背包，桌子左側放著一本筆記本。那人低著眉專心的剝著盤子的鴨蛋，偶爾抬起眼皮小角度的往前延伸視線。

這是外國人吧，長相與那些海上來的百朗有幾分像。阿帝朋猜想著。

「阿帝朋，你想什麼？我們走吧。天黑前我們想辦法回到高士佛吧！」卡嚕魯說。

「什麼呀？我還要跟你回高士佛幹什麼？」

「不是，我的意思是，我們回程往牡丹的方向回去，別走保力了。」

「也好，相同的路走兩回，的確無趣啊！」

兩人沒多理會彪馬人的慰留，揮過手後離座，回到卡嚕魯親戚家，取了親戚加量打包的酒和菜，便朝著石門那個隘口出發，一路，阿帝朋無語。

「你說個話吧，你悶成這個樣子，究竟怎麼回事啊？沒見過你這樣子。」才離開柴城，遠遠的經過統埔村幾座稻田，卡嚕魯忍不住了。

「喔，是嗎？我一直沒說話嗎？」

「咦？阿帝朋，你生病了，你有沒有說話你不知道？難不成你一直在說話，是我耳聾重聽沒聽見你說話？或者你一直跟一群鬼說話，只有你們彼此聽得見？」

「呸呸呸，我要真和鬼說話，我一定也是跟那個被我們砍了頭的海上來的百朗說話，那真是讓人欣賞的漢子啊，活著的時候我們語言不通，連讚美他兩句的能力也沒，現在他死了，鬼魂帶著怨氣，跟我說鬼話一定能溝通吧。」

「哇哈哈，阿帝朋，你這麼聰明的人，你能不能告訴我，剛剛一路上你跟他們說什麼鬼話呀？有沒有問他，為什麼我的父親以高士佛社大族長的身分，保證他們進入村子不會有事，而他們竟然會像竊賊敵人一樣，不顧禮儀偷偷地趁夜離開。還有，你要真能說鬼話，你替我跟他們說，別怨我們殺了他們，我們可是一心一意想幫忙，怕他們渴了餓了，讓他們一夥人吃掉部落十天的儲糧，我們還好心的編組狩獵隊上山打獵想請他們吃肉。結果他們跑了，讓我的父親失去威信，失去了部落領導人的資格，都兩年了，到現在他還走不出這個陰影。他們被殺了，誰也不要怪，這是他們自己偷偷離開變成我們的敵人了，殺死敵人是沒有商量的餘地，這是規矩，也是禁忌。」

「啐！你個卡嚕魯，你還當真我說鬼話啊？我又不是瘋子。」阿帝朋沒好氣的說。

「你不是瘋子，你再不吭聲，是我要變成瘋子了。」卡嚕魯說，想起揹著的酒菜，又說：「我看我們一路喝回去好了，揹著這些酒菜也囉唆，不如，我們一口一口的吃掉喝掉，你也許會開朗一點。我就不懂了，作為一個蕃人，你怎麼能像那些百朗那樣，想東想西的跟自己過不去呀？」

「呸，你教訓我？」阿帝朋沒生氣，倒有幾分尷尬，向來都是他開導這同齡的卡嚕魯，現在卻讓他來提醒自己的失態，「我看先別喝吧，這裡還是百朗的地區，我們過了馬扎卒克思那個隘口，再慢慢喝吧。」

「也好，省得有人找麻煩，我們醉眼迷糊的，刀子都拿不穩了。」

柴城向東的道路，在脫離市集之後，一條道路一路連接統埔村北側，方便耕作時牛車進出搬運，這條路也就是日後著名的觀光道路「台一九九號」省道，但當時只是一條向東延伸約兩三百公尺的泥地道路。在進入統埔村北側的田園後，縮窄轉為約一步寬的小徑，延伸通往牡丹山區與附近的部落。小徑除了向西的主幹道，每隔一段路的東西向，還有不少分岔的道路或田埂路。這路上除了靠近四重溪灌溉水道有水稻田，其餘則多為旱田，總體規模並不大，視野所見還有不少的荒埔。離開統埔村附近的農地以後，即為此地漢人所說的番地，除了零星的幾個小聚落，荒原野地的，五節芒高聳，雜樹林廣布，刺竹林一叢叢高聳生長，四重溪溪床更是迷宮障礙似的隨溪床水流分割流動，這裡一叢那裡一塊的生長著蘆葦、五節芒、雜樹林。

才進入往統埔附近，卡嚕魯停下腳步，向著小徑右側約一百步的一塊旱田怔怔望著。

「怎麼了？」阿帝朋順著那方向望去，發現兩塊旱田間，有一男二女正往南向統埔的村落住家走去，其中一個男子牽著一頭牛跟在後頭。三人似乎是下完田，剛收完工準備回家。

「你認識？」阿帝朋問。

「喂，豬母啃！」卡嚕魯沒回應，卻扯起嗓子喊叫。

那三人幾乎是第一時間就回過頭看見卡嚕魯兩人，臉上露出驚恐，立刻加快腳步急急想要離開。

「喂，別跑啊，我是卡嚕魯。」卡嚕魯居然是以客家語發話，令阿帝朋驚訝。

而這一喊，那三人果然都停了下來，朝他們揮手。其中一個女子，猶豫了一下，走了過來，走了十幾步忽然揮揮手，轉回頭跟著其他兩人回去了。

「你還真的認識這些百朗，那個女的應該跟你很熟。啊哈，這關係不單純啊。大家都說你跟柴城的女人交往，原來你是另有對象啊。」

「別瞎猜了。他們是統埔村長林阿九的家人，我小時候有一段時間幫他們放牛，我當然認識啊。那女的名字叫豬母，真的名字我忘了。當年還是個小女孩，很愛跟著我一起放牛玩耍，前前後後老是黏著我，被這裡的人嘲笑，說什麼她愛跟一隻山豬玩耍，所以叫她豬母。」

「山豬？豬母？這些百朗果然說不出好話，隨便給人取名。這回，高貴的高士佛未來領導氏族的卡嚕魯變成了一隻山豬。」阿帝朋看著逐漸遠去的三人，又說：「你們常常往來嗎？那女人看起來對你很親近，又害臊的迴避。」

「呵呵……長大了吧。她說將來要嫁給我，這種事誰當真啊，那都是小孩子的遊戲了。百朗嘛，我們的婦女嫁給他們，他們高興，要他們把姑娘嫁給我們蕃人，恐怕得等馬扎卒克思那些岩石崩落吧。」卡嚕魯說著，腳步也開始移動，沿著小徑繼續往東趕路，「這幾年，我在附近遇過她幾次，有時說上兩句，有時她根本遠遠看見我就躲起來，越長大越好看啊，特別是她害羞臉頰紅潤時。」

「好啊，原來你選擇走這裡，還有這麼個期望。她看起來還算漂亮，應該也很能幹。怪不得你看不上高士佛社的姑娘。」

「別瞎說了，這個與那個沒有關係。」卡嚕魯揮了揮手說，「對了，我看，這兩天沒事，距離天黑也快了，我們有酒有菜，不如我們就在馬扎卒克思那個隘口岩壁，找個石板就露宿一夜吧，我那親戚可是幫我們包了不少的酒菜。」

「也好，反正沒事。」阿帝朋說。

小徑上，阿帝朋又陷入無語狀態，卡嚕魯也不再理會他，自顧自的走路。阿帝朋跟在後頭，腦海浮起在柴城福安宮廟前那個長得像漢人的外地人，想著事情。才涉溪爬進隘口，跌坐在臨溪的一塊岩石平台上，阿帝朋忽然開口說：

「卡嚕魯，我可以感覺到這裡，整個下十八社，或者北方那些十八社的區域，日後會出現比聯盟更強大的控制力量，我們將面臨從未有過的巨大改變。從此以後，誰掌握有較好的溝通能力，誰能更柔軟更彈性掌握趨勢，誰就能擁有發言權，誰就能成為整個地區的領導人。過去幾年豬勞束卓杞篤大族長對外發言的聯盟形態，一定還會繼續以不同的方式存在。而現在卓杞篤過世了，社寮的米亞，射麻里的伊瑟，還有豬勞束的任文結，都有可能在日後有絕大的影響力。」

卡嚕魯沒理會，卸下揹著的酒菜，他自顧自的撿拾柴火準備生火驅蚊，以備夜裡照明、取暖。不一會兒，他坐了下來說：

「你啊，這類話題都別說了，反正你我也不知道該怎麼辦，就算你看透未來一百年的發展趨勢，依你的個性你也不可能登高一呼搶得領導權，指導全區域該如何做。就像你常說的，我們也不可能一下子搞懂這個區域以外的知識，除了想辦法接觸、學習慢慢改變。作為一個喜歡遊歷的人呢，你就繼續四處遊歷，把你知道的告訴我們，讓我們生活不致太無趣；而我呢，我知道沒有他們那些本事可以說上好幾種話語，我只好乖乖的跟著家人種田繼續過生活。」卡嚕魯停了一下，看著阿帝朋繼續說：

「現在起，你跟我一起喝酒吃菜，講鬼話、說女人講什麼都好，就別再說這些你我看不到摸不到也不能當飯吃的事。這要換了牡丹社的亞路谷，他會告訴你，誰來都一樣，沒經過我們的允許，擅自進入領地，就一定要他人頭落地。而且不管怎樣，我都得想辦法保存高士佛的實力，不管日後如何，我得讓我的部落一直存在著。而這些，並不需要我懂得多少語言。別想了，往好處說，至少你我還能在這裡好好的喝上一杯。」

「呵呵……我最近，的確囉唆啊。」阿帝朋也自覺無趣，苦笑著。

溪水由上游牡丹山區流下，經過雙溪口那四座埋著琉球人屍體的大墳塚，由這個隘口向山外奔騰瑽瑽吟響，完全不理會兩人的窸窸窣窣交談，就像兩側拔高而起的岩壁，始終冷眼與旁觀。

四、先鋒隊員

一八七四年（日本明治七年），日本九州，福建廈門。

數千名不平士族湧向佐賀，以及全國各地受到「佐賀」地區士族群聚的鼓動，所引發的零星局部動亂的消息不斷地傳到東京。而下野的西鄉隆盛回到鹿兒島，私自招募士族開設學校與道場的意圖不明，也讓內閣多方猜忌。各地軍營已經受命保持警戒，九州地區更是提升警備狀態，以防佐賀、鹿兒島地區有兵變。這樣的情勢，讓內閣不得不討論如何消弭這股壓力，安撫失業武士們的情緒。於是，兼任內務卿的大久保利通，在一月十八日招集了相關官員舉行內閣會議，專案討論出兵征台的可能性。

大久保利通向來認為日本應該朝向文官體制的政體發展，所以倡議以徵兵制度破除軍隊的封建性，建立效忠天皇的新式軍隊。但建立軍隊的目的僅在建立足夠防禦外侮的武裝力量，且現階段日本需要建立內部秩序，厚植工業基礎奠定國力階段，確實不宜對外用兵。所以，去年（一八七三）十月底的政策辯論阻斷了西鄉隆盛發兵征韓轉移士族不滿情緒的企圖，沒想到被壓抑的士族之氣，卻忽然膨脹高張瀕臨動亂界線。如何有效宣泄壓力穩定局勢成了迫切需要解決的問題。除了「征台論」，已經放棄的「征韓論」又重新被提起。

大久保利通對「征韓論」持反對意見，認為目前的外交處境，不利於征韓舉動。理由是因為，仍舊對日採取鎖國拒絕往來的韓國，目前仍認定清國為皇帝國，若貿然征韓，將招致清國的強烈干預甚至武力相向。但台灣蕃地仍被清國認定為「化外之地，教化不及」，加上英美兩國因為羅妹號事件在琅嶠半島遭龜仔角社痛擊的事，態度上完全支持日本對台做進一步的處分。大久保利通認為如果必須對外出兵，台灣不啻是一個好的選擇，只要限定軍事行動的目標，在清國管轄不及的蕃地，清國應該不會有太大的反應，而且事前嚴守秘密做好出兵準備，外部的干預會大大的減少。這個軍事行動對外可以進一步證明日本擁有琉球的處分權，增加日本的國際地位；一方面消弭士族的怨氣，又可以測試新式軍隊的能力，以便將來能躋身國際列強。大久保利通的說詞說動其他人，責成於內閣會議提出正式的說帖。

但，群聚在佐賀城的士族，顯然等不及內閣的想法成形。被迫下野的征韓黨人參議江藤新平和憂國黨的島義勇，已經群聚了一萬一千人的「不平士族」，在佐賀縣與官軍發生了衝突，被稱為「佐賀之亂」。迫得大久保利通、外務大臣大隈重信提前在二月六日於內閣會議提出「台灣蕃地處分要略」，內閣做成征台的決議。隨後大久保利通親自率領新式正規軍弭亂，平定已經造成動盪一個月的「佐賀之亂」。

三月初，「佐賀之亂」與「征台決議」的消息，在某個傍晚傳到在清國廈門蒐集民情、偵察地形的樺山資紀，他忍不住衝上了街頭打了一壺酒，準備在廈門靠海岸下榻的租屋內好好慶祝。但終究忍不住高興之情，他在街上猛灌了幾口之後，不自覺就手舞足蹈起來了。他那粗壯結實的身軀與稍短的下半身，擺手抬腿極不協調的僵硬姿態，讓路人覺得新奇哈哈大笑的駐足圍觀。但樺山不以為意，學著鹿兒島那些失業武士手執著酒壺走在街上的姿態，一邊舉壺傻笑邀敬路人，一邊朗誦著詩詞：

千里途涉往
心繫新陸疆
蕃害為暗礁
驚起千尋浪

敘述著他四處偵察往返，心心念念的還是最近可能擁有的新領土，沒想到當年生蕃殺人的事，這會兒成了引起滔天巨浪的暗礁，讓浪濤凶猛高舉。心想，即將發動的征台戰事，必定也像南疆的浪濤那樣凶猛。

樺山大笑的舉了壺，又大喝一口。才拭去嘴角的殘酒，他忽然正色道：

久高先祖長刀抵南疆
　資紀站前一寸

這說的是關於他養父的祖先樺山久高率軍三千襲擊琉球，樺山資紀不敢僭越先祖建立的功勳，只敢站在他的長刀前一寸之地，向南的方向眺望與前行。意味著他的所作所為不過是要繼承先祖的島嶼情結，在先祖既有的輝煌成就上，向更南的疆域前行立功。

樺山太過於開心，以致醉酒酣睡受了風寒，遲了三天出門，搭上春日艦在三月九日抵達打狗[1]偵察，並於三月二十七日與幾度進出南台灣做長時期調查的水野遵在柴城會

1 台灣高雄。

面，相伴一起偵察琅嶠半島的地形與水文。

「佐賀之亂」對士族們來說未必是壞事，起碼對於鹿兒島人一心想尋找機會建立功動的藤田新兵衛與田中衛吉來說，這件事的落幕讓他們心裡更為踏實與安定。

去年（一八七三）六月，在街頭與人比刀後，聽了軍醫官落合泰藏的建議，他們兩人猶豫了幾個月，在西鄉隆盛下野回到鹿兒島建立私立學校與道場時，參加了招募，想學習成為一個現代武士。除了經書史冊與蘭學[2]，也勤練刀術以及現代步槍與軍隊操典。但是兩人總覺得茫然與不踏實，畢竟他們參與的是西鄉隆盛的「私學校」，硬要視作為軍隊，也只能算是使用舊兵器、舊訓練方式的地方軍隊。能不能有機會為國家立功，成為全日本認可的英雄，他們可不認為有機會。所以，當眾士族喧鬧要起兵反抗政府時，西鄉隆盛的沉默如山，令他們倆更覺得卑微與挫折。佐賀之亂，西鄉隆盛又按兵不動，招致群集士族的非議，他們與那些一起受招募的武士們也按捺不住，以致軍情浮動，部分人甚至心生逃脫之意。還好西鄉隆盛以時候未到，耐心等候的沉穩說詞，發揮了一些作用。藤田、田中兩人與多數人採取信任的態度，不但沒有增加九州地區的動亂，也贏得東京方面的信賴。西鄉隆盛擁有「私軍隊」的事，成了一個被默認有效安撫不平士族的機構與措施。這也大大提振了眾人的士氣，相信自己日後可以成為日本，起碼是鹿兒島地區治安的穩定者。眾人近日的話題便環繞在內閣通過對台用兵的決議案，所有人的言語總是透發著興奮與積極。藤田兩人自然感到心頭一塊巨石落地。

「我們有機會參加這個戰爭立功。」藤田新兵衛說。

「你說的是戰爭耶，你怎麼說的好像我們要上京城參加慶典，那麼興奮。」

「田中君，你是害怕打仗嗎？」

「呵呵，才沒那回事呢。只是戰爭沒什麼好事，天下太平相安無事，農耕漁作，一片祥和多好，課堂上不都是這麼說的嗎？」

「是那樣啊，可是，軍隊建立了，目的就是要打仗啊。你想想，琉球那些屬於我們薩摩的藩民被殺了，我們沒有為他們討公道，也對不起我們當武士的身分。」

「武士？沒有武士了，都改稱士族了，藤田君還真是執念啊。」

「對我來說是一樣啊，能有機會建立功勳，這也是你我相同的想望，不是嗎？」

「嗯，只是，這裡已經有個新式的常備軍，要戰爭應該也會先派遣他們吧，我們就像是藩主的軍隊，留守的機會比較大吧。」田中衛吉說。

「新式軍隊？我覺得我們穿上了制服，應該與那些常備軍相差無幾，而且應該比他

---

2 關於西洋歐美的各種知識。

們更強。」藤田非常自信，說話間還不時抿著嘴點頭，「而且，我想西鄉大爺一定有他的打算，所以要建立這樣的學校。真期待一種新的武士形態出現，而我正是其中一員。」

「哈哈，藤田君，你真是個夢想者，我都讓你說得自己也覺得驕傲了。」

「我只是那樣想，那些大人物的想法深層遠大，或許有更宏大的想法吧。我們又怎麼能探知一、二呢？」

在中央的決策圈的思維當然不同於下級士族那樣的單純，但興奮之情卻是相同的。四月三日外務大臣大隈重信上奏明治天皇，分析外交情勢與征台利弊，提議對台灣蕃地用兵，獲准。接著依據二月在內閣會議提出的「台灣蕃地處分要略」九條，採「軍事優先路線」，設立「台灣蕃地事務局」。以大隈重信出任「台灣蕃地事務局」長官，陸軍少將谷干城、海軍少將赤松則良擔任參軍。西鄉隆盛之弟，三十二歲的西鄉從道，以兵部大丞[3]的職務，被拔擢躍升陸軍中將出任蕃地事務都督，實際指揮遠征軍在台灣地區的事務。另任命李先得為蕃地事務局二等出恃[4]、福島九成少校出任首任駐清國廈門領事。另外，明治天皇召見了李先得介紹的海軍少校克沙勒[5]與工兵中尉瓦生[6]兩名美國軍人。

消息傳來，九州鹿兒島縣傳統薩摩地方響起了歡呼聲，認為西鄉隆盛在士族民情不穩，醞釀謀叛時按兵不動的決定起了作用，使得同樣是薩摩藩出身的大久保利通，有正當的理由提名西鄉從道。

大久保利通此舉確實是經過精密的算計，一方面壓抑與稀釋西鄉隆盛的氣勢，一方面也稍稍平撫了士族的不滿情緒。但東京中央政府卻面臨令人眼花撩亂的內外壓力，開始猶豫搖擺。首先是土佐藩[7]的谷干城少將，原任九州熊本鎮台司令官，最初規劃征台指揮官時，大久保利通屬意由他出任征台都督，谷干城也一直做如此打算，但是西鄉從道積極爭取，令他出任遠征司令官夢碎，因而大發雷霆，謠言盛傳他將拒絕參與本次出征，使得大久保利通為了安撫谷干城，幾度往返東京九州。另外，向來主張內治優於外張的所謂「內政派」閣員，無不表明反對立場。維新三傑之一，擔任文部卿與代理內務卿的木戶孝允甚至辭職抗議。外交方面，原先贊成日本對台灣進行處分的英美兩國，得知日本將動用三千名軍隊征台，怕引起清日戰爭影響區域和平，危及商業利益，明確表示反對並局外中立，連帶禁止出租船艦予日本。清國也在四月十八日得知日本將派兵前往台

3 約處長級職。
4 相當於事務局副長官。
5 日本授予上校階級。
6 日本授予中校階級。
7 今日本四國島高知縣。

灣的消息，其他駐日公使也表達反對意見。這一連串的事件，讓日本備受壓力，內閣在四月二十五日決議終止出兵台灣。

但，事情並未結束。

第一批遠征軍在四月九日搭乘兩艘軍艦，由西鄉從道率領自品川港開往長崎整備。以九州熊本鎮台陸軍正規軍所整裝的遠征軍主力也整備就緒，西鄉隆盛更是把手下早已摩拳擦掌的殖民兵編成「徵集隊」，由版元純熙擔任隊長，並以薩摩士官為主編成的四十六人信號隊，一併交給西鄉從道運用。這情勢令鹿兒島頓時陷入亢奮狀態，「懲生蕃，立功勳」的呼喝聲，在士族之間隨處可聽見。

英美不約而同取消出租「約克夏號」「紐約號」兩艘運兵船，日本內閣也決議並宣告終止出兵，迫使遠征軍先頭部隊三百名人員，美國軍官兩人留滯長崎港。箭在弦上，西鄉從道以及參與計畫的官員也不輕易妥協，除了以四百萬日圓，相當一百五十萬六千八百美元的金額緊急購置七艘船，雇用日船四艘，雇英法船各一艘共十三艘船。在等待船隻全部到港的時間，命先頭部隊二百五十多名搭乘「有功丸」，先行於四月二十七日離開長崎駛向廈門，準備進襲台灣。

為了避免干預，在長崎港登船裝運期間，所有戰鬥人員都收起了亞麻白色的軍裝上衣，穿著尋常衣服，人員先後分了幾批混在搬運彈藥輜重的苦力之中，登艦後進入船艙內，甲板上僅留有操作艦艇的船員以及幾名也穿著便服的軍官。

「有功丸」才駛出長崎港進入外海，所有人全都擠上了甲板。

「真是混蛋啊，這麼小的船擠了這麼多人！」有人大聲的喊著，而他的喊叫聲也得到應和，一連串的回應從船頭接連船尾此起彼落。

「是啊，我們是出征，不是出門做工作苦力的，這樣擠著沒有道理啊。」

「萬一我們掉下海怎麼辦？」

「喂，你別擠啊，沒位子了你擠什麼？」

「誰擠你啊，是你貼著我站吧？貼著我磨蹭，你是想你家女人的身體啦？」

「你說什麼呀？船身這樣搖晃，誰磨蹭你啊。你的嘴巴移開點，臭死了。」

兩人你一句我一言，聲音是盡可能的大聲，但顯然也只是在他們前後幾個人之間傳送著。因為吹著海風，而甲板上能站著的位置，已經「插」滿了人，從艦橋上往下看，可以看到人頭像鉛筆，筆心黑頭一個個朝上插著隨船身搖擺晃著。四月底天氣已經燠熱，稍早之前，兩百多人擠進一百個人搭乘的有功丸，船艙內已經堆滿槍械彈藥與補給品，人員找縫隙待著將近一個白天的時間，汗水呼氣排遺，加上船艦出港口燒了煤炭飄進的煙霧煤渣，多人已經感到不適而嘔吐暈眩，才出港口，船艙內已經到處嘔吐物，令味道更加雜陳難耐。所以有功丸一駛出外海，所有人都站上甲板，船員也趁此時整理船艙。

甲板上，聲音隨處嚷著叫著喊著，興奮的牢騷的振奮的叫罵的，呼呼呼哈哈哈，誰也沒認真聽誰罵誰混蛋誰驚呼了什麼。但是，才行船半個小時，多數人已經出現暈船現象，不過沒有幾個人願意鑽回船艙內。

「我們要不要下去了？藤田君？」

「怎麼了，你暈船了？」

「這個時候下面應該沒有那麼臭了，我真想好好躺下來休息啊。」

「哈哈，田中君，你年紀輕，身體怎麼這麼不中用？哈哈哈，現代武士果然衰弱啊，我們才出港不到一小時吧？」藤田新兵衛說。

「不是那樣說的，這是我第一次搭船，這一天悶在船艙內像個醃菜，我已經好幾次偷偷地嚥下從胃裡翻攪而起的東西，真是酸臭啊。」田中衛吉說。

「其實，我也是第一次搭船，我也忍著不吐，可是這個時候下去，一定也好不到哪裡去，倒不如我們繼續待在這裡，起碼可以看看海面那些升起落下的海浪海湧。我真想不到，在大海居然是這個樣子，陸地越來越遠而船身越來越小。」

「藤田君，你的內在文質被騷動了吧？這樣令人難過的環境，你說起話來卻一反在陸地的粗野豪邁。」

「呸，別亂說啊，我可是現代武士藤田新兵衛，現在正在出征的路途，未來將嚴懲蕃人建立功勳而回。」

藤田新兵衛與田中衛吉是擠在艦橋下方左船舷的位置，那兒有預定架上救生艇的鐵支架，支架旁有一個人肩膀高度的檯子，架了一挺「蓋特林」多管機槍，支架與檯子所形成的遮蔭，剛好提供兩人遮蔽。剛開放上甲板的當下，藤田立刻拉著田中跑上這個位置，一方面避開了燒煤炭的煙向船後方吹去，二方面離開船頭較大的海風，以及船頭頂湧產生的激烈上下起伏。對此田中衛吉倒是沒有概念，也沒發覺此處有何特殊之處，但一旁站著的年紀稍長的漢子，第一時間卻直說藤田新兵衛的位置選得好，誇讚藤田一定有非常多的航海經驗。藤田沒有多做解釋，只笑了笑回應那個漢子。而此時，那漢子聽著兩人交談，也忍不住插上話：

「真是失禮啊，我不是故意要偷聽兩位說話，只是我太好奇了，藤田君，您真是第一次上船？」

「是啊！怎麼了？」

「可是，您似乎對船很有概念，一下子就選了這個位置。」

「沒有的事。住在鹿兒島縣，漁筏和小帆船倒是看過不少，在長崎港登艦前，我一直好奇這麼大的船未來在海上航行該是什麼狀況，我猜想應該是這樣的。」

「所以，您把船想像過一遍，也得到了一般人想像不到的知識。」

「這……」藤田忽然覺得被刺探的冒犯，心裡有一絲不悅。他注意到眼前的漢子大約莫五、六歲，略微方形的臉，面部表情頗俊朗，威儀中還有些帶著和善的笑意，顯然個性有幾分嚴肅，應該也有好修養，藤田猜想。

三人幾乎是貼著身擠著說話，田中衛吉注意到此人鬢角頓挫毛髮稀疏，鬢際皮厚粗繭，心想應該是勤於練刀戴面部護具使然，刀法一定很高強。以木刀擊敗真刀的藤田與這個漢子相比，誰的刀法高強呢？田中忽然感興趣了，撇頭向他微笑。

「喔，真是失禮，我忘了自我介紹，我是肥前的岡田壽之助。」

「肥前？佐賀？」藤田楞了一下，他以為這一船全都是鹿兒島常備軍以及西鄉隆盛所招募的志願軍所編成的。

「是的，因為參與了被他們稱之為『佐賀之亂』的起義，所以不得參加任何軍隊只能回家種田。」自稱為岡田壽之助的人掛著笑臉說。

「什麼？佐賀之亂？所以你是士族？不，是真正的武士？真是失敬啊！」藤田太驚訝了以致瞠著眼睛說話。

「唉，兵敗之士豈可言勇？」

「但是，你真的是個武士，也一定是個刀術高手！」田中說。

「落沒的武士，那些事就別提了。」岡田壽之助仍然微笑著說。

「既然不被允許參加軍隊，你怎麼會出現在這裡？難道你不是跟我們一樣，是西鄉大爺招募的志願軍？」藤田說。

「不是啊，我不是武士了，也不是來打仗的兵，我現在的身分是雜役、苦力或者……翻譯。」岡田停了一下，「其實，我是真的想從軍。我參加佐賀的起義，是為了日本的振奮，而今日遠征軍出征，也是為了日本的威望，我當然要想辦法參加。於是我到處參加應徵，但因為天皇有令，規定參與佐賀起義的人，一律卸甲歸田，不得參與任何武裝組織。我只好拜託負責勤務的大倉組收下我當勤務支援的苦力，我懂一點漢語，文章也還有人欣賞，總算讓他們接受我。所以我跟著來，除了勤務支援，我還要負責翻譯以及筆記與回報戰場見聞呢。」

「哎呀，果然是武士，能文能武啊！」藤田太驚訝與佩服了，以致瞠眼縮顎表情異常滑稽，令田中忍不住笑了，又引來藤田的不悅：「喂，田中君，我說的不對嗎？」

「不是，沒有不對，藤田君一直以來就推崇幕府時期的舊武士，而現在眼前就有一個文武雙全的真正武士，又曾是參與佐賀起義的志士，我們本來就應該好好的恭敬的面對才是。我看我們名字都有個田字，我提議，不如我們乾脆結拜成兄弟，這一趟出征，也好有個照應。日後行動，名義上我們歸伍長指揮，但是呢，實際行動時我們就以岡田為首吧。」

「這個建議好！岡田君，你意下如何？」

「這……結義成兄弟我是願意的，但是將來在戰場一起行動這件事，恐怕不方便吧。我是個勤務兵，不在戰鬥編組中啊。」

「不方便？不會吧！按照我的猜測，你不會只甘心當個勤務兵的。」藤田說。

「這……哇哈哈……」岡田壽之助被窺破心事似的，忽然笑了，「我果然沒看錯你，你的觀察與聯想力確實與眾不同，我的確有我的打算，我志願編到勤務隊，為的也是希望行動更自由啊。我是武士，為了理想曾經脫藩，既然有機會參與戰事，我可不願行動上被捆綁住。我有我的想法與作戰方式，這可不是現代常備的軍隊所能理解的。到了戰地，我一定要率先立功殺進蕃社，就算死在異鄉我也甘願啊。」

「哇，真是個武士啊！」藤田說。

「而且，你們別忘了，就算你只是徵集隊的志願兵，還是有長官編制吧？怎麼可能脫離行動呢。」

「當然有啊，只不過，好像……也只是那樣吧，大家平常一起過生活的，誰知道。也許上了戰場，真正遇到了敵人會不一樣吧。」

藤田新兵衛所說的，大致反應了志願兵或者所謂殖民兵的某種特質。這些類似私人武力的集團，主要是土佐脫藩武士坂本龍馬[8]最初的構想，希望屯田開墾北海道，以紓解失業士族對社會造成的動亂；西鄉隆盛則預計作為未來征服朝鮮所編組的軍隊組織，現在轉用在台灣。這種軍隊組織，官與兵之間，還保留舊式武士之間的關係，有階級，但又不是很清楚的界定彼此的權力與義務。

說話間，漸漸有人回到船艙內，甲板的空間稍稍舒緩，他們的交談也逐漸吸引了周遭其他人，岡田特殊的身分令人好奇，眾人紛紛詢及二月發生的佐賀之亂（起義），但岡田壽之助似乎不願多談。

「喂，你們別害我了，我只是個勤務支援的雜役苦力。各位要我幫忙寫個戰場風流記，我是可以的，其他的事找你們的伍長班長，可別找我啊。現在呢，也別問我其他什麼佐賀起義或者國家大事，我不懂啊。我看這樣吧，既然是在出征的軍艦上，暈船以前，不如我們進行一場盛節吧。」

「盛節？」藤田似曾聽聞，但不確定。

「是啊，過去武士們出征前，為了激勵士氣，彼此接力吟誦詩詞，或唱或吟稱為『盛節』，我們接連吟誦，就當成是我們的出征歌吧。」

「盛節？我記得這是土佐藩特有的啊。」有一個人說。

---

8 幕府末期知名的豪傑之士，擁有名為「海援隊」的私人艦隊。

「對了，是土佐藩士特有的習慣，我記得薩摩藩也有相似的習慣，只是我沒來得及趕上啊。莫非……岡田君跟土佐有淵源？或者您根本就是土佐藩武士？」

「哈哈，沒錯，我是土佐脫藩武士，後來投靠佐賀。哎呀，不管這個了，我們吟誦吧，我起頭啊。」岡田不願多提過往，嚥了口唾液，提了氣高聲的朗誦：

當盡忠孝不枉為人，為節而死毅勇兼備

「好啊！」眾人齊聲讚頌與鼓掌。

「我也來！」藤田不甘示弱，船晃間，抓著船舷，在蓋特林多管機槍座下，高聲的誦著：

武士需預知如黎明而來的動亂，敏銳猶如善捕鼠輩的貓

「我也來一段。」田中說，隨即展開雙臂，沉起馬步：

時刻檢視腰間長刀，凝視家族的銘文、紋路與刀刃

後面陸續有人接著吟誦：

我一夫當關，直抵百萬軍，不思退路
決戰關頭，且讓刀刃交鋒，玉石俱焚

「好啊！」眾人喝采著，並以此為基礎歌詞，你一句我一句反覆吟誦、擺姿態，岡田忍不住哭了，藤田也濕了眼眶。

東海上，南下的百人小軍艦，承載著新舊日本軍人的武士魂，在船舷邊浪湧中，揚起沉落，又左搖右擺，一句一詞的接連著，振奮著，不少人哭了。

「有功丸」在五月三日清晨抵達廈門，主要的目的是增補添購小船、牛隻、馬匹與其他的布匹與酒類。泊港的兩天，在這些志願兵幾近暴動的強烈要求下，允許官兵上岸在廈門街道找樂子，倒是讓藤田等人覺得開心與津津樂道。五日傍晚六點三十分軍艦離開廈門開往台灣時，一夥人群聚在甲板上，每個人跟補給士官要了規定配酒量的一壺酒，以岡田壽之助為中心，彼此緊挨著坐在一起喝酒閒聊，回味著兩個白天上岸的趣事。這兩天，岡田意外的成為這一群人的頭頭。

先前出發時，在長崎外海的船上一席交談，因而對岡田壽之助產生崇敬之意的藤田新兵衛與田中衛吉，下了船在碼頭瞻望，猶豫著要不要跟隨其他人往碼頭邊幾間建築走去，卻見岡田下了船後毫不猶豫的與其他人不同方向，穿過停泊碼頭往外走去，兩人不約而同的追了上去。

中午過後的時間，三人便形成一個小隊，由岡田壽之助領著，進入菜販與一般攤販聚集的市集。岡田以幾個在清國通行的錢幣買了幾個燒餅與糖葫蘆分給兩個人吃，然後沿著一條較大的巷弄，繞過英國駐廈門的衙門後方，慢慢的閒蕩，遇見幾個英國人或者美國人的洋人，在一家西式的商店門庭吃點心喝茶與咖啡。洋人似乎知道三人不是華人，半試探的以日語問好，令藤田吃了一驚，瞠著眼望向他們又看了岡田一眼，發覺岡田抿著嘴，忽然跨起了外開步放緩腳步，目光盯視著前方一點，一瞬也不瞬，連正眼也沒瞧那些洋人一眼，像極了即將進入決鬥場的武士。藤田與田中警覺岡田一股殺氣隱隱騰升，心頭一凜互看了一眼，也沒敢多問，不自覺拉開距離緊跟著後方三步。岡田走出約百步，才走回正常的腳步，臉部表情也緩和多了。直到兩個街角一個小酒鋪店外，岡田拉了張椅子坐下，藤田忍不住問了：

「岡田君，我實在忍不住了，請容許我問個問題吧。」

「喔，藤田君別客氣，你說吧。」

「你似乎恨那些洋人？」

「怎麼？你們不恨？」

「不知道什麼感覺，說恨也不像，說不恨，又覺得哪裡看不順眼，就想吵上一架。田中君，你也是這樣吧？」

「我？應該是這樣吧。我跟你一樣沒有來得及趕上武士的時代，但我知道幕府末期，明治天皇登基前的局勢，我厭惡這些洋人。」田中衛吉說。

「我的感覺就是這樣，也談不上恨。想到這次我們出航，被逼著擠在這個百人小船，我就一肚子氣。但是又想想，這艘船又有米國來的兩位軍官，聽說這一次征台還要靠他們在技術上的支援，這樣，我又有些好感，很矛盾啊。」藤田說。

「岡田君，作為真正的武士，你的想法一定很特別吧。」藤田又說話。

「喂，店小二，先上點酒菜吧！」岡田沒急著回答藤田的問題，揚起手，朝著店小二叫酒，特殊的口音，讓店小二愣了一下。

「了不起啊，岡田君，你會說漢語。」藤田搖著頭，無限歆羨的眼神看著岡田說。

「喔，這不值得一提啊，別忘了我的工作是來擔任翻譯的。不過，只能說一點點關於吃喝的漢語，其他的不行，這一點，請替我保密啊，別讓我在別人面前失去尊嚴了。」

哈哈……」岡田笑著半開玩笑的說，但表情一下子又轉為嚴肅：「幕末[9]，絕大多數的武士都是充滿著為社稷蒼天捐軀的志氣，雖然想法不同陣營不同，彼此也為各自的理念與藩的利益相互凶殺戕害，但是，不論是勤王派[10]或者佐幕派[11]，我們共同的一致目標就是攘夷，即使以太刀對抗洋槍洋砲，也沒有人會示弱。所以，見到洋人，我本能的就會產生一股強烈的敵意。別忘了，我可是武士啊。」

「對啊，我們可沒忘了岡田君的武士身分，的確是令人羨慕尊敬啊。」田中忍不住的稱讚，「說起來諷刺啊，這艘船的航海技術指導，還有將來在蕃地的工兵指導都是米國人，是洋人啊。」

店小二端上了酒菜，又多看了一眼剛剛叫酒菜的岡田，點過頭離去時又忍不住好奇頻頻回顧。

「是啊，別忘了還有一件事，當年黑船事件就是米國人開著鐵船軍艦逼著幕府要開港開國[12]。這一次說好要出租大船運送遠征軍，出發前忽然改變心意不出租船讓我們擠在小船的，也是米國人。米國人到底在想什麼？我們的內閣又究竟打什麼主意？」藤田說。

「呵呵……朝廷或者內閣的決策，以及國際之間的談判我是不懂，恐怕也只有那些閣員大官們知曉。不過，我聽說了一件久遠的事。當年米國一艘船在台灣觸礁上岸，被蕃人殺害，後來英國先派了軍艦，被伏擊逃了回去；米國更是派了兩艘軍艦征討，一百八十多名陸戰隊登陸後，被蕃人伏擊，死了一個高階軍官。現在得知我們因為琉球人被殺要出兵懲罰，米國人是贊成的，不知道什麼原因也只能偷偷摸摸的支持。」

「你是說……岡田君的意思是說，我們現在出兵懲罰的是當年擊退米國的蕃人？」

「沒錯，這一次的對象是同一個區域的蕃人，而且比當年更強，所以內閣非常重視，據說西鄉都督將要編組一萬多員的軍隊討伐。」

「一萬多員的軍隊？哇哈，沒想到蕃人這麼強，這可有意思了。」藤田忽然覺得興奮，忍不住執起酒壺為其他兩人斟酒，「來來來，我們喝酒，敬一下我們即將面臨一場硬仗，這一回，我一定要立下功勳啊。」

「藤田君真豪邁啊！我不顧武士的身分擔任雜務兵，心心念念的也是為了這個。我一直相信武士的太刀是世間最強大的兵器，即使現在洋槍橫行，我依然堅信武士的意志與刀術才是最後決戰的保證。既然台灣的蕃人曾經擊敗這些洋人，而這些洋人又只能期望我們為他們出氣，我相信我們一定能爭回一口氣，讓世人見識武士的意志與日本軍力

---

9 擁護朝廷。

10 擁護幕府。

11 一八五三年美國海軍准將馬休．培里率艦隊駛入江戶灣浦賀海面的事件。

12 幕府末期。

的強大。來，我們乾杯，日後戰場上大家彼此照應，一起建立功勳。」

三人喝酒閒聊，不知不覺也喝掉幾壺，都有了幾分醉意，日照斜過了屋頂，遮蔭起南北向的所有通衢巷道。藤田想起天黑前回到船上的規定，提醒著兩人，但岡田似乎興致未息，將最後的酒平均斟完後，說：「我們換個地方！上戰場拚殺之前我們好好享樂。」

「換個地方？岡田君，剛剛在市場讓你請吃東西，眼前的這些酒錢我們還不知道怎麼付啊，再換個地方，這怎麼行啊？你哪來這麼多清國的錢啊？」藤田想起身上只有一些日本錢幣，一下子酒醒了。

「呵呵……兩位怎麼忽然畏縮了，不像武士啊！上船以前我兌換了不少，就算吃喝兩天應該也花不完吧，所以不用擔心。這裡所有花費我先支付，如果能回到鹿兒島縣，你們再把薪水沒用完的拿來還我。要是我們誰死在蕃地，錢也就別還了。上戰場前，我們好好的放輕鬆，別讓這些小事掃興了。」

「真是豪邁啊！」田中讚嘆著，「可是，我們都醉了一大半，還能去哪裡呢？」

「哇哈哈！跟著我，總有好事的。別忘了，是你們說的要結拜成兄弟，我可是把你們當我的兄弟呀。」岡田壽之助笑著說。

岡田伸手又招來店小二，說著漢語又比手畫腳，店小二忽然眉開眼笑猛點頭。結完帳，領著三人轉過兩條巷子，轉進一間門面頗大的酒樓，幾個姑娘擁了上來。令田中羞赧的直躲在藤田後方，藤田新兵衛一時反應不過來，讓兩個姑娘貼著乳房又架又拉的進樓，田中衛吉才猶豫，另一個姑娘已經貼了上來，岡田壽之助倒是一派輕鬆，摟著兩名姑娘笑著進酒樓。

三人回到登艦梯前，已經是晚上八點多，遠遠超過了規定回營的時間，但碼頭上還有不少的士兵三三兩兩回來，除了少數人身上帶有酒氣，多數人是清醒的。岡田三人幾近爛醉又帶有脂粉味的情況，引起不少人的好奇，爭相詢問如何辦到，沒有人責備與抱怨，連幾個士官也好奇哪裡有地方可以喝酒玩樂又不會引起糾紛。以至於第二天上午吃過早餐，指揮官福島九成少校訓話時，不少人已經圍繞在岡田壽之助等三人周邊，等著一起出遊。

福島九成簡單的說明因為要進入戰鬥準備，要求所有人必須在下午二點回到船上；另外提起昨日士兵在廈門市區玩樂，引起不少的注目，希望所有人別節外生枝。福島九成身邊站著美國現役海軍少校克沙勒、工兵中尉瓦生、隨軍的美國記者豪士等三人，凝重的表情與陣仗，讓士兵們稍稍收斂與提高注意力，但是才下船，又恢復了浪人的本性，高聲說話，佔據馬路的群集走路。岡田這回身邊聚集十幾個人，他只得選擇商家較多、道路較大的地方看看字畫、廟宇，也好好欣賞廈門地方年輕女人。中午選擇在日本駐廈門領事館側面一家飯館，由岡田請客吃喝一頓。

相較於士兵的想盡辦法輕鬆找樂子。福島九成等軍官卻緊鎖眉頭，盯著電報發報所向長崎、東京回報，所預定的補給品因為預定的聯絡人萬巴德，畏懼流言捲入戰爭糾紛，沒有如預期的在四月十五日前完成牛隻、小船等物品的籌措。為了不耽誤時程，日軍只得放棄採購牛、馬等計畫，另外想辦法買到登陸用的平底小船，隨即整頓完後出發航向台灣。

橫越台灣海峽向東航行的有功丸甲板上，除了進入船艙休息的士兵，甲板其他地方也擁擁擠擠的圍坐著不少的小團體，一些士官也加入飲酒行列。以志願軍為主的遠征軍先頭部隊，只在指揮官以即將投入戰鬥的理由要求所有人準時上船這一件事上，展現出部隊的紀律，其他時候，官不官、兵不兵，衣衫不整，抗拒差遣，一喝酒就隨性舞蹈唱歌，幾乎沒有任何人會去約束，特別是航向台灣的夜晚，這個情形也吸引三個隨船的美國軍官的好奇與不解。

以岡田壽之助為首的一群人，乘著酒性依舊持續高聲說話，反覆的敘述著在廈門街上的見聞。

「岡田大哥，有一件事，我這兩天一直忍著，不知道該不該問你。」藤田新兵衛說，而他認真的問話，讓其他人都受到吸引而安靜下來，在海上的黑夜中望向岡田壽之助。

「你又嚴肅的問話了，是什麼事呢？而你為什麼一直要等到忍不住才來問呢。哇哈哈，你真是有意思的人啊，藤田君。」岡田笑著說。

「喔，請原諒我的無禮，因為實在是太好奇了，我是說，岡田大哥似乎對廈門很熟悉，從昨天你帶著我們鑽著巷道找樂子，今天又讓我們吃了一頓廈門的料理。如果沒來過就太驚人了。」

「是啊，這種熟悉程度，還真的像是曾經來過這裡。可是……」田中衛吉說著，忽然又猶豫的偏過頭停頓。

「可是什麼？田中君，你說『還真的像是來過』，難道你認為岡田大哥沒來過這裡？」藤田說。

「我覺得……我覺得大哥沒有來過。」

「喂，你說這話太無禮了吧？」

田中衛吉的話，讓藤田覺得被冒犯，卻讓岡田壽之助大感興趣。

「有意思啊，你倒說說看你怎麼會覺得我沒來過這裡？」

「真是對不起，我冒犯了。我只是猜想，昨天我們跟著您的後方，我注意到大哥您其實是一刻也沒停止觀察，雖然您沒有在巷子口停下腳步觀望，但還是很明顯的有放慢腳步，並且留心著來往人群。我猜想您是根據觀察來判斷下一個決定，雖然隨性，但是一定有根據的，這不像是來過或者熟悉這裡環境的反應。」田中說。

「是這樣嗎？」幾個人不約而同的問起。

「哇哈哈，真是驚人的觀察力啊，你們要是身在幕府時期，一定是出色的武士，最起碼也是專門刺探回覆情報的好手。」岡田壽之助點點頭說：「沒錯，這是我第一次來這個地方，作為武士，我不可能離開肥前，除非脫藩成為藩敵，作為動盪時代的日本人，我更不可能有機會離開日本。」

「可是，您的行動異常的堅定果決，沒有猶豫啊。」藤田不願承認自己看走眼。

「哈哈，別忘了我年紀稍長幾歲，幕末以及現代日本的這幾年，我幾乎是四處冶遊希望報效國家，遊歷經驗多了，我的行動自然就靠直覺。市集人多，也很容易觀察進出市集的人往哪個方向移動，這也是我們一開始就出現在市集的原因，我想看看這裡的人生活的需求與日常啊。」

「可是你還知道哪裡有酒喝，哪裡有……」藤田顧忌其他人吃味，硬生生把女人、窯子等字眼吞了。

「我確實不知道哪裡有什麼，但是走著走著，我發覺有些穿著光鮮閒蕩的男人，往一些方向走去，我本能的跟了上去。」

「可是，衣服光鮮並不一定表示要去喝酒上館子找樂子啊？」藤田實在不願承認自己沒看出這點細微，已經是連續說出了第三個「可是」。

「呵呵……確實沒有一定是那樣，可是你們想想，下午三點過後，你穿著還算整齊的衣服，你會去哪裡？即使不喝酒，也應該是去輕鬆玩耍娛樂看女人的地方不是嗎？別忘了，我是來擔任翻譯的，說不定在路上我就偷聽到了什麼。」岡田說。

「對啊，我就猜想，或許大哥是因為也聽到了一些交談，才會那麼精準的行動。別忘了大哥在酒店跟夥計說了不少話。」田中衛吉說。

「不不，田中君，你記錯了，那是傍晚去喝酒時才說話的。」藤田似乎也接受了自己沒有弄懂岡田壽之助的挫折感，想指正田中衛吉好扳回一點顏面。其他人似乎也只能聽他們說話，根本插不上嘴。

「我上過蘭學，多少也聽得懂一些洋話啊。我們經過那些洋人面前，有個男人以日語向我們問好，但也有人在後面碎言，說：你們看這些日本人一定是要去哪裡喝酒找女人。他們幾乎一眼就分辨出我們是日本人。」

「怪不得大哥板著臉，殺氣騰起。」田中說。

「不，我說過，作為一個曾經喊著攘夷，預備以生命殺盡洋人以保護日本的武士，那是非常本能的反應。」

「總之，非常感激大哥的照顧。」藤田忍不住彎下上半身鞠躬。其他人也不自覺的，夜色下朝著岡田壽之助的方向鞠躬致意。

「你們都聽著吧。」岡田忽然沉下聲音，「我這麼囉唆的說了這些，不是倚老賣老，按道理說，我只是雜務兵，是個文書翻譯，沒有資格跟你們說這些。我總是想了，此番前去，說不定在船上過了一夜，我們就要進入台灣蕃地上戰場，那裡是什麼有什麼，我不知道；那些曾經殺過洋人擊敗過米國陸戰隊的蕃人如何強大，我也不知道。但是戰場總是有個簡單的道理，就是要全神貫注，注意所有細節。你們作為戰鬥兵，我是有信心的，我相信日本傳統武士的精神加上現代的軍隊編制與武器，你們絕對有機會擊敗那些蕃人，為日本爭一口氣。」

「岡田大哥，可要帶領我們啊。」一個人說。

「啐，你們有編制的伍長班長，也有軍官，他們自然會帶領你們執行任務。希望你們都能像個武士，奮勇殺敵又全身而退。至於我，我有我的想法與方法，去完成我作為一個時代結束的末代武士的夢想，這是我來的目的啊。」岡田壽之助說完，順手喝完手中酒壺的最後一滴，其他人也不待招呼都仰頭喝光手上的酒。氣氛忽然凝重而節制了。

「有功丸」橫渡台灣海峽，一夜一晝風平浪靜，狀況出奇的好。所有人在過了中午時間以後，便自動的進入半戰備狀態，原先散漫無紀律的先鋒隊，忽然都收斂了起來。

幾個年紀稍長的志願兵還主動催促著士官招呼各伍班兵，整理裝具檢查保養槍械。

五月六日晚上九點，「有功丸」抵達社寮南方的琅嶠灣，十點停泊完畢。見到岸上一兩公里外有火把來回晃動，人聲時大時小的傳來，整船上至軍官下自士兵也感染了緊張氣息，船舷布滿了警戒哨兵，預防岸上「蕃人」襲擊。

藤田新兵衛尤其感到興奮，他挲撫著步槍，想像著明天早上，該如何搶得有利的位置，建立第一功。想像著那些令米國洋人灰頭土臉的「蕃人」是如何的猙獰與頑猛。右手邊的田中衛吉似乎也陷入緊張與興奮狀態，抿著嘴眼神凌厲的盯視著藤田新兵衛，而左側的岡田壽之助已經呼呼大睡，臉上叮著幾隻蚊子。

「我們的日子終於來了，田中君，我們要成為一個真正經歷戰場的武士了。」藤田遠眺著遠方夜色下的幾把移動的小光點，喃喃的說。

五、社寮風雲

一八七四年（清同治十三年），社寮。

五月七日，柴城南方約兩公里多的平埔族為主的社寮部落，有幾戶人家延續著婚嫁前的準備工作繼續忙碌。昨夜，執著火把的男人忙著準備送嫁的禮品，而在村落前後活動著，對於將近十點多停泊的日本軍艦，除了社寮的主要領導人，一般村民沒有人特別在意。因為，來自於山區的「竹社」族長的兒子，將率隊在今天上午前來迎娶。新娘家人很重視這一場婚宴，能與竹社結親，除了有機會往更東邊的山區拓展關係與開墾土地，最重要的，還是能與此區域最強悍的牡丹社間接形成同盟關係。琅嶠半島多數的部落多半是打著這樣的想法，因此與山區「生蕃」通婚結親的事時有所聞。

深埋在虎頭山、四林格山、南勢湖山三面環山的「竹社」是「琅嶠下十八社」的一個五十幾人的小部落，長年與鄰近的四林格社、八瑤社、高士佛社往來密切。一般談及竹社，會很自然把它歸類在以牡丹社為主的「北方聯盟」。一八七一年八瑤灣事件，琉球宮古島人被追殺，有一名宮古島人逃到竹社避難，後來讓保力村村長楊友旺救了去。因為地理位置特殊，竹社除了與山區幾個部落往來，也與社寮柴城的平埔聚落漢人村莊有往來。為著這場婚宴，竹社眾人一大清早就開始忙碌著調度人手準備迎娶聘禮、喜宴。為了增加迎親隊伍的層級與體面，竹社的族長還特別邀請四林格的阿帝朋與高士佛社大族長之子卡嚕魯，前一晚住宿竹社，以便第二天隨行迎娶隊伍。對此，卡嚕魯阿帝朋兩人自然是開心的答應，並於昨天入夜前各自領著四個全副武裝的青年盛裝前來助陣，一行人刻正躺在竹社平時作為招待來訪賓客的竹屋內。

東面的四林格山山稜線已經清楚浮現，上空天色也已經有了亮光，村落除了四處啼叫的雞鳴，以及住戶居家的雜樹的麻雀聲之外，幾條巷弄間也開始傳出零落的器具碰撞的「喀啦」「叮啷」聲。竹屋外約十步遠的小空地，起早的兩三隻狗兒，已經醒來相互追逐玩耍。

「喂，我們得起來整理了。」卡嚕魯朝著幾個青年輕聲喊著。

「嗯，太陽一出來就出發，中午大太陽掛在頭頂前，就可以回來。」阿帝朋說。

「今年的這個時候，比去年還要熱，早點去回，免得新娘晒昏倒在路上。」

「嗯，這麼熱的天氣，今年風雨應該會來得凶猛，說不定颱風會提前來，次數也會更多。」

「對了，阿帝朋，我忽然想起，那些海上來的百朗來了之後，這幾年已經沒聽過有船隻在附近海域觸礁了，你不覺得奇怪嗎？」

「呵呵……卡嚕魯，你還在懷念那一場殺戮啊？」

「不是，這種事，能避免就盡量避免，誰喜歡殺人啊？我只是好奇，會不會因為這件事，他們的官員不准他們再出海？」

「應該不是吧？這種事閒聊起來是一件又一件的，聽起來好像經常發生似的。可是你想想，我們都幾歲了，真正碰過的船難事件也就是那一兩件，數也數得出來。三年前我們那一次，確實是大了一點，死的人數是多了一點。現在還不知道會不會有後續的事情發生，像過去那些洋人那樣來報復的。」

「應該不會了吧。」卡嚕魯說。

「如果是這樣，最好也就這樣了，不過……」阿帝朋忽然住了口。

他們說的是宮古島人被殺的事，阿帝朋腦海卻斷斷續續閃起了事件過後。他曾與高士佛社的卡嚕魯，牡丹社的亞路谷，豬勞束的任文結一起重返八瑤灣那艘沉船的現場。

為了陪卡嚕魯取下船底的一塊木板，準備用來製作刀鞘，阿帝朋也跟著下水。當潛下水去看見海底下岩礁與海潮的壯麗，以及船身劇烈碰撞後的傷損，阿帝朋一時失神被海湧推了上來，海浪直接將他摔向岩礁後暈了過去。

「怎麼啦？怎麼忽然不說話了？這不像你啊，呵呵……」卡嚕魯說。

「那些被我們殺害的海上的百朗，要捕魚，鄰近的海域就有了，他們要穿越過那樣無邊際的海洋，海湧一定很暴烈，接近陸地時還要經歷那樣凶猛的海浪，他們為了什麼目的需要這樣長途的冒險呢？」

「誰知道？還好我們不用冒險。」

「光想想就覺得可怕了，也佩服這些人的勇氣與決心啊。」阿帝朋說。

他注意到幾個年輕人已經停止了動作，有的站了起來伸展，有的已經上完廁所坐在院子抽菸。而竹社的族長已經派人送來一些水煮地瓜、肉片以及湯料供他們當早餐。

當準備妥當，眾人出發時，太陽剛爬上東方的四林格山南北方向的稜線。迎親隊伍大約有三十個人，兩人抬著空轎子，幾個壯丁抬著六頭黑豬、捆紮好的小米、七個陶甕、一對鹿角、兩張鹿皮。十六名執槍的戰士，揹著油亮的火繩槍，八名走在隊伍的後面，八名走在一個執紅旗的後面，高舉紅旗的走在最前面。新郎與阿帝朋、卡嚕魯盛裝佩著刀走在中央稍前方，身旁還依照社寮通行的閩南婚禮習慣，派一個媒婆與兩個伴娘跟隨。

一行人沿著保力溪往西行，七公里多一點的路程，約走了兩小時。抵達社寮村子口外約一公里的溪床上，大夥稍事休息梳洗後再上路。一走上通往社寮村子口的牛車道路後，隊伍停了一下，前面八個持槍的漢子，朝空輪流開槍，算是通知社寮居民有外人接近，也是告知社寮的親家，迎親隊伍即將抵達。

迎親隊伍並沒有耽誤太久，簡單的送親儀式很快結束，而迎親隊伍只簡單用過一些茶水點心，便啟程返回竹社。社寮的村長以及一些親友來了不少人，但阿帝朋最想見到的米亞，在隊伍離開前夕才出現加入送行的行列，沒有能多交談，令阿帝朋稍稍感到失望。米亞曾經三度當美國人李先得的嚮導會悟卓杞篤，年紀長阿帝朋十歲。

隊伍離開社寮村沿保力溪回程時，龜山方向遠遠的一條小徑出現了二十幾個人，有幾個人揹著長槍，阿帝朋絕佳的視力還注意到有幾個洋人。

「卡嚕魯，你看看龜山那個方向走來了一些人，穿著跟去年我們六月在柴城，看到的那個長得像海上來的百朗相似，我注意到還有幾個白種人。你想，他們怎麼會在這裡，他們來幹什麼？」行進間阿帝朋指引卡嚕魯望向龜山方向的一群人。

「這確實有點怪啊，他們的樣子不像是來打獵，可是不少人揹著槍。那是槍吧？看起來比我們的短了許多，木頭的部分也漂亮厚實，他們到底是什麼人？可以在社寮附近活動，而社寮的人沒有反應？對了，我想起今天社寮來看熱鬧或送行的人之中，米亞的家屬來得很少，連米亞也在最後的時間才出現，我猜想社寮一定有其他的事在進行著。但，我想應該跟我們無關吧，否則，他們應該會跟我們透露一點消息的。」

「你也注意到社寮的人來得不多？這究竟怎麼回事？我怎麼感覺到不安呢？」

「別亂說啊，今天是竹社的大日子，中午我們好好喝酒吃飯，有事，社寮的親友自然會來跟我們說。」

阿帝朋的不安，很快就形成具體的憂患。

約在下午三點，竹社酒宴正式結束沒多久，族長家還留有一些人趁著酒興，男男女女唱歌圍圈圈跳舞，或者閒聊吹牛。社寮村長之子米亞，也帶著幾分酒氣來到竹社族長家，帶來一些訊息。說昨天晚上海邊來了一艘大船，天將亮的時候，村子的人發現了，所以船上的人派了代表來村裡面。很巧的是，那個人是前年米亞陪著他去見卓杞篤的翻譯。在今天早上天剛亮的時候，這翻譯邀請了米亞以及村子幾個家族長老，還有鄰居一些人，跟著到船上去講一些事，也參觀了那艘大船。

「所以，沒有及時參加送親的行列。」米亞說。

「唉，我們還說，嫁給我們山區的人家，你們心裡有疙瘩還是怎樣了，不參加也不先打招呼。」竹社的族長說。

「可真是失禮啊，所以，我的父親特別要我親自向族長還有新郎道個歉。」米亞說。

卡嚕魯與阿帝朋注視著帶有酒氣的米亞，沒多插嘴。清晨參觀船，最後趕來送行不能說失禮了，但是親自來道歉也該是在中午宴客或者擇日再來說明。喝了酒再來，這又算哪門子的禮數？兩人不約而同的興起這個念頭。

「對了，」米亞說，「我急著這個時候來，一方面是不好意思留下賓客自己出門，主要還是因為上午我注意到卡嚕魯與阿帝朋都在，我猜想這個時候你們應該也還在，我出現的時機會好一些，大家盡了興，喝了酒，我再好好的完整的把話說清楚。」

「我們？」卡嚕魯與阿帝朋幾乎是異口同聲，剛剛才起的念頭立刻被窺破，頓時覺得尷尬。

米亞不理會他們的尷尬表情，接著說：「我們參觀完了軍艦回來，他們的軍官便上岸去走走看看，好像也去了龜山，說是要找一塊足夠大的地方搭設營區。中午的時間我們殺了豬請他們吃飯。因為，這件事太重要了，所以我急著在吃完宴會結束，與我的父親細細商量了以後，現在才來，這一點請諒解。」

「來的是日本運兵船，載了兩百五十個日本兵。」米亞接著又說。

「兩百五十名的日本兵？」

「日本兵？日本是什麼？在哪裡？」

「要來搶土地嗎？清國的衙門最喜歡這樣了，派軍隊來恫嚇，然後宣布土地是他們的，山是他們的。」

「你們別打岔了，讓米亞說完吧。」竹社族長制止了幾個人驚訝接連著的插話。

「這艘船上有幾個洋人，跟李先得是同一個地方來的，其中一個軍官接見我們，他說他是這一艘船的代表。這艘船也是日本政府準備派遣台灣遠征軍的先鋒隊。」

「二百五十名的先鋒隊？日本派遠征軍來幹什麼？」一個人又插話。但卡嚕魯與阿帝朋覺得事有蹊蹺而始終不語，專注的盯視著米亞。

「他們要來懲罰三年前殺害琉球人的蕃社！」米亞說，而他的話瞬間引爆起「喔」的聲浪，吸引了所有人的好奇而圍了上來。

卡嚕魯感覺心臟突然「咚」的巨響，心跳瞬間加速，連呼吸也稍稍的亂了，原先的酒意頓時褪去。

「日本天皇對於十八社沒有依照先前與李先得的約定，保護遇到船難的船員，反而殺害琉球人的事相當震怒。事後調查，社寮與其他部落並沒有參與加害，所以，要求日本先鋒隊先行前來宣布，如果能夠取得其他平埔族村落，或者與卓杞篤有關的下十八社部落的合作，日本方面只會調派幾千人來征討行凶的蕃社，特別是牡丹社。如果大家採行敵對的態度，日本方面也準備好了調派二百五十個一百人的軍隊前來討伐。」米亞說。

而眾人又「喔」的連遍響聲，彼此竊竊私語，對於天皇，以及兩萬五千人的疑惑議論最多。

卡嚕魯注意到阿帝朋緊鎖著眉頭不語，他起身只簡單的表示，會將這個消息盡快的通知牡丹社的阿碌古，隨後與阿帝朋領著各自的人，一起離開竹社。

八個揹著槍的青年，一路打打鬧鬧的走在前方，很快的消失在朝西的小徑山路。卡嚕魯與阿帝朋則一前一後走在後頭，腳步比平常的加大加快。

「阿帝朋，你有什麼想法？」

「一艘船載來二百五十人，那艘船比幾年前那些海上來的百朗要大上許多啊。」

「什麼啊？日本人要派二百五十個一百人來追究那些被殺的人的事，你關心的居然是船的大小？能載幾個人？還有，那些海上來的百朗，叫『琉球人』，米亞說的。」卡嚕魯幾乎是停下腳步看著阿帝朋說。

「二百五十個一百人要搭船到這裡來，究竟要動用幾艘，或者需要多大的船啊？」

「阿帝朋，你正經一點，你這麼聰明有智慧的人，不回答我的問題，怎麼淨想這些不相干的事？」

「我很認真也很正經啊，卡嚕魯。」阿帝朋說，兩人隨即恢復走路的速度。

「你想想看，卡嚕魯。到目前為止，我們聽過被派來最多的兵，也不過是百朗的官員好幾年前帶著五百人，陪那個洋人李先得來找卓杞篤說話那一次，逼得卓杞篤想拒絕都不敢拒絕了。現在要派二百五十個一百人，像螞蟻一樣多的人，光是吃草就可以把山整片吃光。就算幾十個一百人，整個下十八社加起來，也沒有他們的一半。他們居然可以從我們不知道有多遠的距離，穿越那些可怕的海洋載送過來。他們的力量一定比百朗的官府強大許多。」阿帝朋嚥了嚥口水說，「我說的是，光是那些琉球人的小船我們就驚訝不已，到現在船都被浪濤摧毀了，我們都還沒搞懂跟航海有關的知識。現在來的這些日本人，似乎更強大，懂得更多。你記得我們在龜山遠遠看到的那些人，他們揹著的槍枝嗎？依我看，一定比我們使用的槍枝更有威力，其他方面也一定強過百朗許多。」

「你的意思是？」

「如果真要打起來，一定沒有勝算。」

「你是說，我們下十八社加起來的二、三十個百人打不過他們？」

「不，下十八社全部加起來能打的戰士也只有幾百人，更何況目前只有牡丹社、高士佛社為主的北方聯盟可能參戰。你別忘了，瑯嶠的十八社，已經形成南北兩個聯盟了。豬勞束社的朱雷、任文結，或者射麻里的伊瑟，一定會說服其他部落跟這些日本人和解。社寮的米亞的態度已經說得很明白了。」

「所以，連你們四林格社也不可能參戰？」卡嚕魯有些不高興，語氣生冷。

「四林格社會不會參戰我無法決定，但是如果真如米亞說的那樣，我也會建議我的父親放棄對抗。保存實力啊，我不相信他們能待多久。」

「什麼呀，阿帝朋，你們真沒出息啊，還沒打仗就先準備跟敵人和解。」

「不是這樣的，卡嚕魯。真要說起來，下十八社之中，除了牡丹社跟柴城有比較大規模的械鬥凶殺，我們哪個部落有真正打過仗的經驗？前年我們殺了琉球人是意外，不算打仗。就連洋人懼怕的龜仔角社，也是趁著洋人不注意而偷襲得手，要是真的面對有計畫的攻擊，很可能像兩百多年前那樣也被洋人殺得精光，一點反抗的能力也沒有，算不上是打了仗啊。現在這些日本人，連李先得這種洋人都來幫著打仗，可見日本人更厲害了。」

「哎呀，阿帝朋，我從來沒有像現在這麼討厭你，你把我們說得一文不值。我們可以像龜仔角社那樣啊，趁他們上岸的時候突襲他們，讓他們退兵啊。」

「別忘了，卡嚕魯，他們昨天晚上，載著兩百五十個人的船，已經停在社寮外面的琅嶠灣，我們毫無警覺啊。今天我們開心喝酒的時候，他們三十幾個人已經上岸東看看西看看準備找地方住下來。還有，他們去年已經有一些人在柴城活動，上個月還聽說有兩個日本的官員在社寮海邊探測。這不是偶然醒來就能做的事，他們來找我們報仇這件事，應該已經準備很多年了，而我們毫無所悉。他們不像洋人匆匆來只想報復，這些日本人應該有更大的企圖。現在真要向龜仔角社那樣突襲，我們得花一點時間好好觀察他們。更何況，他們只是先鋒隊，本隊還在後頭呢。我們部落之間得好好商量怎麼解決這事。幾百個一百人在這裡相殺，對誰都沒有好處。」

「哎呀，阿帝朋，你說的這些話聽起來有道理，可是我不喜歡，聽了也不舒服。人家都到我們的土地上了，難道我們也不反抗？你說個道理啊。別說我們是好兄弟，你最好有更積極的作法，要不然我一輩子討厭你。」

「真要殺到自己的土地上，那當然是另當別論啦。怎麼抵擋，或者我們怎麼殺他們，難道我們不該靜下來想一想怎麼對付嗎？還有，這件事讓我感到害怕的是，這些日本的代表，非常精準的切割牡丹社與其他部落之間聯合結盟的關係，可見他們早就調查過了，或者他們與社寮米亞那一批人早就有了聯繫，指名牡丹社是想完全孤立牡丹社，這真是可怕啊。柴城或者這些百朗的庄落，一定想利用這次機會剷除牡丹社的阿碌古。」

「可是，當年殺那些琉球人的，主要還是我們高士佛社呀，他們沒弄錯吧？」

「呵呵……阿碌古得罪太多人了，不過，你們也得防著，我相信高士佛社也是這次的目標，可能米亞顧慮到你在場沒有多說吧，畢竟你們一直跟這附近的百朗有往來，跟社寮這些馬卡道人的部落還算友好。」

「這……哎呀，看你說的，我都上火了，什麼主意也沒了。你說吧，現在我們怎麼辦？」

「怎麼辦？我們趕快回去吧，先把這個訊息通告所有部落，讓各部落族長心裡有個底，尤其牡丹社。至於我們，如果你願意再跑一趟，我們約牡丹社的亞路谷明天開始好好的偵察這些日本人，再想想有無對策。既然是先鋒隊，他們應該還不至於直接攻擊我們。」阿帝朋看著眉頭已經皺在一起的卡嚕魯說，「還有，別討厭我了，好歹我們也一起殺了那些琉球人，不管我的部落四林格社族長將採取什麼決策，我一定與你們一起行動，別忘了，這一回他們是要替琉球人報仇的，我也應該算上一份呢。」

「哎呀，就這樣吧！兄弟一場，你最好別讓我討厭，甚至恨你。明天我們就找亞路谷，一起在馬扎卒克思碰頭。唉！」卡嚕魯說。

日本軍艦停泊在琅嶠灣準備征討牡丹社的消息，在高士佛社派出快腿的通知下，當晚在牡丹社引起幾個氏族族長之間的齟齬，認為阿碌古過於強勢的作為，早就招致各部落以及平地那些漢人村莊的反感與敵意，如果日本人來攻擊，那些人一定會當嚮導，帶著日本人進入到部落。也有族長指責亞路谷年輕氣盛，莽撞無謀，根本不應該殺了那些琉球人。但多數人因為牡丹社被指名為征討嚴懲的對象而群起激昂，義憤填膺，青年戰士們無不高聲表達與日本人決一死戰的決心。大族長阿碌古不理會那些爭論指責，只表明他會負責，隨即指示所有人保持冷靜等候調度，各家準備好兵器，維持正常農作與日常生活。同時指派亞路谷率領一小隊人，第二天以後在石門設立前哨站，廣泛蒐集日本人的動向。

五月八日天剛亮，亞路谷即率領十個人進入石門隘口，臨著石壁與溪床之間的芒草叢，彎折後搭設臨時住宿的草寮，方便警戒與進出統埔、保力、柴城南方，甚至深入社寮與新街刺探日軍的狀況。卡嚕魯與阿帝朋兩人也在大約一個小時以後抵達。

「你們來得真早啊！」亞路谷有點意外。

「也不能算早了，怕來得晚，你們跑別的地方。」

「說好的，怎麼能亂跑呢？我又不是你卡嚕魯，我看你大概是想一大早就去柴城吧。真是癡情啊，這麼多年了，你還念念不忘啊。」亞路谷說。

「你在說什麼呀？」

「我還能說什麼？『卡嚕魯的布條』可不是隨便說說的。你昨天下了山，今天又一大早來，我看是因為你怕那些日本人來了，搶了你的女人吧？那些海上來的百朗應該都長得比你英俊吧。」

「呸，亞路谷，久不見面，你一來就要拌嘴，這裡是『馬扎卒克思』，相遇相逢邂逅的意思，沒有吵架拌嘴的意思，你懂嗎？」卡嚕魯說。

「我想你嘛，我聽說最近你跟阿帝朋四處走動，可快活了。我懷疑你們一定是有了百朗的女人，讓你們三天兩頭這麼勤快的往平地跑。完全撇開我，你們真不夠意思啊。」

「哇哈哈……你們兩個愛拌嘴，怎麼連我也扯進來了。」阿帝朋看了亞路谷一眼，繼續說，「我們早點來，是急著想看看這些日本人到底在幹什麼？有一群我們沒聽說過從遠方渡海而來的人，正在海邊駐紮，那個情景一定很新奇啊。」

「想想，還好是你們一起到來，要是讓我跟卡嚕魯一起出門，他恐怕會一路欺負我。我就搞不懂了，欺負我你會有什麼樂趣？別忘了，我是你的戰友啊，當年那些海上來的百朗來，還是我帶人前去支援你的呢。」

「好了，亞路谷，說也說了，你嘴巴就是不想饒過我，我看我們也就別鬧了。你把人調度一下，讓他們都到『出湯村』[1]、二重溪村一帶走一走看一看，看看有沒有可疑的，也算是示威吧。我們三個往新街、社寮那個方向，直接去探查他們要幹嘛，你覺得如何？」卡嚕魯說。

「原訂計畫就是這樣，晚上的時間就回到這裡露營，我們有多帶幾天的糧食，不需要一直往返牡丹社。」亞路谷沒繼續玩笑，很認真的說了計畫。

「走吧！再說話，太陽已經要爬過山頂了。」卡嚕魯說。

從社寮海邊到牡丹社，大致是西南向東北方向逐漸攀升，經過保力、統埔兩個客家村落，接上四重溪往上，經過幾個零星小戶數的客家庄二重溪、四重溪、石門埔，然後才是石門隘口，距離約九公里。石門隘口之內的四重溪上游稱之為牡丹溪，上游源頭一直向東北方向攀高延伸，沿岸小徑[2]經過石門[3]，約九公里之後抵達牡丹中社下方[4]以及上牡丹，翻過分水嶺，約五公里抵達旭海海邊。

卡嚕魯三人沿著四重溪南岸，穿越統埔村與保力村之間的客家田園與荒埔抵達社寮村北側時，已經是上午八點多。三人依照原先在路上商討的計畫，沿著四重溪南岸接近海邊，然後躲進附近的林子裡，一棵高大雀榕氣根上頭粗大的枝幹上，面對著琅嶠灣海岸，偷偷觀察這些日本人到底在幹什麼？有多少人？武器如何？生活作息如何？就像三年前他們在八瑤灣海邊五百公尺內陸的一座沙丘上那樣，安靜的觀察。

日軍已經有幾十個人登陸。在陸地與那艘大船之間，有好幾艘小舢舨，以及看起來像是社寮地區所使用的小船，往返著載運貨品與人員。軍艦上頭滿滿的坐著、站著一群穿著尋常衣服的年輕男子，揹著、抱著槍枝，腳邊都各有一袋物品。岸上這邊，幾十名盤著辮子的當地男子紛亂著搶入海水，分別擁向幾艘小艇搬運貨品。海岸線一百公尺外，

1 四重溪村。
2 今已開闢為一九九縣道。
3 今牡丹鄉公所位置。
4 今之牡丹村。

已經堆起了一些物品裝備。而先行登陸的日本人，在一個洋人的指導下，分別向更內陸前約一百公尺分散警戒與測量，距離他們所在的榕樹大約也只有一百公尺。

這些從未在這個區域發生過的景象讓三人感到疑惑與驚訝。一直想近距離觀察軍艦的阿帝朋，更是緊盯著那船的構造與船身高大的身影，以及人員貨物在甲板的情形。倒是亞路谷忍不住說話了：

「不是我厭惡這些平地的百朗還有這些馬卡道人，你們看看，他們居然在幫這些日本人搬運東西，有說有笑態度輕鬆，好像是在搬運他們自己的東西回家似的，真叫人感到噁心啊。」

「是很奇怪，才一個晚上的時間，他們就說好似的，一群人跑來幫忙，難道他們之間就一直有聯繫，如果是這樣，那麼社寮的米亞一家人早就計畫著要對付我們嗎？我們沒有跟他們結仇啊。阿帝朋，還好在路上你阻止我想要直接拜訪他的意思。」卡嚕魯說。

「應該不是這樣吧？米亞應該不是這樣的人，這些海上來的日本人，確實跟以前出現過的人種不一樣。他們看起來很謹慎，做事情是有計畫與目的性，他們應該有比攻打我們還要更大的企圖。社寮、新街這些人來幫忙應該就是昨天講好的事，而且一定有酬勞。要不然不可能調度這麼多人。或許……」阿帝朋說。

「或許什麼？」

「我聽說三月底有兩個日本人借住了新街的族長家有好幾天，應該是他們先講好了的。」阿帝朋說。

阿帝朋聽說的事情在社寮附近的人都清楚，但他不知道當時借住的兩人，正是由廈門趕來的樺山資紀以及先行前來偵察的水野遵。當時兩人離開後，樺山資紀於昨天（七日）返回社寮提供偵察資料。而現在，樺山資紀與美國工兵軍官瓦生正在工地商議著，除了在東側挖出將近一百公尺長的壕溝，並準備在兩側溪床以木柴在可涉溪的窄水道設置障礙。

「管他們講好了什麼，有什麼企圖，這個仗看起來是一定要打了，他們人再多，我們也絕不屈服。社寮來幫忙這件事，我們一定要問清楚，如果真的只是付了酬勞還好說，但如果真的暗中勾結準備出賣我們，我們將來也一定要找這些人算總帳。」亞路谷說。

三人的交談是輕聲壓抑著進行，因為小船隻往返不曾間斷，貨物沒有增加，而人員登陸越來越多。

「已經一百多人了，看樣子真如他們說的，這船上有兩百五十多人，可是他們在幹什麼？」亞路谷伸手指著離海岸約兩百公尺的地方，已經集結的五十多人，在剛剛測量過後，以兩根樹枝插地的空間，排成一列開始挖掘。

「他們挖地幹什麼？那裡面除了地瓜還有什麼？難道沒有食物了？」卡嚕魯想起三

年前那些琉球人上岸後，偷挖地瓜充飢的事，「還有……喂，阿帝朋，你看他們往兩側的溪床走去，是想幹什麼？」卡嚕魯注意到阿帝朋似乎陷入沉思，故意喊了他。

「喔，不知道。我完全不知道他們到底在幹什麼？我只是在想……」阿帝朋停了一下，輕皺起眉頭說：「他們這樣挖掘，看起來像是要搭設住宿區吧？不過……選在兩條溪中間的溪床的沙灘與地瓜田，這樣的溪床隨便下點雨，溪水就會亂竄，雨大一點，就可能沖刷掉上面的東西，這麼簡單的道理，他們怎麼會不懂呢？」

「對啊，他們人多，看起來也很厲害，他們居然連這點都不了解。哇哈哈，真要打起來就有意思了，山區的森林溪水他們一定更不懂，我們如果利用這整個山區的特性，一定可以把他們的頭顱都留下來。」亞路谷忽然開心起來了。

「別想得太樂觀啊，才剛開始，我們還不知道他們到底還有什麼呢。」阿帝朋提醒著。

過了很長的時間，一個上午三人斷斷續續的觀察交談與各自發呆，但心情卻越來越沉重以致接近中午的時候，幾乎沒有再繼續交談。

陸地上已經登陸了二百多個人，粗聲說話與吆喝聲也越來越大聲。兩百多個人分別形成兩個區塊，除了個人的提袋背包，旁邊還架著兩挺安置在輪子上的加特林多管機槍，幾門砲也擺置在一起。卡嚕魯三人不清楚那是什麼，但是看得出來架在背包前，那些像是竹籬笆，或者木砦一樣分成幾列的單兵個人用步槍，中間的一枝安上了刺刀朝天招搖，心裡不免受到一些震撼。

除了繼續挖壕溝，日本士兵分出了十個小組開始搭起白色的大帳棚。整個四重溪南岸與保力溪北岸之間的溪床，約兩百公尺見方[5]的平坦筆直的沙灘與地瓜田，整個區域忙碌著一群人。

「真想近距離看看他們的武器啊。」亞路谷說。

「我們換個地方吧，我們跟著那些人的後面接近他們吧。」卡嚕魯指著保力溪南岸的社寮一群人正在越過溪水接近。

三人很快的下了樹，繞了小徑稍向內陸後轉到營地的南側，準備加入一群往營區移動的人群之中。三人都佩著刀，阿帝朋高大的身軀引人注目，加上高士佛社的卡嚕魯，向來與平地的幾個庄落友好，他們很快的被認出來，幾個人還主動跟他們打招呼。卡嚕魯隨即問了問怎麼回事，一個盤著髮辮的社寮人說，來的日本人說好了每人一天一銀元[6]雇用他們做工，而且各村的村長族長也受到邀請來，準備招納更多的人來工作。因為距

5 約十六公頃。

6 大約是當時的美金 30 cents。

離近，三人可以清楚的看到日本營地裡，社寮、柴城、新街、統埔、保力的村長或者族長，正在與幾個看起來像官員的人交談，還各個掛起笑臉，態度溫和。

三人稍稍靠近營區後，便停留在一處凸起溪岸的雜樹林。那裡視野很好，可以清楚的監看，營區周圍已經又投入了將近一百多名的當地人構工，另外，營地內有一半的日本人換上了白色亞麻制服，整個畫面看起來忽然變得有力量。有幾處的日本人還唱著歌謠，歌聲也顯得激勵與戰鬥，令阿帝朋覺得有趣與震撼。他無法精準的理解那些日語的語意，但他從未聽過歌聲裡帶有某種殺伐與犧牲生命意涵的旋律，他意識到這是一群被訓練來戰鬥殺人的戰士，不禁打了個冷顫。他撇頭看了一眼亞路谷，只見亞路谷緊鎖眉頭，抿著嘴專注的望著營區那些成排成列的槍枝，而後輕轉視線看著一群群穿著白色制服的日本軍人。

「阿帝朋，你有辦法更貼近或者進入那些地方嗎？」亞路谷忽然說。

「我們找個地方把長刀收起來吧，還有把頭髮束起來，找個布或者編個草環把頭遮一下，我們跟著那些人進去，東摸摸西看看。」阿帝朋似乎早就打算好了，就等著他問。

三人很快回來跟著人進入營區，然後被分配到營區北側溪床較窄的區段設置木砦。在搬運木材與短暫休息的時刻，他們還是想辦法接近那些堆積物資的地方。營區內各物資堆積站都派有警戒，但對於停住圍觀的人並不驅趕。一直到傍晚約五點收工，他們注意到這營區已經堆起了許多物品，遮罩著防水布看不出來究竟是什麼，但從外觀仍可分辨得出那是由許多不同種類的物品分類堆置的。比較吸引亞路谷的，除了由哨兵警戒的步槍，還有旁邊四座約大腿粗細的砲管，以及兩座並排的多管機槍。但他無法理解，比一顆花生還小口徑的步槍能有什麼威力。

「卡嚕魯，你知道那些是什麼東西嗎？怎麼操作啊？」亞路谷指著那些槍械問。

「咦？我怎麼會知道，要是能親手摸一摸，應該就能知道吧。阿帝朋，你懂這些嗎？」

「唉，我還真不懂啊，小小的槍口，不可能同時射出幾顆鐵丸，萬一沒打中，再繼續裝填，怎麼打仗呢？我注意到了，那些槍沒有燃引線，還真不知道怎麼擊發呢。」阿帝朋停了一下，「那幾根鐵管綁在一起像木柴，我猜想就是要一次射擊好幾發增加命中機會的，這跟我們現在使用的火繩槍，塞一些鐵丸，一起射擊的意思應該是一樣的吧？」

阿帝朋的猜想與不解，大致反映了其他兩人，或者當時南台灣所有的人對後膛槍的不解。先鋒隊以薩摩藩為主，所使用的步槍是英制司耐德後膛裝填的線膛槍，而架在輪上的美製加特林多管機槍與竹筒一樣粗大的山砲，更遠遠超出了所有人的想像。

「我們走了吧，這種工作還真輕鬆啊，東摸西摸就一銀元，都可以買一隻豬後腿了，這些日本人真有錢啊，我想他們那些堆積著遮蓋著的東西，一定都是我們沒見過的。我們拿些錢去買些吃的喝的慰勞其他弟兄吧。」亞路谷說。

「也好，我們回去了，這樣幫人工作拿錢的經驗還真奇特。明天再來看看吧，說不定有機會摸到這些武器。」阿帝朋說。

五月九日上午，亞路谷乾脆把所有人帶去社寮的日本營區，若能打個工，大家賺點零用，也順便更深入觀察，熟悉一下日本人到底是什麼東西。但經過新街的北側時，阿帝朋三人傻了眼，而其他十個牡丹社人，第一次看到這個情形，卻驚訝、開心與緊張的張著嘴跟著呆望著海邊。

此時，社寮外的海灣有一艘鐵船正準備接近停泊，那是英國砲艇大黃蜂號前來刺探日軍行動。為此，幾個日本軍官與美國軍官，在帳棚內喝著茶，拿著望遠鏡窺望著監視著。離海岸的灘頭上堆積了更多的物資，營區內除了原先的日本人，又多了將近四百多個附近的居民來打工。鄰近的村長部落族長都來了，各自指揮自己村民挖掘壕溝與搬運物品，另外還有不少的村民前來看熱鬧，那景象紛亂、熱鬧又隱隱存在著秩序。

亞路谷十三個佩刀的戰士接近，還是引起注目。一個哨兵緊盯著眾人一瞬也不瞬。但亞路谷，絲毫不以為意，其他人見到執槍的哨兵反而自在又睥睨，一掃剛剛見到營區景象，那種進大觀園所引起的卑怯與不自在。畢竟是參與過三年前琉球宮古島人的殺戮，面對眼前可能即將相互廝殺的日本人，眾人眼神多了神采與淡淡的殺氣。但這股氣勢，也同樣引起其他日本兵的注意，有些人走了過來，一方面近距離觀察、警戒，一方面替哨兵壯膽。亞路谷等人當場決定放棄打工賺錢的念頭。現場忽然又湧進了十幾個人帶著弓箭、長矛與火繩槍，他們是社寮新街這一帶沒有參與工作賺錢的民眾。他們剛剛在其他構工的地方，東指揮西指導那些軍官如何進行工程，見軍官不理會他們，他們便轉往營區入口，高傲的掠過亞路谷等人，逕自跑到哨兵前嘰嘰喳喳的，要求哨兵把手上的槍械讓他們把玩，見哨兵不理會他們，便把手上的武器丟出來表示想交換一下。這個舉動讓亞路谷等人感到好笑開心。他們決議離開這一批居民，沿著營區周圍走走。

「我看今天他們應該還是不停的挖吧？他們挖這個幹什麼呢？還有那一艘船究竟來幹什麼，你們看船身旁還有幾個像樹幹一樣粗的東西挺著，那是什麼？是槍嗎？如果是，這麼大的槍的威力該有多可怕呢？」亞路谷撇過頭問阿帝朋。

「我知道百朗官員的軍隊有這種東西，叫作砲，聽說可以炸開石頭，但是我沒見過真正的情況，也不知道這個在船上的砲又如何，跟昨天我們在裡面看到的有什麼不同。唉，我們知道的真少啊。」阿帝朋說。

「喂，你別再唉唉唉的又說一堆了。」卡嚕魯說，「你不說，我們也知道我們跟這些人相差太遠了，看起來他們也比百朗更像是官員，連百朗的部落都來幫他們挖地。可是你別忘了，我們是要跟這些人打仗的啊，我們無論如何也要想辦法弄懂他們，弄清楚現在的情況啊。」卡嚕魯的話引起亞路谷一夥人的贊同。

「這個我知道啊，從昨天到現在，我越看越迷糊，我想我們應該回去好好準備，萬一這些人開始攻打部落，我們該怎麼應付，就算要疏散，也要把食物準備好。山區我們熟悉，做好了準備，他們不一定占得了便宜，就像那些百朗的軍隊，從來也不敢進入山區那樣。」阿帝朋說。而他略帶沉重的語氣也感染其他人。

「阿帝朋，你真的認為那樣嗎？」亞路谷說。

阿帝朋沒多回答，因為他們的裝束不同於平地平埔族有著許多漢式形制，十幾個人又聚集一處交談，引起了日本人的注意。幾個持槍的哨兵，很明顯的是為了警戒他們，而一直在附近游移，而社寮的米亞已經遠遠走來接近他們。

「你們膽子真大啊，都直接到這裡來了，日本人一直注意著你們，問了我們幾個村子的村長們，我們只敢說你們是南邊幾個部落過來看熱鬧的。」

「啊，米亞，你來了剛好，我問你，你們真的是領了工錢幫他們做事嗎？你們為什麼要幫他們挖地，他們挖地是要幹什麼？」亞路谷問。

「是啊，我們是領了工錢來做工的，有錢賺為什麼不賺，至於他們為什麼要挖地，我們沒有人知道，不過有一個士兵說那是用來打仗的，怕萬一你們來攻打他們，他們可以躲在裡面放槍。」米亞嚼著檳榔說，「嚼個檳榔吧！」米亞從隨身袋掏出檳榔、荖葉與石灰。

「躲在裡面放槍，你的意思是，怕我們攻打他們？」亞路谷搔搔頭，「他們居然擔心我們會攻擊他們？真是謹慎啊！」

「我看我們還是離開了吧，米亞都來說了。」卡嚕魯說，「米亞兄，我們信得過你，也希望你們看在平日的交情，如果哪一天，他們真的要攻打我們，你們得先派人告訴我們，也千萬別參與，免得日後大家見面不好說話。」

「這個你們放心，真要打起仗來，我們是幫不了你們，我們也不想被拖下水。」米亞說。

「就這麼說定了，我們都知道米亞兄見識廣闊，溝通能力強，下十八社還是需要你多方面的協助，我也不多說些沒意義的話傷害彼此的感情，我們先離開了，免得讓你們為難。」阿帝朋說。

眾人決定離開日軍在社寮的營區，經過新街附近的工事現場時，卡嚕魯發現了豬母，那個當年他到客家庄統埔村來放牛時，一起嬉戲遊玩又言稱將來要嫁給卡嚕魯的年輕女子。卡嚕魯猶豫了，讓亞路谷逮到話題窩囊。三人決議，卡嚕魯自行決定去處，而亞路谷一行人以及阿帝朋、先回各自的部落覆命、研商，若沒意外，明早卡嚕魯三個人再前來此處會合。

五月十日上午，社寮海灘出現了一點變化，前來刺探日軍軍情的英國大砲艇已經離開，而海面上出現了幾艘大船遠遠的停泊準備進港。日軍社寮營區，也出現了不同於昨日的情景。原先做工事的全部停了下來，日本軍人除了巡視的哨兵，有的已經在海灘待命。而昨日熱熱鬧鬧前來參加構工的人，幾乎都被巡哨擋在營區外圍，人數少了一大半，多數人四處游移鼓譟，也有人想看看軍艦進入海岸的狀況，而幾個村長正在勸大家沒事別待在這裡。

卡嚕魯等三人抵達時，正巧米亞要返回社寮居家的路上。他說是因為昨日幾個漢人村莊的工人希望增加工資，日軍不同意，日軍想租借民房，莊民開出近乎天價的敲詐，工資談不攏；加上不少人帶武器進出營區，讓日本人覺得不安心，所以今天不雇用工人工作了。

「你們真不死心啊，今天又來。」米亞說。

「你說我們怎麼能安心，這些人是我們的敵人，他們來的目的不就是要來攻打我們嗎？開戰前我們應該盡量弄清楚眼前的狀況。」卡嚕魯說。

「是啊，昨天下午我回去說明了這裡的事情，我的父親阿碌古也覺得勢態嚴重，假如他們的人員就只有這樣，在山區決戰我們應該還有勝算，如果人員再增加，又有不同的武器出現，我們可能得做其他的打算了。」亞路谷說。

「照他們的說法，人員是一定會增加的。你們不能好好的跟他們解釋清楚，或者陪個罪？」米亞說。

「不可能，我的父親說了，那些琉球人被殺固然值得同情，但是，我們堅決維護領地，也沒有什麼不對。如果日軍要我們坐下來好好和解，也許可以將那些人頭還了去，但他們若是硬要在我們頭上安上罪名，我們絕無妥協的可能，將以他們的頭顱作為回答。這是尊嚴問題。」亞路谷說。

「真是堅定啊。」米亞說著，眼神穿越亞路谷三人的肩頭往海邊望去，繼續說：「有句話還是要提醒你們。根據前幾回我當嚮導帶著李先得去見卓杞篤大族長的觀察，日本人的槍械遠比清國兵勇以及李先得隨從的槍械更精良。這些日本兵現在看起來雖然閒散，但他們的眼神都透露出一種自信與果決，就像你們三人眼神那樣。你們都參與了三年前琉球人的事，應該懂得我的意思。他們之中不見得每個人有過殺人經驗，但是一定訓練得很好，也許真正打起來，也會有你們山裡蕃社的人所擁有的氣勢。」

「你這麼說，我倒想好好的會一會這些人了。」亞路谷說。

「不過，米亞兄，不管怎麼發展，我們認為這些日本人最後還是會找上你，去跟其他部落談事情……」卡嚕魯說著但立刻被打斷。
「我說過，你們打仗的事我們幫不上忙，也不想蹚這個渾水。」米亞忽然笑著插話，顯然被卡嚕魯重複昨天的話弄得不高興，氣氛有一點僵了。
「既然這樣，我們先表示感謝，我想我們也應該換個位置，好好觀察這些日本人吧。」一直沒說話的阿帝朋打了圓場，「這裡看不清整個狀況，我看我們到龜山山腰，由高處向下看，應該可以看得更清楚吧。」
三人隨即離開，走在米亞前面往社寮南方的龜山走去。
爬上了龜山北向的山坡，他們選擇了兩棵大葉欖仁樹下，把背袋放了下來，亞路谷動手取了兩片欖仁葉，將三人袋子裡的芋頭乾、肉片包起來掛在樹上。卡嚕嚕則在左側一道水氣甚重的山坳，輕輕的挖出一個水窪，鋪上姑婆芋葉，上頭插入一短截木棍，不多久，水開始沿著木棍流出來，將水窪積滿水，卡嚕魯以一張姑婆芋葉摺成杓子，舀了水回到欖仁樹下讓其他人喝。
「我注意到了，這幾艘船有更大的官員，而且載了兵勇過來，我剛剛數了數，人員已經超過四個一百了。」阿帝朋說。
「超過四個一百？」
「而且還沒停的意思，你們看，那些小船一直往返在大船與海岸之間，要不了多久，那個營區應該會堆滿物品以及人員。」

「他們的服裝很一致啊。」

山腰距離日軍營區約一公里，三人的眼力並無法看清楚個人的臉孔，但是人員的移動以及船艇登陸卻還是看得清楚。

接近中午的時間，亞路谷提議說：「我們離開吧，他們這一次來了將近十個一百的人，我從來也沒見過這樣多的人，留在這裡也沒有什麼意思了，我得回去跟我的父親報告這件事。」

亞路谷的說法很實際，數量的數算，一般超過百的單位就顯得吃力，先前的兩百五十，已經讓他們覺得拗口，幾個「百」或者「千」的單位，已經讓人失去耐性，最重要的是，一千多個人投入山區作戰，對哪個部落或者區域，都已經太飽和了，再多也是一樣。以牡丹社或高士佛社聯合起來的可戰兵力，就算兩百五十人都是一場難以算計的艱辛戰鬥，而現在日軍已經遠遠超過幾個倍數，與其繼續浪費時間在這裡感慨、疑懼，不如回去研商如何對付。

「走吧！」阿帝朋率先起了身，看著兩個夥伴，也忽然說不上話來了。

這將是一場天翻地覆的的開始，不論戰或不戰，不僅是下十八社，整個瑯嶠地區都將重新洗牌，阿帝朋想著，而其他兩人也異常清楚這個情況，三人都不說話，心頭都沉了下來。

「不管怎樣，我一定跟你們站在同一個位置，就像三年前那樣，我們一起拔刀捍衛部落。」阿帝朋說著忽然拔出長刀，而亞路谷、卡嚕魯兩人，也拔出長刀來，三人交換了眼神，也交叉著刀刃。

六、初探琅嶠

一八七四年（日本明治七年），南台灣，四重溪。

五月十日上午，日軍的社寮營區，靠北面幾棵大葉欖仁樹旁的一座大帳棚，那是簡易的醫務救護站，裡面已經躺著十幾個人，先鋒隊自登陸以來參與構工的士兵，因為耐不住天氣高溫而中暑進出醫務中心，其中包括田中衛吉，他是昨天近午的時間送到這裡的。

「喂，那個衰弱的田中，你好一點沒有啊？」白色大營帳入口忽然響起藤田新兵衛的聲音，人也直接進入了營帳。

「是你啊，藤田君。」田中虛弱的說。

「是啊，我來了，我來看看你這位不堪天熱的薩摩男子，是怎麼了？」

「你別取笑我了，這真是個鬼天氣啊，我不相信藤田君沒有感覺。」

「我可不是取笑你啊，田中，我只是故作輕鬆跟你這樣說話，我要是不藉口來這裡看看你，我恐怕也要倒了。呼……真沒想到啊，我一直以為薩摩已經是日本最熱的地方了，比起這裡，我忽然覺得薩摩的夏天，應該只是這裡接近秋天的溫度吧，真是熱啊。」

「的確是這樣，正午前後幾個小時的時間，空氣熱得吸進胸腔都覺得灼熱。昨天忽然停止流汗，呼吸開始急促，一直想排尿卻只能尿出一兩滴，腦袋昏花還有一股流質往下腹拉扯的不舒服，後來的事，我想不起來了。」田中衛吉邊說邊側過身子然後坐了起來，有股虛脫的暈眩感，看起來異常疲倦。

「天氣熱還好，一到傍晚蚊子還有這營區整個散發的味道真叫人受不了。」

「不只是傍晚吧，我從沒見過這麼飢渴的蚊子，應該沒吸過日本人的血吧。」田中衛吉語氣更虛弱了。

「你別說話了。」藤田倒了杯水遞上，「我想起來了，你後來眼睛翻白全身發燙，我們幾個人把你抬到還沒砍掉的樹下，衣服脫了，拿水幫你擦身體，岡田大哥有經驗，把身上被太陽曬熱的水壺水讓你喝，說要散熱。」

「什麼？你們脫了我的衣服，那……」

「你想什麼啊？都是男人，你害什麼臊啊，那樣緊急，我們也都慌了。還好，醫官剛好經過，要我們趕緊把你送來這裡。看來醫官的作法也差不多，要我們幫你擦身體，搖扇搧風，讓你喝些鹽水，你在醒來前還忽然尿了一大沱呢。」

「什麼？我還……哎呀，這要我日後怎麼見人啊？」

「哇哈哈，你想這個？你有的我們都有，平常還不是你看我我看你的，有什麼大不了。不過，醫官建議你日後找時間把皮割一割。」

「割一割？割什麼皮？」

「你的傢伙前端皮太長了，醫官說一旦沒洗乾淨，藏著骯髒會生病的。還有，岡田大哥說，你應該還沒碰過女人。」

「什麼呀？」田中衛吉幾乎只傳出一點點近乎嘆息的聲音，隨後倒向床。

而藤田新兵衛的話惹來鄰近幾個人的輕笑附和。虛弱的聲音，倒像是眾人忽然同時說起夢話，起落三兩聲便平息，他們太虛弱了。

「這不是你們太虛弱。」藤田換了口氣，「這鬼地方的天氣，誰都沒辦法事前算得準，也許前幾天沒睡好，沒休息夠，工作太認真，所以你們先倒下了。連我，光顧著跟那些勞役還有這裡的居民講話，也快倒下了。所以，大家別灰心，好好養病，恢復體力，我們也好一起討伐那些蕃人。」

藤田新兵衛也只是一個人說著，沒人可以回應，十幾個病患多有中暑熱衰竭現象，病情較輕的三兩個人坐在病床上的，也都覺得虛弱，甚至耳鳴暈嘔。

「田中君啊，要怪就要怪這些長官。」藤田伸手摸了摸田中的額頭，繼續說：「我們來這裡，為的是要討伐蕃人，結果幾天以來，只在這裡挖壕溝，蓋營舍。我就不懂了，這之前，就聽說已經有好幾個軍官在這裡偵察，我們先鋒隊難道不能直接發起攻擊嗎？每天挖地，天氣熱又不能好好休息，我們又怎麼能不生病呢。」

「藤田君，你們今天不工作挖地了？」田中勉強抬頭問。

「不了，聽那些士官說，外面的村民不斷敲詐，所以不找他們做工事，要我們自己做。不過今天谷干城少將的部隊要登陸了，我們得幫著，現在海灘都在忙這事呢。」

「怪不得才天亮就一直嘈雜著，原來是大部隊要來了，看來準備要開戰了。」

「還早呢，聽說西鄉都督的本隊還被限制在長崎，我們還得在這裡等著呢。真是讓人心煩啊。怎麼？你還可以嗎？你就是太認真了。真把自己當成武士，太重視榮譽了。」

「你不也是一樣？我想我再過兩天應該好得起來吧。」田中說。

「我？已經不太一樣了，自從接近岡田大哥以來，我覺得自己有改變了。他總是說，做一個武士得了解，不是每一件別人覺得重要的事，都必須要花上所有的力氣，那只會把自己的氣力磨盡，可以凡事認真學習準備，但只能選擇你真正在乎真正覺得重要的目標，用盡全力，認真達成。」

「藤田君，你真正在乎的事情是什麼？」田中衛吉非常虛弱的說。

「廢話，當然是投入戰場，殺那些蕃人建立功勳啊！我可不想跟一堆庶民蹲在這裡挖掘工事啊。」

「可是，工事不挖，萬一蕃人趁這個時候來攻打我們，不就糟了？那些士官軍官都這樣說的呀。」

「哎呀，那是想像！目前我們做的規模已經超過真正所需要的了。前天開始構工，岡田大哥就已經說了。」

「你們在我背後說壞話啊？」營帳響起了聲音，岡田壽之助解開上衣，正從營帳門口走了進來。

「啊？大哥，你怎麼來了？」

「怎麼不來了，要是讓你這傢伙把我說壞了，以後怎麼跟人解釋呢？」

「哎呀，我們哪敢呢？我正提到你改變了我的想法呢。」

「道理都是你們自己胡亂衍生聯想的，跟我無關，也別誇讚過頭啊。」岡田脫下上衣又擦拭著汗水，「怎樣了？田中君，你的狀況如何啊？」

「唉，不知道該怎麼說，人快虛脫了，好像身體裡面被抽掉了一大塊，讓我站起來虛弱得直發抖，連說話都好像有部分的話語要從肛門噴出去。」田中說。
「哇哈哈，你怎麼把自己說得像海參啊？要是真的那樣，從肛門噴出去的聲音應該是很有力的吧？」藤田忍不住大笑，「不過，你說得好像也有幾分道理，我自己現在的狀況也隱約覺得有些氣力是往肛門口跑的，人總覺得氣虛無力，只差沒倒下跟你躺一起。」
「你們別氣餒啊，當年脫藩，我與幾個義士，從土佐一路向京都走去，天氣熱又怕被追擊，晝夜兼程的，我跟其他幾個人也出現過這種症狀。後來我脫隊找了一處森林小溪邊休息兩天，而後避開白天正午的時間趕路。我知道這種熱得快要衰竭的滋味，那是因為天熱，身體又沒辦法有效排熱時的反應。沒別的方法，除了保持身體健康，要定期喝水，別讓身體過熱。這裡比在鹿兒島還要熱上許多，我們都得小心啊，有空要鍛鍊自己，盡快適應這裡。至於任務，選擇性的做。」
「可是，不能違抗命令不做啊？」田中說。
「是啊，命令……」岡田別有意涵的咧著嘴說著。
「大哥有不同的看法？」田中掙扎著坐了起來。
「也不能算是有不同的看法。我現在是隨軍的雜務兵、翻譯員、記錄員啊。」岡田仍微笑著回答田中，「可是，說真心話，我也並不能算是專業人員。東京《朝日新聞》

的岸田吟香，還有那個米國人豪士，還有跟著福島少校的小林吉夫，他們是專業的新聞報導人、記錄人。要說翻譯，你們也看到了，這兩天人前人後都有一批熟悉這裡的語言的專門翻譯，連常備軍的樺山資紀、水野遵等人都比我熟悉，充其量，我只是個雜務兵罷了。」

「大哥太客氣了。」藤田說。

「不，不是我客氣。」

「大哥，原諒我無禮，我只是不懂，這跟命令應該沒有關係吧？」田中衛吉說。他感到實在的虛弱，腦殼頭皮、太陽穴還隨著脈搏跳動而作疼，嚴重的耳鳴讓他聽不見海濤聲以及軍艦停泊後小艇登陸靠岸的人員喳呼聲。

「哈哈，當然沒有直接的關係。」岡田忽然收起了笑容，望向營帳門口延伸視線向遠處，繼續說：「我是武士，我跟所有的武士都是一樣，我們有著舊武士的榮譽感以及必須完成使命也不惜一死的意志。所以，一旦投入作戰殺敵，即使明知送死也不會有半點遲疑。可是現在軍隊組織的編制來自洋人，這種種要求與規定都是按照洋人的操典來的，穿好衣服扣好釦子，床要鋪好……」

「椅子要擺好，衣服不能亂掛，不能隨意嬉笑，走路挺胸，吃飯要嚴肅。」藤田忽然接口插話。

「呵呵，對！這些拿來訓練那些徵兵來的常備軍，以便在戰場能聽號令，一個命令一個動作，這是沒有問題的。但是用來規範我們這些可能已經經歷過不少戰役，也有著不同武器戰術概念的武士，或者你們這些志願軍，就不適合了。這一點，軍官們都知道，這會限制我們武士的特質以及精神意志，也可能影響我們在戰場的效應。所以，即使營區規定了什麼，這些軍官應該不會對我們多有限制。你們難道看不出來嗎？」岡田說。

「的確是這樣啊。」藤田說。

「可是，軍紀還是要遵守的。」田中說。

「軍紀是為了要在戰場上讓協調、聯絡、管制變得制式有效率，好發揮最大戰力的。只要能達成作戰目的，不會有人在意偶爾違犯那些平常用來規範，或者銷磨個別意志的規定。」

「大哥真是豪邁啊。」

「所以……」岡田壽之助收回遠望的目光，微笑的看著藤田與田中兩人，「我準備私自出營區偵察附近的蕃情。」

「啊？」藤田新兵衛與田中衛吉兩人驚訝的呼出一聲。

「這兩三天，營區來了幾百個人幫忙工作，我發覺這個地區的人種很複雜，有幾批不同長相裝扮的武裝份子在營區外出沒，甚至混進營區。他們的編組看起來大不相同，我想其中一定有我們將來要面對的蕃人。他們都這麼積極的來偵察我們了，我們也應該要回敬一下。在正式發動攻擊以前，先搞清楚這附近到底是多大區域，有幾個村子，如果能，順便看看他們的武裝情形。」

「可以這樣嗎？」田中衛吉睜大眼，忽然覺得有了氣力。

「也沒人說不可以啊，我剛說的意思，不就是這樣嗎？喂，才說你們是武士，怎麼你們一點概念也沒有啊。過去征戰，不管幕府之前的戰國時期，或者最近幾年勤王佐幕的各藩情勢的刺探掌握，哪個不是由武士這樣勤於偵察帶回情報的。除了那些軍官的偵察，我看不出來先鋒隊本部有派人深入蕃社偵察的計畫。與其浪費時間精神在挖地構工這件事，我寧願外出偵察，說不定我有機會建立第一功啊。」

「這個……哎呀，大哥，你說得讓我心動極了，無論如何，你一定要帶著我去。」藤田說。

「還有我吧！別丟下我在這個營帳裡消沉意志吧。」田中衛吉說。

「你先把身體養好吧，你要是站不起來走不動，想帶你看看蕃社也不可能啊。」

「是啊，我們一起投效了西鄉大爺的殖民兵，現在終於有機會參加軍隊，我們一定要一起行動，相互照應啊。」

醫療營帳內，忽然有了生氣。一些傷患並沒有聽清楚岡田壽之助說了什麼，但兩天以來一直躺在病床又意志消沉的田中衛吉，忽然振奮起精神，也感染到其他人。等岡田壽之助與藤田新兵衛走出營帳許久，營帳內仍然持續著許多聲音，走動聲或者試圖交談的聲音。

營帳外的營區，看起來依舊如前兩天的忙碌，不同的是，已經沒有當地居民在構築工事，不少希望還能繼續工作賺零用錢的居民，只能在哨兵警戒的營區外隔離觀望著，或者纏著那些哨兵希望轉達能繼續工作的心意。營區南北兩條河道旁這兩天已經插滿了木材當成圍籬，西邊靠內陸的營區邊界也堆起了土堤。除了比昨日更多的哨兵，還有部分的士兵散漫的在挖掘壕溝，修補昨夜一場大雨毀塌的工事。多數的人在海灘協助由琅嶠灣陸續登陸的小艇卸貨，新的營帳也隨著陸續登陸的人員增多而搭設著。整個營區紛亂與喧鬧，而琅嶠灣水域停泊著幾艘大船，其中包括陸軍少將谷干城與海軍少將赤松則良的「日進號」。兩位將軍已然登陸，而其率領的一千名戰鬥人員正陸續換乘登陸中。

約十點鐘，隔著醫療救護站的兩個營帳外，一座新搭設的白色大帳棚，正準備召開會議。擔任主持的是稍早才下船的，遠征軍官階僅次於陸軍中將西鄉從道都督的陸軍少將谷干城，列席的還有海軍少將赤松則良、佐久間左馬太中佐。先鋒隊的部分有指揮官福島九成以及兩位美國顧問。另外幾個因為蒐集情報而不同時間抵達附近區域的人也列席報告，他們分別是最早抵達的樺山資紀，還有昨天跟著英國砲艇大黃蜂號，由打狗而來的水野遵、池田道輝、岡勇之丞等刺探台灣各地情資的情報員。會議的目的是希望剛剛抵達的谷干城能盡快掌握全局，在總指揮官西鄉從道抵達前，能做好相關的佈署。

會議很有效率的進行，但是在大太陽底下，悶熱的帳棚內溫度已經與外面陽光直射一樣令人難受。才進行一個半小時，谷干城已經汗流浹背，指示盡早散會。這是屬於「彙報」性質的會議，個人依據這幾日來的工作成果，以及所遇見的困難或者對未來工作進程有疑慮的報告。會中大致沒有太多的爭議與歧見，唯獨營區的選定設置，有出現重新選址的建議。

當初先鋒隊登陸地點，是依據樺山資紀與水野遵實際測量水文之後所建議的。五月七日清晨，指揮官福島九成率隊偵察可容納三千人部隊紮營的地點，就選在柴城與龜山之間的琅嶠灣海域，目前兩條溪之間的沙地。一方面這裡幅員夠大地勢平坦，二方面最能直接銜接軍艦停泊後，登陸船小艇的接駁、進出與補給。只是幾天來，一下起短暫的豪大陣雨，雨水形成的逕流亂竄漫滲，以致毀壞工事，又隨處造成局部淹水。補給物資雖已協調租借附近的民宅作為儲存庫，還要選一處不易淹水又幅員足夠的位置供人員集中住宿。但在這之前，必須搭設足夠容納包括先鋒隊二百五十人，以及今天登陸的一千人。谷干城指示先盡早完成營帳搭設以便安置人員，新營區選址的事，在西鄉從道的本隊抵達前完成即可，不必急在這兩天。但這個裁示在下午立刻面臨挑戰。

在會議結束的中午時間，一艘大型的運輸船開進琅嶠灣，運來二百人含有木匠的軍伕來支援。這些軍伕專事勞力工作，才下岸稍事休息，便立刻進入工作狀態。其中跟隨而來的木匠技藝高超，以帶來的繩索、稻草將帶來的木板綁起來，不使用鐵釘的組合成一棟棟的木質臨時屋，簡陋歸簡陋，比起帳棚堅固又防雨水。那些成棟成列的木屋形成一座城鎮，平地而起逐步擴大，看在前來刺探軍情的清軍千總郭占鰲眼裡，大感驚訝也起戒心，懷疑日本軍不只是單純來征剿下十八社，應該另有企圖。

約下午三點的時間，琅嶠半島特有的「走馬雨」忽然傾灌了一陣急雨。南北兩條溪水氾濫出幾條支流流向營區，營區周邊工事受損，帳棚接縫處都漏了水，而一千多名人員有一半以上都成了落湯雞。幸好驟雨來得急去得快，才擔心河水暴漲，雨已經停了；才慶幸歡呼聲還未完全平息，頭頂已經是一片晴朗，毒日高掛，引得眾人怨聲連連。沒多久不分官階高低，軍人或軍伕，都脫了上衣，想找地方掛曬剛剛淋濕的衣物，卻又發現，東方不遠的山稜線已經堆積了一團黑雲，正接近社寮上空。而此時又有幾個人，因為天熱昏倒送進醫療救護站。驟雨毒日短時間來來去去的交替，溪水逕流恣意亂流的淹水。白天還好，一到傍晚不知從哪裡飛來的蚊蟲，總是圍著人叮食讓人頭皮發麻，逼得幾個營帳間要升起篝火驅蟲。這情況讓谷干城決定更正命令，即刻尋覓偵察新的營區。

「我們還是忽略了這一部分啊。」

「這是偵察最難的一部分啊，我們來來去去的，是無法把一個地區一整年的氣候變化做統計記錄的。」

「以水野君的學問視野，如果也這麼說，那麼，我們確實還需要更多的努力。」

「喔，樺山長官，您太謙虛了。我們這些後生小輩早聽說過您的大名，幾度進出台灣南北偵察的，那種氣魄與毅力不是常人所能擁有的。三月中到上個月，我們一起在這裡偵察這裡的水文資料，我有幸親自領受您的教誨，更確定您的視野與專業。」

「喂，水野君，你在上海讀書太久了，你把清國人的那些客套話都學起來了。」

「不不，不是那樣的。我說的都是真心話。更何況我也沒有說您比我強啊。」

「耶？你這瘦乾的小夥子，還真無禮啊，才讚美你兩句，你就忘了分寸拿我開心啊？」

「哈哈，樺山長官，您一客氣起來，就不像是您的個性了，我也跟著不知如何了呀。」

「說起來，我們像兄弟，你我也沒什麼好客套的。我可是真的對你服氣啊，水野君。要不是你熟悉清國人的民情風俗語言，我們也不可能那麼順利的在這裡進行偵察，更別提你長時間多次進出這裡刺探蕃情，這對於征台計畫的蕃地處理想法，有更明確的方向。」

交談的兩人，一個是三十八歲的日軍少佐（校）樺山資紀，一個是二十四歲的水野遵。樺山資紀說的是去年（一八七三），水野遵抵達打狗之後不斷的進出瑯嶠半島蒐集關於琉球漂民被殺的相關細節，同時走訪各個村落建立一定的情誼，也大致了解下十八社的情況；甚至手繪了幾張關於柴城、社寮附近村落以及與山區幾個部落的相對位置圖。今年三月至四月，水野遵與樺山資紀一起在此地偵察時，拜訪了枋寮巡司王懋功以及武官郭占鰲千總兩人時，還借來王懋功的摺扇，將摺扇上所繪製的瑯嶠地區輿圖抄繪了下來，方便兩人在瑯嶠半島與瑯嶠灣海岸線偵察與探測水文製作等深線圖。

「樺山長官，您別客氣了，誰不知道您是刺探台灣的第一勇者。我剛剛是開您玩笑的，以您的將才，未來一定能有好的發展。我一介平民，能與您共事，在自己的專業上貢獻日本，也算是幸福與榮耀的事啊。」水野遵收起了先前的輕狎，「在我看來，日後除了對蕃人的征討戰事，我們最要擔心的是這裡的天候，以及因為天候所伴隨的疾病。」

「嗯，希望盡快解決這裡的事啊，若真能為天皇陛下順利取得這個區域，我們必要好好的針對這裡的一切做調查研究。」

「說到這個，明早，我必須先離開這裡轉往打狗與阿猴之間的區域走訪，將來西鄉都督的本隊抵達時，我會再回來與您一起參與征討。」

「你多保重啊，未來還需要你一起攜手努力呢。」

兩人是在第二次「走馬雨」飄過，一條雨水逕流忽然變大，穿越一座帳棚往海邊流去時，順著溪水走到海邊。看著上個月兩人租借當地人的小船，拿著長竹竿，一段一段探測與測量、記錄水際，幾十公尺外的海面停泊著幾艘還沒回航日本的大船。兩人交談間一種親切與滿足的感覺油然而生，希望為新日本建立功勳的豪氣也悄悄充盈胸臆，相互敬重的兩個人，惺惺相惜著。

前往偵察新營區的幾個軍官，下午天黑前回到了營區報告偵察建議。以谷干城為首的幾名高階幹部與美國顧問，也在五月十一日前往勘查，並決定將新營社設於龜山下後灣高地[1]。下午由隨軍的軍伕工匠與昨日剛下岸的士兵幾百名前往整理，軍需補給的軍官仍努力爭取附近民屋的租賃，原先鋒隊多數人留在舊營區整理收拾準備遷移。指揮部的軍官則正召集小型的會議，討論剛剛傳來的電報，說清國恭親王奕訢對於日軍發兵台灣的事情發表了談話。而閩浙總督李鶴年也在今天發函給日本遠征軍，其詳細內容不得而知，但請遠征軍先遣部隊多加留意枋寮清軍的動向。

針對電報提醒之事，指揮部的軍官們並不以為意，因為朝廷或者官方的回應，多屬

---

1 位於今屏東海洋生物博物館。

國家層級的事物，應由雙方領事協商。遠征軍的行動，由遠征軍司令部指揮，而總指揮官西鄉從道還留滯在日本長崎。遠在日本國內的「台灣蕃地事務局」，想像著，會影響遠征軍的是駐防枋寮的清軍。事實上武官郭占鰲千總早已數度派人來刺探軍情，日本軍官們確信此刻也一定有清軍的探子在營區附近蒐集日軍動向。而且目前日軍派出的監探人員未傳出清軍有任何戰備的動靜，就算現在清軍立刻動員，遠征軍的軍官們也不認為會立刻造成傷害，畢竟遠征軍已經集結了一千多名摩拳擦掌隨時準備投入戰鬥的士兵，而清國官員始終沒有正式出面提出異議，清軍也像是隱居在幾重山之外似的從未出現蹤影。倒是下十八社不少的武裝戰士，已經數度出現在營區四周，隨時可能發生零星的衝突，誘發大的對抗，打亂遠征軍的用兵計畫。對遠征軍而言這才是他們此行主要的敵人，未來接戰的主要對手。

指揮部軍官幾乎是以戲謔的態度、口語看待這個電報所傳達的訊息。小型會議像個下午茶宴，啤酒、清酒的各自飲啜品嘗，輕鬆交換著近日的行旅經驗趣聞，谷干城特別留意傾聽美國記者豪士敘述第一天軍官上岸偵察的種種觀察，不時呵呵大笑。

相較於軍官們的輕鬆略帶有輕蔑語氣的下午茶時刻，營區東半邊作為操練場集合場的廣場邊，一群人正以岡田壽之助為中心或坐或半仰躺著，不成隊形的聚集坐著。每個人都光著上身，抽著菸或嚼著一些海產曬乾加工的零食，像是聚會般的，只差沒有各自帶著含酒精飲料高聲唱歌。他們表情嚴肅正在認真的談論一件事——離營偵察。

日本遠征軍是日本建立常備軍以來的第一批，編制內的輜重補給並沒有被同時建置，當時的建軍概念裡對現代軍備後勤補給的成熟概念也缺之。加上遠征軍匆促上路，日本內閣本身也陷入矛盾，後勤補給需求成了比募兵、發兵遠征更大的難題。為了解決第一次渡海遠征作戰的軍需補給問題，內務卿大久保利通採用日本戰國以來的慣習，希望徵調商人出資贊助，或由內閣發包委託商家代為籌備，最後確由大倉喜八郎成立的商會「大倉組商會」志願贊助。大倉喜八郎前年自費跟著「岩倉使節團」考察歐美，知道這些官員將是日本政壇的明日之星，絕對有利於他日後商業利益的拓展，因此對於遠征軍的後勤補給也就特別用心，幾乎不計成本的提供足夠的器具、被寢，連食物也大方進口不同的食材，甚至提供啤酒、洋酒、清酒，定額定量，目前營區堆積著的，除了彈藥，那些隨處可見的堆積，都是大倉商會的補給物資，有些食物甚至已經腐壞，還沒開封就已經準備丟棄。要不是這兩天有規定白天的時間不准飲酒，這時刻，這些不上工的殖民兵，早就人手一瓶暢快飲酒了。

「萬一軍官追究怎麼辦？」

「追究？」岡田壽之助停止了咀嚼，而其他人似乎也被說中了心事，都停止了動作。

「假如，我們這一趟出去，不小心遇上了蕃人，我們都被殺了，這些軍官或者所有同僚只會記得要為我們報仇，將來他們在戰場上會比現在勇猛數倍。假如你們這些膽子小、學藝又不精的小夥子有人被殺了，帶頭的是我，我切腹表示負責，用不著誰來追究。但假如，我們出去帶回幾個蕃人的首級，我們只會變成英雄，誰還會追究誰該負什麼責任啊？」岡田說。

「是啊！我們困在這裡，光做那些苦力、軍伕做的事，沒生病也要生病了。我就不知道我們這些士族，不，武士，為什麼不能直接殺進那些蕃人的村落。膽怯啊，這些軍官。」一個人說著，其他人也點頭附和著，繼續著吃喝。

「況且，這兩天我注意到了，那些蕃人土製的槍械粗糙，都是早年前填式的火繩槍形式，根本不是我們現在用的後膛步槍的對手，就算不用槍，他們那些只有一尺半的鐵刀，又如何跟我們的銃刀術抗衡。這個不提，我們可以帶著太刀，好好的較量一下啊，我們是武士，你們忘了嗎？」岡田壽之助振聲的說。

「嗯，岡田君分析得有道理，我們不該有所顧忌。」

「不過，這也只是我的想法，沒有強迫各位的意思，即使各位不去，明早，我一樣離營偵察。我知道這個營區有不少人也有相同的想法，我可不願其他人搶了頭功啊。另外，如果各位不能跟去不想跟去的，請遵守你們做武士的操守，別洩漏了我的行蹤。」岡田說。

「喂，岡田君這樣說就瞧不起人，別人我不知道，我就算不能跟著去，也不可能成為一個告密的人。更何況，我堅決跟著岡田君一起出營偵察。」

「我也是！」所有在場的人表明了態度。

「他應該也想跟著去吧！」藤田新兵衛不理會現場其他人的各自表態，指著一個遠遠走來的身影說。

「喔，是田中衛吉啊？不知道他的身體恢復了沒？」岡田說著忽然笑了。

「應該沒問題吧，他可是刀術、武術、經書都精通的年輕武士啊！」藤田揮趕幾隻湊進來的蚊子說。

翌日，五月十二日，用過早餐後，一隊人馬各自帶著槍械與領來的乾糧、食物與昨夜刻意留下的酒類，化整為零的混在前往新營區工作的軍伕、士兵之中，並相約在南方約一百多米遠的小徑上會合。他們的行徑立刻被識破，開始有人議論著。

岡田壽之助為首的八個人，見了面確認人數之後，立刻編組，沒多做停留便踏上往南方的小徑快速離去。小徑寬度僅夠一人通行，兩側生長著二、三公尺高的林投樹，再往南行，密實紛亂的雜樹林下，長草掩覆，使得原本就不甚清晰的小徑，更不易辨識，只向南延伸約一公里便岔向海灘。一行人只得下海灘，緊貼著岸邊走在以礫石與礁岩交錯的海灘，以岡田壽之助為首繼續向南偵察。以礁岩為主的海岸，路上盡是密雜不透風的雜樹林，沿著山脊向上攀起南北向延伸的生長，迫得眾人無法離開海岸而一路沿著岸邊南下。約過了下午三點時刻，終於看到一處低平的山坳向東緩坡延伸，眾人決議進入搜索。過了一段時間又深入一段距離，卻始終未能發現有部落或零星住家。考量回程時間不允許，為了避免入夜後還留滯在山區走路，岡田提議，不如就近找個適合地形露營，待明天之後原路返營。但是幾個人猶豫，擔心營區會有什麼反應。

岡田壽之助分析，天將入夜，就算營區要派人來找，也應該會在明天白天的時間，更何況此行是八個人，可不是手無寸鐵的尋常人家，真要有什麼威脅，是絕對也有能力應付的。岡田的話讓眾人稍稍心安。恰巧幾頭群聚的野牛群忽然出現在前方雜樹林，岡田壽之助本能的向四周瞻望，大致確認附近沒有住家或者他們搜索的「蕃社」後，拉開槍機射殺了一頭幼牛，嚇得野牛群向東狂奔獸散。於是，留宿山中享用野牛大餐，成了共識。

岡田壽之助等人私自出營偵察的事，幾乎是在他們離開集合點的同時立刻被傳開。社寮營區的眾人群起興奮，議論紛紛。軍官們怕這些鬆散慣了又勇猛無畏的士族武士們群起效尤，重申軍令與軍紀，再三要求不准私下離營。但，從中午以後已經有好幾批三五成群的小組出營沿著保力溪、四重溪兩岸偵察，希望遇到「生蕃」率先建功。直至太陽下山，幾批出營人員才無功失望而回。岡田壽之助等人則遲至深夜仍未歸營，引起眾人私議與猜測，軍官們更是憂心一行人已經遭遇不測，研議要編成一組三十幾人的救援隊，明天上午出發向南搜索。但是第二天，十三日清晨才用過早餐的時間，救援隊還沒集合完畢，岡田壽之助一行人已經回到營區，神情像是剛剛遠行而返，個個精神抖擻、亢奮。他們的出現又引起眾人的歡呼，救援隊成員更是帶著仰慕的神情歡迎著。岡田壽之助等人所屬的大隊，幾個軍官簡單詢問之後，樺山資紀也要求單獨與岡田壽之助等人會晤，以了解南邊地形與部落狀況。詢問後大家讚賞八個人的勇猛與機智，令八個私自出營區偵察的人悻悻然，出了樺山的營帳之後相視而笑。私自離營卻成了英雄，領頭的岡田壽之助也覺得不好意思了，吆喝著大家到補給站領取今天的飲酒配額。

指揮帳內，谷干城少將已經召集了主要的軍官，研商關於士兵私自出營偵察的事，與會人員還未到齊，福島九成看見樺山資紀，忍不住低聲的說：

「這樣不行的！遠征軍還沒完全佈署完畢，如果繼續縱容這些士兵出營搜查，難保不發生意外，我們得想想辦法呀。」

「的確是這個樣子，得想想辦法啊。尤其你的先鋒隊，那些士族志願軍沒有多少人是願意安分的待在營區的。出營偵察雖然可以盡早了解這附近的情況，卻也有可能衍生出其他意外。不過他們的偵察也很有價值啊。」樺山資紀說。

「這真是糟糕啊，這些骨子裡還根本沒有脫下武士精神的士族，的確與常備軍不同，可以預見將來在戰場上他們的勇猛，可惜現在的時刻，哪些蕃社是真正有敵意的？哪些不是？私自出營偵察這種事只會添麻煩的。」

「首先……」谷干城輕聲發話，現場都靜了下來。「我們的士兵都已經積極的從事戰場偵搜了，我們當軍官的，也應該有所作為啊。」

谷干城的話令福島九成感到意外，他輕輕的，很自然的撇頭，看了樺山資紀一眼，表情感到不解。顯然谷干城對於士兵私自出營，並不覺得需要特別追究，某個程度還有贊許的成分。

「士兵私自出營的確可以盡快得知需要的情報資料，但，如果我們能盡快的弄清楚哪些蕃社可以結盟，也許意外可以減少到最低程度。」福島九成發表了意見，幾乎是把剛剛跟樺山資紀的話再說了一遍。

「嗯，在西鄉都督抵達以前，如果我們能確認哪些蕃社是願意合作的，的確有利於將來作戰的佈署，最好能夠完全爭取這裡所有蕃社的服膺。只是可惜了這些士族，都結盟了，這些士兵可就沒仗可以打了。福島少佐，你有好的意見嗎？」谷干城問。

「我們直接找他們各部落的頭目談一談吧。我聽社寮的米亞說這裡的蕃社實際是分成兩大派的，我們不如透過米亞的聯絡，直接去拜訪能接受和平解決的蕃社頭目。」

「嗯，你來安排，我們也去走走看看這個半島吧，窩在這個營區沒什麼意思，說起來，我還真羨慕那些士兵啊。不過……」谷干城停頓了一下，引得所有人注意，「這兩天，必須完成營區的遷移。我們出門拜訪蕃社回來之前，所有人待在營區戰備。」谷干城清晰簡短的下達了命令，手撫過左小臂上，一隻蚊子遺下一小攤血漬。

社寮頭人之子米亞接受了委託，中午以前便離開社寮，南下前往射麻里族長伊瑟的家，勸說與日本軍官接觸。伊瑟沒有立刻表示意見，只派出了快腿到幾個部落的族長家告知這事，最後回覆了米亞：不方便進入日軍營地，但伊瑟等四個部落族長願意在「貓仔社」的網沙[2]與日本人會晤。米亞在隔天十四日中午回到社寮回報，日本軍官團便在十五日上午十點出發。準備與琅嶠半島部落族長會面的隊伍，包括海軍少將赤松則良，陸軍少將谷干城，先鋒隊指揮官福島九成少佐，美國軍官克勒沙、瓦生，美國記者豪士，翻譯詹漢生，米亞等人。

隊伍出發後，谷干城顯得興奮，頻頻回頭與赤松少將說話，但其他人，特別是第一天抵達社寮先行上岸偵察的福島九成等人皆輕皺著眉頭。五月份，在上午十點以後的太

---

2 今恆春網紗里。

陽底下，沒有交通工具，只能徒步走在只有低矮雜樹的小徑上，並不是一件輕鬆舒服的事。果然一個小時以後，因為頻頻拭汗，谷干城乾脆下令休息一會兒，立刻躲進樹叢樹蔭下。

「這樣的天氣，我們應該考量日後部隊行軍的狀況，怎麼會有這麼熱的地方？太陽就在頭頂上，這些人是怎麼辦到的？」谷干城幾乎只是喘著氣，硬擠出聲音說話。見沒人回應，他有一點惱怒：「福島，這裡沒別的路嗎？我是說那種路邊植有樹木的道路。」

「回將軍的話，這裡是南方的蠻地，除了野獸，還有這些接近野獸的蕃人活動的區域，他們沒有足夠一輛手推車寬度行進的道路。」福島九成隨口回話，又警覺自己說得有一點隨便，又補充說：「這裡的天氣的確太熱了，我們的士兵這幾天已經熱昏倒了許多人。」

「將來用兵，一定要把這樣的天氣考量進去。」谷干城說，但他的話聽在美國海軍軍官克沙勒耳裡，倒覺得那是毫無意義的廢話，一股輕蔑的心升起。

「還有多久會到？」谷干城又問。

「大概下午一點以前會到吧，我們是在最溽熱的時段移動，也許，等一會兒會來幾陣雨吧，可以降低一點溫度。」福島說，但他心裡可不願遇到琅嶠半島人所稱的「跑馬雨」，才剛出發，萬一途中淋了雨再曬太陽，可不是好玩的事。

沒人再接話，一路無語的低頭繼續趕路，小徑沿著地形一路南下，約兩小時之後出現了一個小山村。山村有幾棟類似社寮地區的屋宅，村子外還有幾個漢人夾雜在幾個圍觀的部落居民之中，看在福島九成眼裡甚為突兀。

「是這裡嗎？」福島九成詢問米亞。

「預定會面的地方是這裡沒錯。」

「我覺得可疑，這裡看不出來他們有準備跟我們會面的跡象，除了眼前這幾個看起來無關緊要的人，沒有其他看起來像是領導人的樣子，難道他們的領導人就是這個模樣？」美國軍官克沙勒提出質疑，他的話由擔任口譯的詹漢生翻譯。

「這些人，的確不是射麻里等部落的族長們。」米亞說。

「如果這樣，我建議我們就待在這裡等待。」克沙勒說完，本能的伸手扯了扯肩上最新式的溫徹斯特步槍背帶，又說：「你去告訴他們到這裡來會面吧。」

「也好，我去問問看怎麼回事。」米亞說。

「我也一起去吧！」詹漢生說。

「也好！」米亞說完便朝著部落走去。

沒多久，米亞與詹漢生便折回來，表示部落幾個族長拒絕到村子外見面的請求，日軍一行人只好跟著進入部落，直接走向一座看起來頗為華麗的房屋。

看在一直沒多說話的赤松則良少將眼裡，也覺得有意思了。走進院子，心想這一間房屋如果真如翻譯所說的，這是族長的住宅，那麼這個「蕃社」應該不是一個大的「蕃社」。他回想前幾天登陸以來所見到社寮附近的情形，米亞住宅像個純漢式大宅院精雕細鏤，華麗程度遠遠超過了眼前這屋子。社寮居民穿著如同清國人，有著寬鬆的短上衣，寬褲頭只到達膝蓋以下，長辮子纏繞著紅繩子，頭額則纏上淺色的頭巾；女人衣飾大致相同，頭上妝點著飾花，人人嚼著檳榔，沒有一個不紅褐著嘴唇。赤松注意到陸續圍觀的幾個居民的穿著，確實遠比社寮的住民更加簡陋，但住屋建築形式大致比社寮一般住民的房舍好上很多。

「這裡請。」

米亞的聲音打斷了赤松短暫的聯想。才進屋，赤松則良注意到幾個人站在客廳，一個居中站立的高大漢子，沒經過介紹就走了出去。

「他就是伊瑟，射麻里的族長，豬勞束社卓杞篤的胞弟，也是現任豬勞束社繼承族長朱雷的監護人、指導人。」米亞說。

「伊瑟？那個與洋人李先得接觸過的蕃社族長？」谷干城問。

「沒錯，他是現在瑯嶠十八社最主要的盟主，要牽制牡丹社一定得好好的與他建立關係。」

「哼，怎麼……」

福島九成才開口，伊瑟又已經回到屋子裡，打斷了他說話。而門口忽然集結了四十幾名持武器的戰士，讓氣氛一度緊張，克沙勒忍不住又撫著他的步槍，分過神留心門口的狀況。

仿閩南式建築的偌大客廳，伊瑟與其他族長落座在右側，留了左側座位給日軍代表們。伊瑟身旁除了豬勞束社新接任族長的朱雷，懂得閩南語的任文結也跟著來擔任口譯。

會談進行得很緩慢，雙方問題也不多。伊瑟關心的是來自幾個漢人村落傳來的謠言，謠傳日本此行的目的是要消滅下十八社諸社，希望日本人能具體的說明意圖。日方則表示沒有這回事，反而希望能跟伊瑟族長所代表的幾個部落，建立一定的情誼避免衝突。至於日軍的詳細行動，將等到總指揮官西鄉都督以及李先得來到以後，再向伊瑟族長好好的說明清楚。只見伊瑟點點頭沒再表示意見。谷干城又表示，希望能邀約伊瑟等部落族長到日軍的營地來作客。伊瑟猶豫著，沒有多做表示，不過表示可以派遣護衛送日本人回營。會談進行將近一個小時，日本的談話，先將日語翻成英文，再由詹漢生翻成閩南語，由米亞翻成排灣語。伊瑟的排灣語則由任文結清楚的翻譯成閩南語，再反方向做三道轉譯給日本人。這樣的轉譯讓在場的所有人都清楚了雙方說話的意思，但也因此讓簡單表達善意與某種承諾的交談，變得緩慢與零碎。

形象溫文頗受日軍下屬尊敬的赤松則良，安靜的旁觀著由谷干城主導發言的現場，他只專注卻輕鬆的觀察伊瑟以及其他的族長，愈發覺得有趣。他注意到穿著漢式衣裳的伊瑟，身形高大壯碩，不比美國軍官矮；臉部黝黑少有表情，只有在剛剛說話質疑日軍是要前來消滅他們時，五官忽然猙獰扭曲；眼睛看起來也像是得了什麼病，瞳孔與眼白沒有明顯的界線，在說話時幾乎沒有什麼光澤，因為交談愉悅時偶爾閃射出星芒，卻也頗嚇人的。伊瑟說話口幾乎是沒張闔著，只以喉頭快速的發話，嚼著檳榔的口腔只不停的嚼動著，現場其他的部落族長幾乎由他一個人代表說話，那神態威儀極了。赤松則良忽然想起流傳在海軍之間，那個令英美兩國軍艦吃癟的龜仔用社部落族長。

他一定是長得像眼前這個伊瑟族長一樣的高大威儀吧。赤松則良心裡說著，卻也激起了他更大的好奇，他微笑著，忍不住眼神掃過眼前幾個族長的裝束。發覺除了伊瑟雙耳鑿洞掛了約杯口大的銀質耳環，其他人也都掛著金屬、木環、水晶或貝殼等材質不一的耳環。每個人的佩刀也都與伊瑟身旁的槍械與長刀一樣，擦拭得相當乾淨油亮。

這是個物資文明落後，但精神富足的蕃社，就像早年幕府承平時代的薩摩鄉下。赤松則良心裡讚嘆著。

「酒菜都準備好了，我們一起享用吧！」伊瑟忽然說話。這一次，他似乎是張開了嘴說話，口氣聲音都顯得愉悅與清楚，打斷了赤松的心理活動。而伊瑟的話依序被轉譯著，眾人紛紛把目光投向院子外。

會議進行才一個小時，此時院子陸續出現了部落人分別擺設著的餐點、酒品。谷干城忽然了解到這個部落其實一開始就沒有敵意，稍早前沒有人到部落外等待會面，是因為大家都在忙著準備餐飲招待。他感到寬心，直招呼著眾人到外面一起就座。而美國軍官克沙勒更是感到歡喜，出了院子，在其他族長招呼下盡情吃喝，甚至到了下午三點宴席結束前，忍不住拿起了他隨身的五裝填溫徹斯特步槍，跟部落幾個戰士比槍法。一扣一拉柄，子彈上膛的五裝填步槍的威力與準度，驚嚇了在場所有的部落人。赤松則良見狀，立刻囑咐福島九成，撥三把日軍隨身帶來的燧發後膛式司耐德步槍，送給伊瑟與其他兩名族長。令伊瑟等人大感開心，紛紛再勸酒，又令院子外圍觀的族人頌歌起舞，賓主盡歡而散。直至傍晚六點，日軍才回到營區。

翌日，五月十六日，又一艘運輸船載來物資與幾百名軍人，在砲艇掩護下抵達瑯嶠灣，福島九成則被派任為日本著廈門領事，搭船赴廈門上任。而不甘心前一回私自外出偵察空手而回的藤田新兵衛與田中衛吉等人，又開始向外活動。

七、馬扎卒克思

一八七四年（清同治十三年）五月，琅嶠，石門隘口。

日軍小股人馬四處活動的消息，透過社寮、保力、統埔幾個漢人村落的親友偷偷傳遞，早就傳遍了整個山區部落。由牡丹社編組的幾股人馬也相對應的在被稱之為「相遇相逢之地」的馬扎卒克思之外出沒，監視著日軍的活動。牡丹社大族長阿碌古已經下達隨時接戰的命令，命令簡單清楚：準備隨時襲擊日軍，帶回首級。而阿碌古本人已經第三天，在牡丹社的族長會議上舌戰其他氏族族長。各氏族族長從最初群起責備阿碌古獨斷與反對武裝對抗，直到後來日軍已經增加到超過一千五百人，而射麻里族長伊瑟私下接見日本人談話的消息傳來時，才逐漸取得武裝抵抗的共識。

牡丹社人有被欺騙、背叛的深深憤怒與屈辱，認為即使立場不同，爭霸的意向不同，那也只是南排灣下十八社之間的家務事。伊瑟不該聯合豬勞束等部落與日軍私下協議，那無異於引進外人欺凌家人。為此，牡丹社人上下決議，無論如何也要重創日軍，並在日後找尋機會教訓那些出賣兄弟的部落。共識是有了，兵力調度還是產生了爭議，而且始終沒有達成共識。

過去一段時間，阿碌古本人已經親自率領幾個機伶的部落戰士，反覆勘查了幾回地形。他主張採取大縱深的伏擊戰，以「馬扎卒克思」為界線，編組小股的戰士出沒在出湯村附近幾個村落野地伺機伏擊日軍，並將之吸引到「馬扎卒克思」這個隘口，藉著地形盡可能重創日軍，讓日軍知難而退。若日軍執意要繼續攻擊，而守不住隘口時，即以馬扎卒克思到牡丹社之間的地形，壓制日軍只能沿著溪谷逐漸向東向上接近牡丹社，令其增加傷亡，最後請求和解收兵。阿碌古深信這個想法一定能夠達到效果，這是因為有史以來，沒有任何外族，包括洋人與清朝的兵勇，曾經深入超過統埔村東邊二重溪附近的野地。但阿碌古的計畫與說詞遭到部落其他氏族的反對，特別是第二大氏族族長古力烏，他認為部落可用來戰鬥的青年，都是部落主要的生產力量，日軍什麼時候要來攻打，都還是未定之數，現在還只是山下漢人傳來的訊息，就要將人都撤出去佈署，那些農作誰來做？現在不好好整理農地，不準備好小米或其他雜糧的防鳥害工作，下半年部落的食物存糧就會出問題。與其急著動員人力耽誤農務，倒不如在接戰前才將人力集中佈署在部落附近，有地形的優勢，應該可以痛擊那些千辛萬苦走到部落前的日本人。

兩廂意見各自堅持的結果，阿碌古決定放棄繼續說動以古力烏族長為首的其他氏族。他調度自己可以掌握的人手的一部分，由亞路谷率隊先行前往，以馬扎卒克思為基地，在統埔與四重溪幾個小村落之間，以五十個人分成三組活動，一有機會就襲擊脫隊或小股零星活動的日軍。

「這真是兩難啊，如果現在調度所有人，對牡丹社的確不好，但是日本人都決定用兵了，各個氏族族長想的還是要保存自己的實力，難道牡丹社只是我卡福隆安氏族的？」阿碌古喝下高士佛社佽入乙遞上來的水說。

上午，亞路谷的人馬出發後，他也跟著出發踏上前往高士佛社的山徑，想拜訪佽入乙談談攻守同盟的事情。

「我聽了你的說明，覺得你們的考量都對，要打仗了，戰士要集中，可是這仗還不知道什麼時候會開始，農務也不能停止啊。」佽入乙說。

「是啊，所以兩難啊，又不能說古力烏的說法不對。」

「你認為這些海上來的日本人什麼時候會開始動手？」佽入乙伸手取了一個小籃子裡的檳榔，邊處理邊說。

「他們的人數已經超過十五個一百人，我可從來沒有聽說過這麼多的兵勇在這個地區出現過，而且聽說他們的本隊還沒來，目前也還沒有動手的跡象，他們到底在想什麼啊？」阿碌古說。

「你嚼個檳榔吧。」俅入乙把裝了檳榔、荖葉、石灰的小籃子推向阿碌古說，「阿碌古，依你看，真要打起仗來，我們有多少勝算？」

「勝算？那是百朗的算法吧，你們跟百朗往來太接近，學太多了。我問你，就算只有十根手指頭的其中一根有機會打勝仗，你怎麼辦？要不要打？」

「這個……」俅入乙停止了咀嚼，皺起了眉頭。

「現在調動這麼多人準備來打仗的，是那些坐了很多大船從海外來的百朗，是我們從沒見過的軍隊。他們可不是三年前那些可憐的人，來你這裡討吃討幫忙。相反的，他們是要替那些可憐被殺害的人報仇。你想想，要是換了你我，你會不會打？他們要打仗，我們要不要還手？還是……把我們幾個氏族族長的頭送上去，然後請他們回到他們來的地方，別打擾我們？」

「這個……」俅入乙咀嚼的嘴巴又停了下來。阿碌古說的事，他清楚。這一回日本人搭著船帶著這麼多人來，也許可以放過其他部落，但是三年前的事，是由高士佛社引起的，高士佛社必定是目標，不可能置身事外。社寮、統埔傳來的訊息都是這麼傳達的。

「別忘了，那五十四顆人頭，是你高士佛社以及我們牡丹社一起砍下的，這一回我們一定也要想辦法把這些人頭留下來，管他們是十個一百人，還是二十個一百人。」阿碌古不清楚俅入乙的想法，沒好氣的說。

「這個……」俅入乙吐了一口檳榔汁支吾著。他當然知道日本人此行的目的，山下那些親人早就不斷的提醒這事，只是真要面對一千人或者更多數量帶著槍械的人，以高士佛社加上牡丹社附近幾個部落，能戰鬥的也不過是三、四百個人。就算自己人對這山區的地形再熟悉，要完全避免傷害也不可能。高士佛社才剛建立沒幾年的部落，又怎麼能承受比颱風、火災更加凶險的戰爭呢？俅入乙憂心著。能不打仗多好啊？他心裡吶喊著。但他知道根本不可能迴避，當年引起殺戮的是他的兒子卡嚕魯，是高士佛社，為此他受了其他氏族族長的責難。現在日軍將攻打懲罰高士佛社的訊息傳來，部落的責難聲又重新張揚。

「我們必須迎戰，也必須想個法子減少部落傷亡。」阿碌古說，他看了一眼皺著眉頭不語的俅入乙又繼續說：「你有什麼想法？日本人已經開始接近馬扎卒克思，隨時都有可能打起來，那個不顧聯盟情誼的伊瑟也急著跟日本人打交道，眼前，就只有你我，爾乃社、竹社可以站在一起，我們必須拿出辦法，好好的跟這些人打上一仗。」

「我還能有什麼想法？」俅入乙又取了一顆檳榔，又警覺嘴裡還正嚼著，他放下檳榔說：「這事情由我們開頭，理應由我們解決，不過我還是希望盡可能保存部落的生機，能打就打，不能打就想個辦法。」

「你的意思是，你要學著伊瑟、朱雷那些沒臉見祖宗的人那樣，拿了人家的禮物就忘了埋在屋子祖靈柱下的祖先？」

「不，不是那樣。」俅入乙忽然很認真的看著阿碌古說：「我們不是部落裡那些毛躁的年輕人，只要理由正確就算殺了人或者被殺，也不用考慮見得著見不著祖先。正因為這樣，我們才會被推為部落族長，領導部落人。我們得考量部落的生存發展為第一優先啊。我們沒有理由還沒打起仗來，還不知道彼此的能耐之前就先請求和解，就算日後真打了起來，我們也沒有理由主動提出和解，這一場仗聽起來，我不抱著太大的希望，我們必須有被打敗，被他們攻打進來的心理準備。」

「沒錯，目前牡丹社的爭議就是這一點。老實說，我也同意古力烏的觀點，但不管怎麼打算，我們必須先有打一仗的計畫，也必須有被打敗的心理準備。如果古力烏能先想到日後的情況然後做好準備，我是可以不計較他的反對立場，只由我跟支持我的牡丹社人一起在馬扎卒克思跟那些日本人打一仗。對了，我來的目的是想了解你怎麼打算，你們高士佛社是怎麼個想法。」

「阿碌古啊，你是知道的，我沒有你的勇猛果決，也沒有你的雄辯滔滔，多年前我帶著高士佛社翻過幾個山頭來到這裡建立部落，為的也只是想建立一個生活空間與機會。這麼多年來，只要部落能留存，大家能好好的活下去，我沒有非得要怎樣的堅持。但是，我也不是沒有原則沒有骨氣的人，這件事是我們起的頭，的確也該由我們做個了結。明天，我讓卡嚕魯帶一百多人下山跟亞路谷一起行動。當年是他們一起殺了海上來的百朗，現在也應該由他們在一起面對這一批海上來的百朗。我老了，我會陪著高士佛社其他的人手在後方，祈禱祖先來自大武山的力量，祝福這些年輕人順利擊退那些海上來的人。」俅入乙停了一下，「萬一他們守不住，我會帶著高士佛社的族人，往這後山疏散。你可別笑我膽子只比老鼠的睪丸大一點點啊。」

「哈哈哈，俅入乙，你說這個幹什麼？不過，我也想通了，不管古力烏或者牡丹社其他人怎麼想，我將盡可能動員足夠的人，在馬扎卒克思擋下那些人。讓他們主動提出和解，也讓那些柴城、社寮那些百朗清醒清醒，牡丹社與高士佛社的北方聯盟不是好惹的，別一天到晚想侵犯我們的領地。至於牡丹社怎麼安排退路就讓古力烏傷神，我專注打仗，明天我就調度願意跟著我的人下山，在馬扎卒克思阻擋那些人。」

「阿碌古啊，你的話怎麼讓我多了些心思啊？我不知道這些人有什麼能耐，也不知道我們究竟能做什麼？但是歷來保護族人確保領土完整，安寧祖先安睡的地方，就是我們成為男人的唯一理由，請原諒我的老邁、怯懦，但我由衷的相信你的強勢勇猛，一定能為我們帶來希望，一切拜託你了！」

「俅入乙，別說這些了，眼前，我們還不知道對方有什麼通天本事，但我保證，只要他們進入我們的領地，我一定不輕易放過。他們人多，來的都是準備要打仗殺人的年輕人，這一點我們的確吃虧，我們幾個社得好好相互幫忙，一起來面對啊。」

「你放心吧，我沒能力跟你下山一起對付那些人，但我可以想辦利用這段時間到幾個社走走聯繫一下，看看如何相互支援。這附近的竹社、八瑤社距離近一些，爾乃社、中社那裡你有空也去看看吧。」

「嗯，也只能這樣了。」阿碌古說著，心裡卻有幾分說不出的悵然。以牡丹溪為界的南邊部落，大概也只有高士佛能出兵，但他總是覺得，這個當年引發雙溪口殺戮的高士佛社，對於這一回日本人可能用兵的事，卻有一點不干他底事的消極。

是我的錯覺吧！阿碌古心裡說著，臉上卻堆起了笑容。「俅入乙，我得先離開了，記得督促你的年輕人盡可能在明天下山與亞路谷會合，我也得好好再動員牡丹社一些人。總要想辦法重創那些人。」

「也好！就這樣辦吧！我也不留你下來吃晚餐了，你多注意自己的安全，我們還要靠你呢！」

「那就告辭了！」阿碌古說完，旋即起身離去，沿著高士佛社上方稜線小徑，往牡丹社走去。

小徑沿著稜線向北向上緩升，約下午三點多的陽光刺烈的穿透小徑兩旁樹枝葉縫，斑斑點點成塊成條狀的灑在底下，又偶爾撕開一地蔭涼，熱氣騰升淡去。阿碌古抬頭往西北的山頂方向望去，那是隔著牡丹溪的牡丹山區，牡丹中社就分布在牡丹溪上游，總社接近稜線的山腰與這裡的高士佛社遙遙相對，一條小徑相通連著，狼煙就能緊急支援彼此的狀態。

想起狼煙，阿碌古隨即想起，那一年的上午天剛亮，高士佛人起了狼煙，阿碌古立刻招集一百多個戰士，由兒子亞路谷先來探路應急，卻在這條小徑連接到牡丹溪床的小徑處，碰到高士佛社來報訊的快腿，因而轉往馬扎卒克思攔截。至第二天，亞路谷的戰士帶回來十幾顆人頭。

「這是命啊！」阿碌古忽然說。

他說的是宮古島登陸的六十六人，原本應該是美好的相聚，卻陰錯陽差的在這個地區喪命五十四人，死在原本積極想提供幫助他們的高士佛社人手上。

阿碌古不自覺的停住腳步，在小徑兩側植物大面積的空出視野缺口時，往東眺望。那是東邊太平洋的一小塊海域。遠遠看去，海平面幾乎就在山線的上方一點，而中央一塊明顯的缺口，則是八瑤灣的海面。那是三年前宮古島人遭遇颱風漂流觸礁上岸的地方。

從高士佛社背面上方的稜線朝下看，大小山頭長短稜線層層疊疊的往東面跌落，幾隻大冠鷲已然凌空盤旋找尋餐食。三兩鷹嘯錯落傳來，倒有幾分豪邁、優雅與宣告。鷹嘯迴盪在幾個山頭與坳谷，回聲了幾許心思，與帶有絲絲線線的不確定與猶豫，一抹或者一帶。

這可是一段路程啊！阿碌古心裡一個念頭浮起。從海上到高士佛，盤旋環繞幾個山頭谷地，那些巨木、雜樹與崖壁山澗交錯橫陳，山路小徑蔭藏其間，沒有人引導，宮古島人不可能走得上來，當然也就不可能發生那些事。阿碌古忽然打了一個哆嗦。宮古島人能上來，那麼，現在陳兵在社寮的上千名日軍，就有可能找到幾個漢人村莊的嚮導，沿著平日進入山區做買賣的小山路直抵牡丹各社。

早就要求不准讓百朗接近部落的，就是不聽！阿碌古心裡咒罵著，又忍不住轉過身朝西面望去。只見牡丹溪往西南潺潺流去，流經的峻嶺高山奇險巍峨，那崖壁之中，溪澗之間，有著日常進出平地與牡丹幾個社的路徑。在沒有人為的阻攔，任何想進出牡丹社的陌生人，即使不在平地漢人的嚮導下，也能夠輕易找到路徑進入部落位置。若加上嚮導引路，那麼部落備用的進出路，也將失去原先隱密與戰備的功能，如果日軍真要攻打，那麼流血、人頭落地自然也迴避不了。只是，這一回又得用多少代價呢？阿碌古也忍不住搖搖頭了。

「一定得守住馬扎卒克思！」阿碌古輕聲吼著。他繼續沿著稜線的小徑向上攀升，抵達往牡丹社的小徑岔口，想起了日前社寮的米亞傳遞而來的訊息。

米亞傳遞了日軍將動員二萬五千人到達琅嶠地區，不過，米亞懷疑日軍的目的應該不只是要對付牡丹社或其他的社。因為光是日軍在社寮的軍隊與堆積的槍彈武器數量，已經足夠摧毀所有的琅嶠十八社的總合，日軍持續增兵應該還有其他的目的。米亞建議牡丹社阿碌古能先跟日軍談一談，究竟有什麼方法可以不打仗，畢竟打仗要流血，稻米收割時間近在眼前，也很難避免波及到附近村莊。

「呸！」阿碌古想到這個，覺得一陣鄙夷，「百朗想的都是先談一談，看看能得到什麼好處，什麼都要算計清楚。現在，日本人都殺到部落外了，我們不吭聲不抵抗怎麼可以，這可是尊嚴問題啊。」

阿碌古繼續走著，停了下來，望著整個牡丹山區山形與牡丹溪谷。喃喃的說：

「兩百五十個百人的戰士，要塞進馬扎卒克思，確實難以想像啊。」他覺得米亞的說的人數不實際，但此刻他似乎也同意，如果日軍以現在的人數再添加一兩千人，琅嶠所有部落加起來，確實很難打得過日本人，如果真要增兵到二萬五千人，阿碌古認為那根本是日本人吹噓嚇唬。

這也難怪狡猾的伊瑟要拉著其他部落跟日軍和解啊。阿碌古可以理解米亞的想法，心裡仍然壓抑不住的嚷著。

「真不知道，那些日本人送的槍枝，性能如何？」阿碌古想起前天日軍軍官贈送伊瑟等人槍枝的事，又忍不住自言自語，忽然生氣了。他覺得日本這麼大方送槍枝的態度，定然包含著沒把這幾個部落放在眼裡的鄙視意味兒。

那就好好的來打一仗吧！別把我們看輕了！他心裡堅定的說著。他遠遠的望向社寮的方向，感覺西邊的海面上堆積了不少雲霓，傍晚時間還早，那些雲霓薄薄片層，而更遠的海平線上卻堆積了厚厚的一道雲牆。約四點的陽光下，雲層上邊白淨，而下層有些灰黑，極目望去分辨不出海平面與雲的界線，都灰融在一起了。

是颱風要來了嗎？阿碌古不自覺向左側了頭，心裡嘀咕著。

相較於阿碌古反覆思量，又偶爾殺氣騰騰的走在牡丹社的山路上，剽悍的亞路谷已經在馬扎卒克思與統埔附近之間的野地荒埔，反覆巡察了好幾遍；也進入牡丹溪下游幾個平埔族馬卡道人的小部落走訪，確認了目前有幾支小股日軍，已經在統埔農作田西側的野地，距離二重溪村[1]相當接近了。總結這幾日以來日本人偵察的範圍，每日都有向西

---

1 地方名，統埔西北方向介於馬扎卒克思之間的小村。

深入的跡象，亞路谷判斷日軍有可能下午約四點這個時間出沒在統埔與二重溪村之間。為此，亞路谷已經在二重溪村前佈署約三十個人的伏擊陣地，他則帶領其他二十個人，繼續以觸鬚式的方式逐步向外伸展搜索，卻意外得知一股人數不詳的日軍刻正轉往南方。亞路谷判斷今日不會有遭遇的機會，便決定撤回二重溪附近，當晚夜間露宿附近野地。

翌日，五月十八日，上午起天空灰濛濛的雲層未開，到了下午一時開始飄起雨來。一行人穿行在雜木與蘆葦、五節芒交雜生長的縫隙中，貼著牡丹溪下游往統埔方向搜索前進，走了約兩小時，所有人都淋濕了，風開始陣陣的颳起而雨水卻停了。

「亞路谷，昨天的雲層看起來像是颱風，這個雨越晚可能越大，說不定風也要颳得更凶猛，我們要不要先回去啊？再晚，說不定就過不了馬扎卒克思了。」一個戰士說。

「風雨應該還沒那麼快來，我們晚一點再走，我猜日本人應該會有人出來走動走動，我們再看看吧，今天這個風雨就這樣，應該還不會持續太久太大的。」亞路谷領著三十幾人潛行在牡丹溪南側，距離已經十分接近統埔東側約一公里的野地。

「亞路谷，你說了好幾個『應該』，其實你也沒什麼把握吧？我只是提醒你，沒別的意思，我們出來了幾天，也真該試試這些海上來的百朗有什麼厲害啊。」

「別太大意啊杜列克，我聽四林格的阿帝朋說，這些人有能力穿越大海，從我們不知道的地方，派這麼多人到這裡來，他們一定有比這裡的百朗官員還要更強大的本事。

我們不一定要害怕，但是一定也不能大意。」

「你這麼說，我倒緊張起來了，我不是害怕，只是覺得興奮而緊張起來。」名叫杜列克的漢子，寬肩厚胸，威猛中卻也出現了一點忸怩。

「啐，當年我們追殺那一批人的時候，你跑在前面搶得比誰都凶啊，我沒聽說你害怕什麼的。」

「這個……那情況不一樣吧，對了，我們還要往前嗎？」

「這個……」亞路谷停了下來，「雲層厚，天色也會暗得快，我們是應該早點回去的。不過，我判斷日本人今天應該會出來活動的。我想等一等。」

「你怎麼會這麼認為？」

「你忘了，我們昨天穿越二重溪那個村，怕日本人忽然出現，所以安排三十幾個人埋伏在那裡。晚上我們又在那裡露宿？當時有幾個百朗就鬼鬼祟祟的，天黑前我們回到那裡，就有兩個人走出村莊向統埔這個方向走去。」

「對啊，我都忘了。那些人一定會去告密。」

「沒錯，這些百朗沒別的本事，告密討賞的事，一定爭先去做，我猜想，說不定今天就會有人帶著日本人往二重溪這個方向來。」

「呸，這些凡事算得精的百朗，等著看好了，等我們打敗這些日本人，我一定要跟著阿祿古族長一起來討伐。」

「這是必需的！我們不能一直忍受這種事。」亞路谷說著，頭仍然警戒著朝前方望去，發現在前方擔任搜索的一個戰士正走回來，輕聲喊著亞路谷。

「怎麼了？」

「你來看看，我發現前面有一批日本人。」

聽到日本人出現，所有人興奮了起來。亞路谷走上前透過五節芒與幾棵樹的空隙遠遠的向統埔村瞻望。只見十幾個穿著白色制服，戴著帽子端著槍，三個人成一組走在三十公尺前，其餘的在後方各保持兩大步跟著，正沿著統埔往二重溪村的小徑，前頭已經抵達統埔農作地的外圍。

早期為了防範山區的牡丹社人襲擊，漢人開闢田園時，會在水、旱田外圍再開闢寬約五十公尺的淨空地，作為隔離、觀察與應變的空間。近幾年平地與山區的互動多了，馘首凶殺的事幾乎不再發生，但是，這種闢田的習慣還是被延續下來。也因為如此，亞路谷等人極佳的視力穿越幾乎無視線障礙的田園外圍，日軍的一舉一動盡落入亞路谷等人眼裡。

亞路谷先前的猜測沒錯，昨日前往山區做番產交易的兩個柴城漢人，發現牡丹社人在二重溪村的活動與佈署，下山後即前往日軍營區通報，領取了一些布匹與六圓的賞金。

日軍隨即派出一個建制班十六個人的斥候隊前往偵察。這其中除了常備兵一個班十人，還有六人的「殖民兵」。向來勇敢無畏的殖民兵由士官北川直征率領在前，志願分成兩組擔任前方搜索。一直期盼建立功勳的藤田新兵衛與田中衛吉也在其中。

「怎麼辦？」杜列克問。

「看樣子，他們沒有繼續往裡走的意思。我們現在趕過去也討不了便宜。我們再等等看。」

「我們有三十人，他們只有十六個人，我們繼續沿著溪床繞到左面，然後突襲，我想應該可以得手！」

「杜列克，別急！他們只有十六人，我們卻也只有十支槍，雨雖然停了，也不保證每一支槍都能擊發。這樣沒辦法全殺了他們，而我們自己要傷一大半了！再等等。」

「可是……」

「噓，別說了，他們有動作了！」亞路谷制止了杜列克爭辯，因為遠方的日本斥候隊有了行動。

被派出的日本斥候編組，只被規定在安全範圍巡弋，但是殖民兵班長北川直征卻想再深入偵察。從亞路谷等人的位置看去，看到兩個領頭的人似乎有所爭辯的比手畫腳。沒一會兒，斥候十個人沿著統埔農作地邊緣往南繼續巡弋，另外六個人進入野地的小徑。

「六個人？他們真是勇敢啊，如果他們計畫進入二重溪村，我們的機會就來了。」亞路谷讚嘆著老天給了機會，隨即下達指示：「我們回頭往上，涉過溪，在小徑轉往東的那個轉角埋伏，大家動作快，盡量不要發出聲音！」

亞路谷等人現在的位置距離他所說的小徑轉角大約有四百公尺，而日軍斥候與他們的距離約一百多公尺，以亞路谷等人的腳程，抵達預定埋伏的位置，幾乎可以爭取到十幾分鐘的準備時間。

由東北向西南流動的牡丹溪，過了二重溪村後直轉朝南，約一千五百公尺再直轉向東，小徑沿著溪左岸展延。亞路谷所說的轉角，指的便是溪流直轉向東的位置，小徑角度成「く」型的曲肘處。

一行人越過溪抵達小徑右側的雜樹林後，亞路谷把人分成兩組，一組十五人由杜列克帶領埋伏在小徑轉彎前的左側，亞路谷則帶領其他十五名，在小徑轉彎後的右側。準備各以五枝槍十五個人，離小徑十幾步的距離對付前後各三個日本人。

「到位置趕快裝填，我開槍就開槍，其他拿長刀、長矛的，注意跳出來的時間，別妨害開槍。」亞路谷輕聲說完，眾人還沒來得及移位，就已經聽到小徑傳來輕微的器械碰撞聲，亞路谷大驚，趕緊打了手勢要所有人停止動作，找位置隱藏好。

由統埔方向走來的小徑出現了一個人端著槍行進，眼睛不時四處搜尋，後方五步又跟著一人，隨後相繼出現了總共六個人。他們穿著相同款式的衣帽、鞋子，左腰佩著長約一尺半的刺刀，右腰一個彈藥袋，肩揹著水壺。亞路谷無法清楚那些掛在他們身上的東西是什麼有什麼功能，但注意到他們各個精幹、戒慎，似乎都有著扎實的訓練與真實搏鬥的經驗。亞路谷心中一凜，一股爭雄的豪氣霎時陡起，緊握火繩槍的手已經沁出汗水來了，想起槍枝尚未裝填火藥彈丸，心裡不免氣餒，屏著氣眼睜睜看著他們沿著小徑穿越過雜樹林，向著二重溪村的方向走去。

「現在怎麼辦？」杜列克一見日軍走遠輕聲的問。

「趕緊就位，我們等他們回頭！」亞路谷說完忽然感到開心，「看起來昨天告密的人一定說了我們在那裡活動，這六人目標應該是到二重溪看一看，敢這麼深入的進入這裡，這些人一定很有本事，果然真如米亞說的那樣。他們的確勇敢訓練有素，但也真是太瞧不起人了！我們也別讓他們失望啊！必須把他們的頭都留下來！我們動作快一點。」

所有人在離小徑十步左右的位置，左右線性佈署。一就定位，亞路谷又指派一個人到前方向著二重溪村的方向，準備一旦發現日本人，打個記號通知槍手們點燃火繩，準備射擊。一切佈署完畢，開始下起了毛毛細雨，天色更暗了，亞路谷心情卻也平靜了下來。想起了三年前的殺戮，而現在要面對宣稱要為那些人報仇的另一批人，在下著小雨的這個時候面對面開槍戰鬥，他有著無比的豪氣與信心，要留下敵人的頭顱祭祀了。

「哼，這一回，高士佛社的卡嚕魯搶不到我前面了吧？哈哈哈……」亞路谷忍不住輕聲的笑了，旋即又閉上了嘴。

「真是混蛋啊，說好要帶人一起下來的，天都要黑了，還沒看見人影，一定又躲起來找那個柴城的女人，呸！」他又開口輕聲咒罵著。

「噓，亞路谷，他們來了！」他鄰近的一個戰士提醒著。

這一提醒，亞路谷立刻望向由二重溪村延伸而來的小徑，只見埋伏在那裡監視的人，正輕躡躡地快速向後退。亞路谷打了手勢，而幾名槍手立刻燃起槍上火繩，一股淡淡的煙硝味升起，又在細細毛毛的霏雨下壓抑分散。每個槍手由另一個人在旁以幾片葉子遮蔽雨水，避免雨水澆熄了火繩。

日軍來了。六個人肩著槍拉大間隔的三兩走在小徑上，因為偵察二重溪村沒發現任何可疑，而幾戶人家聚集的小聚落，對於陌生人突然出現，沒有敵意，好奇多於警戒，有些人還掏出了檳榔與菸草表示歡迎。所以偵察而回的六個人，態度輕鬆與隨興，三兩談著剛剛的見聞趣事。班長北川直征此刻正走在後方，拉著藤田新兵衛說話，不時還詢及日前岡田壽之助到南方偵察的細節。其他幾個人，也偶爾停下交談隔著幾步聽著兩人的說話。最前方的田中衛吉總覺得不安，才走過小徑肘曲部，不自覺的以手抹去臉上的雨水，似乎嗅到了一些不尋常，一股淡淡的煙硝味夾在雨絲中，腳步慢了下來。其他人也似乎覺得有異樣，都停止了交談，本能的從肩上取下槍背帶，加快腳步。

亞路谷開槍了！他朝著正通過他前方的北川直征開槍，散彈轟爛左側胸膛，其他人也跟著先前預定的開槍順序開槍，日軍警覺陷入埋伏圈，不待指揮立即狂奔往統埔方向逃離。

第一波五枝槍的射擊，有兩枝沒擊發，除了亞路谷擊倒一人，另一個在日軍緊急蹲低快跑時轟爛了左耳朵，另一支槍射擊在兩個日軍之間。第二波射擊時，杜列克適時的阻止了，只讓兩枝槍朝日軍的方向射擊，讓日軍不至於回頭射擊。

「這個人，真是結實啊！」一個剛割下北川直征頭顱的戰士說。

「嗯，這些人的確訓練得很好，一聽到槍聲立刻蹲低快跑，讓我們沒辦法好好的瞄準射擊。」杜列克輕皺著眉說。

「我們得記得這些，下次跟他們遭遇時，我們也得學著，減少傷亡。」亞路谷想起剛剛日軍的敏捷也不禁讚嘆。

「現在怎麼辦？」

「怎麼辦？走人啊，他們那些往南移動的十個人，一定也聽到我們的槍聲，要不了多久，他們會回頭的。走吧，把他的槍帶著，身上看起來有用的東西也一併帶著，把他的頭掛在茄芝萊社的榕樹上。」

亞路谷說完，不消一分鐘，所有人已經啟程朝二重溪方向離去，才離開小徑曲肘部，忽然響起了五聲槍響，子彈撕裂空氣穿雨絲而來，擊斷了一些枝葉，稍稍震撼了亞路谷一行人。這是他們第一次真正聽見日軍步槍的射擊聲音，那截然不同於他們慣常聽到的散彈射擊聲音，穿心貫胸似的，令亞路谷也不自覺得長長的呼了口氣。

日軍的斥候本隊，遠遠聽到槍聲時，正是他們的隊長覺得不應該讓六人擅自脫隊，而返回統埔北側稻田的岔路時。在隊長的招呼下，所有人拉開槍機裝填，然後快步走上深入二重溪村的小徑上。才走不到五十公尺，又傳來五響日軍回擊的聲音，所有人立刻打破隊形，一路狂奔支援，在路上遇到倉皇而回的藤田一行殖民兵斥候。結合後返回遭伏擊的小徑曲肘處，只發現北川直征無頭的屍體，槍械裝備都不見了，牡丹社的戰士早已無蹤影，連足印也被雨水淡去。

這一場遭遇，日軍一死一傷，而牡丹社人全身而退，引起日軍極大的憤慨，即便接下來的三天裡，突如其來的暴風雨接連的吹襲，仍有不少股人結隊出營區「偵察」，找機會報仇建功。但牡丹社人早已撤回，而馘取日軍首級的消息也像突來的那股風雨，襲向所有下十八社及周邊漢人村莊。二重溪村小聚落的居民憂心日軍的報復，趁著風雨，全都離開莊園投靠住在其他村落的家人。

高士佛社的卡嚕魯一陣扼腕，覺得當天憂心風雨提前到來，而未率隊下山與亞路谷會合，甚為可惜，也對不起亞路谷。四林格社的阿帝朋也在盤算著風雨過後，將依照往昔的慣例與亞路谷、卡嚕魯一起結伴巡察某些特定的領域有無其他事故。這一回日軍與牡丹社交手後，石門隘口與統埔之間的區域將是重點，他決定風雨過後的大清早，準備好武器彈藥糧食到高士佛社與卡嚕魯會合。

牡丹社的亞路谷，又成了英雄！取下日軍的第一顆頭顱是他開的槍，為牡丹社開了好彩頭。牡丹社大族長阿碌古這一回也不刻意的壓抑亞路谷的風采，除了當眾表揚一起出動的五十多名戰士，也期勉牡丹社能成為下十八社的榜樣，起而捍衛家園。此舉大大振奮了牡丹社的青年戰士們，暴雨來襲的這幾天，除了防災搶救，每個年輕戰士得空則不停的整理裝具武器彈藥，準備風雨過後再隨從亞路谷下山獵殺日軍。

五月二十日，風雨已經完全平息，亞路谷率領牡丹社一百多名戰士，戰志高昂的下山。這些戰士多數都是三年前跟著他一起下山支援高士佛社，最後掃蕩整個雙溪口的一群戰士，沿路他們哼唱著高士佛社最會唱歌的吉琉在事件過後所編的一首歌，相互打氣與調侃，紓解緊繃的氣氛。杜列克起了音，而沿著小徑成縱隊的戰士吟唱著：

阿力央啊[2]，我去為你撿拾白石頭

2 阿力央，朋友的意思，伐伐央，指未婚女性。

從此，部落外有了一道高高的牆
我在牆上鑲嵌著那些白石頭
好讓你專心找尋你的姑娘

伐伐央呀，我去為你撿拾白石頭
從此，你的屋頂有了白色的守護
我在上頭擺列著那些白石頭
好讓你專心編織你的嫁裳

早期排灣族為了恫嚇外族侵擾，除了會在部落入口搭設首級牆，也會在屋頂排列白色的石頭，使敵人遠遠望去誤以為是首級而畏懼離開。這首歌的白色石頭指的就是首級以及那些頭顱大小的白色石頭，都說明著戰士要出征了，將會帶回來敵人的首級，請家人安心。三年前牡丹社把所有宮古島人的首級，掛在茄芝萊社那棵雀榕樹上祭祀，高士佛社的吉琉在一次造訪牡丹社時，編寫了這首歌，受到牡丹社年輕戰士的喜愛，每一回出部落執行任務，總會忍不住的吟唱。

亞路谷當然也開心的哼唱著，他領頭揹著槍走在隊伍最前方，想像著再次遭遇日軍時將如何帶回他們的頭顱。一路走到馬扎卒克思，眾人都住嘴了，吟唱的，交談的都靜了下來。亞路谷依照阿碌古的吩咐，留下五十個人在隘口，預做些防禦的工事。這個概念是得自於日軍在社寮附近構築工事的作法。阿碌古盤算了一下，馬扎卒克思是個天險，兩側岩壁參天難以攀爬，暴風雨過後四重溪水深闊洶湧出山，僅幾塊岩石可作為進出路，日本人絕無可能傾巢而出，在這個地方大量投入兵力。如果這樣，牡丹社相對少數的戰士便可以獲得足夠的優勢，有機會將日軍抵擋在隘口外，甚至造成大量傷亡。那樣日軍便可能提出和解，只要順勢與之談和解便可以。

亞路谷知道日軍工事的意思，於是他把上一次跟著他到社寮日軍營區的那批人連同其他總共五十人留下，自己則帶著五十人離開。才抵達「出湯村」，遇上了從二重溪村慌張跑來的一個村民，說有一隊十二個人的日軍正在搜查二重溪村。二重溪村早在暴風雨開始肆虐前都疏散了，一方面是怕風雨過巨，最主要還是害怕日軍因為有人被殺而來報復。亞路谷聽聞，立刻加快速度前進，在抵達二重溪村與出湯村之前一座密林時，亞路谷指示在密林布置伏擊陣地，另外派出前方的偵察，監視日軍行動。

日軍十二名偵察隊，為了五月十八日殖民兵班長北川直征被襲擊而死的事，來到二重溪村前的小徑曲肘處。隨後又到二重溪村搜查，發現沒有任何人留下，遂又決定繼續前往出湯村偵察。亞路谷派出的前方警戒，立刻判斷日軍的行動而趕緊撤了回來，沒想到日軍隨後跟了上來，人人端著上了膛的槍，高度警戒的逐漸進入通過密林的小徑。

上午近十一點，密林處埋伏著的牡丹社人屏著氣，準備一等日軍全部進入，便開槍襲擊。日軍有了前一次的經驗，這一回早有準備，拉大了間隔，上了刺刀，還有人手指上夾著兩三顆隨時準備裝填的子彈以節省時間。等最後一名日軍進入，牡丹社這邊開槍了，日軍隨即壓低身子還擊並交互掩護射擊撤退，短暫的駁火中，當下日軍重傷兩員，牡丹社也在後撤時，一名殿後的戰士被流彈擊中後背，當場死亡。

日軍偵察隊沒有戀戰，為防阻牡丹社人追擊，帶著傷患邊回頭射擊，全速向後撤離。牡丹社未全線後撤，亞路谷預判日軍還會派出支援隊前來，立刻指示所有人在密林稍後的位置找了一塊岩石、雜樹交雜的區域佈署，同時又派人調度石門隘口三十個人來支援，準備一口吃掉日軍的後援隊。同時又派出三名前往二重溪村埋伏監視。

下午三點，下了短暫雨。為了避免接戰時忽然一場雨影響火繩燃引，牡丹社的伏擊陣地稍稍調整了位置。

「亞路谷，高士佛社的人來了。」一個戰士說。

「高士佛社的人現在來幹什麼？」亞路谷一時反應不過來，「你告訴他們，退回去，別進入這裡！」話還沒說完，耳邊響起了卡嚕魯的聲音。

「亞路谷，我們來了！」卡嚕魯開心的說，四林格社的阿帝朋也跟在後方，神情顯得嚴肅認真。

「咦？你們現在來得不是時候，你們早該來了。」因為心急，亞路谷聲音稍微大聲了點。

「唉，別這麼大聲嘛，我們是應該早點來，不過……」

「不是，我不是責怪你，我是說，日本人應該會馬上到達，早上我們傷了他們兩個人，說不定那兩人現在已經死了，他們一定還有後面的支援，隨時會到。你們現在來，整個位置需要調整，恐怕來不及。」亞路谷說。

這讓阿帝朋吃驚，平時看似粗心的亞路谷，處理現在這個情形卻顯得謹慎周密，簡直判若兩人。

「你知道他們會來多少人嗎？我們一百多人，應該可以跟你們一起協力伏擊他們吧。」卡嚕魯被拒，語氣上倒有些因為遲來而心虛的悻悻然。

「哎呀，兄弟一場，我不是跟你客氣。能像當年那樣，在溪床上我們聯手一起追殺那些人當然很好，可是這裡區域這麼窄，我們五十多個人還不見得可以一起射擊，你們來了沒意思。而且要找位置埋伏，不容易藏得好，會壞事的。」

「呸，我就知道你亞路谷要自己獨佔功勞，不讓我高士佛社分一點，可是，我們都來了，這個時間你要我們去哪裡？」卡嚕魯見亞路谷不是因為生氣而拒絕，他立刻恢復本性，油起腔來。

「我看……」阿帝朋也立即看出亞路谷的用心，想打圓場。

「你現在帶著你的人，趕快回到馬扎卒克思，你們在牡丹溪東側那個山丘佈署，而且盡快把位置整理好，我們留了五十個人在西側整理了，你們沒看見？」

「這……」卡嚕魯被亞路谷的果斷嚇了一跳，不知怎麼接話，「我們繞過溪床從左邊的山下來的，沒注意到有人在馬扎卒克思。」

「我的父親是這麼安排的，他判斷日本人一定會經過馬扎卒克思攻擊。如果我們兩個社的人放在一起會混亂，倒不如分開來守，我們各自指揮自己人。這兩天日本人的活動越來越密集，也越來越接近山區，我們必須要有隨時打起來的準備。我的父親晚上會抵達馬扎卒克思，後面的行動我們再商量吧。」

「嗯，這是個好的決定，卡嚕魯，我看這樣吧，趁著天黑前好好分配布置，你帶著人現在回到馬扎卒克思，就比照日本人在社寮的方式，這裡挖一點那裡擋一點。」

「我帶著人？阿帝朋你要留下？」

「嗯，讓我留下陪著亞路谷，我想近距離看看日本人打仗的樣子，我一個人留下比較不礙事。」

「這……」

「別猶豫了，這個時候沒有時間拖拖拉拉了，快走吧，日本人隨時要出現的。」亞路谷鎮定的說，讓阿帝朋越發感到佩服。

「好，我也說不過你，既然大族長阿祿古晚上要來，我們先回去準備自己的位置也是對的。不過你要記得啊，亞路谷，這功勞是我讓給你的！」卡嚕魯說著，也不等回話，便揮過手離開。

卡嚕魯離開不到一個小時，前方監視的三個人已經回來了一個，說日軍的前頭已經接近二重溪村。又過了半個小時，又回來一個人，回報日軍已經通過二重溪村，人數相當多。再過了半個小時，第三個警戒也回來了，回報日軍來了將近有二百五十多個人，正循著小徑朝著這個方向來。

「兩百五十多個人？」阿帝朋低聲脫口說。又忽然覺得如果卡嚕魯的人手留下來，也許好一點，他撇頭看了一眼亞路谷，好奇他會怎麼處理。

「來太多了吧？」亞路谷忽然皺起眉頭，這人數超過了他的想像太多，他原先以為像暴風雨來的前幾天那樣，只是個零星的偵察隊。他咬起下唇，安靜了好一會兒。

「要不要撤？天色要黑了，他們距離我們還算遠，我們現在撤離，一定可以安全離開，他們追不上的，可是……」阿帝朋試著打破靜默，想起一事，忽然住口。

「可是，如果那樣，我們日後也別打仗了，從此在十八社之間除名。」亞路谷平靜的看著阿帝朋接話。

阿帝朋自然知道這個意思。牡丹社戰士向來脊樑朝天剽悍無畏，不戰而逃，比被人一刀一刀削肉而死還要痛苦。別說一輩子叫人抬不起頭，牡丹社苦心經營的威望，恐怕也將付諸牡丹溪。

「快做決定啊，亞路谷。」一旁一直沒說話的杜列克也催促著。

「這沿路到出湯村，還有幾個地方適合埋伏，杜列克你帶著一半的人先後撤，我帶著一半的人先守在這裡。你記得照平常我們演練的那樣，將人手分成兩半。你們等我們撤退到後面以後，一等到日軍先頭進入射程，就直接開槍，然後你們自己一半的人掩護另一半，一直退到我們的後面，槍管一冷就重新裝子彈。他們的槍枝射程遠，威力也比我們的強大，千萬別讓他們太靠近，也別讓他們有機會好好瞄準射擊。」亞路谷說。

他審視這一帶的地形，判斷接戰的當面不容易投入太多人，密雜的樹林加上天色慢慢暗去，只要自己的人手交互掩護，利用地形逐步後退，最多像早上的情況那樣，有人在後撤的時候被流彈打中。

「大家動作快一點，趕快找到位置。還有，後撤的時候，一定要想辦法壓低身體躲著移動，不要像早上那樣被他們打到了。」亞路谷催促著杜列克的人手離開，他也將人手調整了一下，督促著大家注意掩蔽，槍枝裝填好。

亞路谷的沉著指揮與明快，看著幾股人馬分別離開之後，阿帝朋也忍不住讚嘆、佩服。亞路谷把昨天以前埋伏襲擊日軍的狀況說了一遍，也把今天上午與日本偵察隊駁火的情況講了大概。

「他們的槍枝確實比我們的精良太多，威力也強大，像這樣的雜樹林很容易被他們一陣射擊的子彈打穿，你要特別小心，一定要蹲低移動，有岩石或大樹一定要利用。真沒想到，一顆花生米大的子彈可以有這麼大的穿透力，我得好好弄明白啊。」

「你這樣說，我開始緊張了，沒想到，我們的對手會這麼強。你也真是厲害，一下子就知道這些。」

「很多事，親自遇上了，稍微用點心就會懂，這跟我們平常說話鬥嘴不同啊。阿帝朋你是聰明人，懂得事多，等經歷過這些事，你一定比我更清楚這些人究竟有什麼能耐，我還得要你從旁提醒呢。所以，你可要照顧好自己，等一下開火了，我沒有能力多照顧你。」

「你放心，我不會給你添麻煩的。」

「不過呢，你也別太緊張，這裡還是我們的領地，他們人多武器也好，可不一定事事佔上風啊。」

「哈哈，我總算見識到真正的亞路谷了。知道你這麼像個族長勇猛果斷，你的父親阿祿古應該很放心。」

「呵呵，這就是為什麼他要時時盯著我，要我這樣不要那樣的，最近又要我連番帶著戰士下山，跟這些人纏鬥，這是他想要看到的吧。」

兩人輕聲交談著，而前方已經出現日軍的先頭部隊，端著槍謹慎又快速接近著。

「我們開戰吧！」亞路谷說著，他的話迅速傳遞著，風一樣。

亞路谷先開了槍，接著左右幾支槍也開火，只見日軍炸開似的全消失在小徑兩側草叢，枝葉被風吹過似的顫動而明顯的出現傷痕。只一秒鐘，日軍約五六支槍集中還擊，子彈尖嘯的飛來，霎時，枝葉斷落撒在亞路谷等人頭上，驚得眾人趕緊壓低身子，阿帝朋更是呆住了。小徑對面小高地的牡丹社戰士，也開槍還擊日軍，響起了幾聲「蹦」的射擊聲壓制了日軍。

「我們走！」亞路谷輕聲喊著。

才動身，日軍以更密集的個別射擊槍聲還擊小高地，而且幾個人已經起身，後面的人更擁了上來。

「阿帝朋，你們幾個人射擊，然後跟上來！」

阿帝朋頓時回魂，立即與其他還未開槍的牡丹社人，朝那些爬起的日軍射擊，然後立刻起身後撤。日軍又立刻臥倒散開，一陣槍聲從更後方射擊早已遠走的亞路谷陣地。

不一會兒，又一陣槍聲從高地射擊，將原先準備爬起還擊的日軍，又全都釘在地上不動。等亞路谷所有人都撤離了，日軍還左一波右一波的射擊了四、五回。

「他們的彈藥真是充足啊！」阿帝朋說。

「而且，他們可以一直裝填不必等到槍管冷卻。」亞路谷說。

阿帝朋立刻明白那個意思，而剛剛槍彈在頭上亂飛，斷枝殘葉紛落的震撼，還是讓他餘悸猶存。第一次槍彈駁火，那可是遠比三年前他們拔刀讓宮古島人血染雙溪口更震撼，更恐怖。

日軍沒有立刻起身移動，只以火力追擊。這個時間剛好讓亞路谷的人馬迅速會合後，直接下到溪床，沿著溪邊轉換陣地，刻意避開杜列克的陣地前方。日軍隨後繼續沿著小徑追擊，在杜列克的陣地前又遭同樣形式的伏擊，日軍沒有立刻反應過來，直到再遭遇亞路谷的人手，才改變方式。一旦遭遇牡丹社人的射擊，及立即朝那個方向採取不停止射擊的方式掩護前進。但亞路谷早先一步改變，將人手分成更小股，一邊射擊一邊退，一組射完另一組接著射擊。這使得整個區域槍聲大作，持續不斷的槍聲響徹田園溪澗，令不遠的出湯村居民感到恐懼，已有不少居民倉皇的奔出戶外想找地方躲藏。

日軍方面，開始出現了很有趣的狀況。當前方還在射擊，後方的一群人知道牡丹社人不停的撤退著，所以逕自提了槍往前衝，還不停的大叫喊殺，衝散前面開槍還擊的日軍，當這些人擠到前面，感受到牡丹社戰士的射擊，而停下準備開槍還擊時，後面的人已經又湧了上來，這使得日軍的隊形變得凌亂，射擊更無章法，只是朝著密林子胡亂射擊。

亞路谷剛才改變射擊方式，主要是因為清楚知道自己的射程不遠，一開始就不期望能射殺日軍，而小股編組的方式可以持續不斷的射擊，迫使日軍混淆不敢過於拉近，他們便能全身而退。亞路谷的策略見效，一直到進了出湯村短暫停留後揚長而去，日軍才發覺牡丹社人已經離開，他們花了一點時間收攏隊伍，而後進入出湯村，見山徑往山區遁入，天色也逐漸暗下來，日軍才決定停止追擊。

亞路谷等人已經退往馬扎卒克思，從海上投射的夕陽灑在隘口上方，遠遠看去，兩側陡峭的岩壁清晰可見。

「亞路谷，我對你的看法完全改觀了，雖然我知道你勇猛剛強，從不在關於領地的談話中退讓過。」才走到馬扎卒克思的路上的一座土丘，阿帝朋由衷的說。

「唉唷，你這樣說我，我都不好意思了，我只是個粗人啊。」

「不，我一直以為三年前追殺那些人的時候，你是粗魯的，但我事後回想起來，你其實比我跟卡嚕魯都細心。這一次看你設計埋伏襲擊日本人，那個準備的步驟與應變時機的掌握，我知道那已經是你的本能，經過長期思考自我要求所轉換成的能力。日後，

讀者服務卡

您買的書是：______________________________

生日：　　年　　月　　日

學歷：□國中　□高中　□大專　□研究所（含以上）

職業：□學生　□軍警公教　□服務業

□工　□商　□大衆傳播

□SOHO族　□學生　□其他 ______________

購書方式：□門市______書店　□網路書店　□親友贈送　□其他 ______

購書原因：□題材吸引　□價格實在　□力挺作者　□設計新穎

□就愛印刻　□其他 ______________（可複選）

購買日期：______年______月______日

你從哪裡得知本書：□書店　□報紙　□雜誌　□網路　□親友介紹

□DM傳單　□廣播　□電視　□其他

你對本書的評價：（請填代號　1.非常滿意　2.滿意　3.普通　4.不滿意）

書名______　內容______封面設計______版面設計______

讀完本書後您覺得：

1.□非常喜歡　2.□喜歡　3.□普通　4.□不喜歡　5.□非常不喜歡

您對於本書建議：

感謝您的惠顧，為了提供更好的服務，請填妥各欄資料，將讀者服務卡直接寄回或傳真本社，我們將隨時提供最新的出版、活動等相關訊息。

讀者服務專線：（02）2228-1626　讀者傳真專線：（02）2228-1598

舒讀網「碼」上看

廣　告　回　信
板橋郵局登記證
板橋廣字第83號
免　貼　郵　票

235-53

新北市中和區建一路249號8樓

印刻文學生活雜誌出版有限公司　收

讀者服務部

姓名：＿＿＿＿＿＿＿＿　性別：□男　□女

郵遞區號：＿＿＿＿＿＿＿＿

地址：＿＿＿＿＿＿＿＿

電話：（日）＿＿＿＿＿＿＿＿（夜）＿＿＿＿＿＿＿＿

傳真：＿＿＿＿＿＿＿＿

e-mail：＿＿＿＿＿＿＿＿

牡丹社在你的領導下，一定可以成為下十八社的倚靠。」阿帝朋說。

亞路谷沒接話，抬頭看了前方的馬扎卒克思。

「怎麼了？」

「我不這樣想呢，阿帝朋。」亞路谷說。

「難道我說錯了嗎？或者你有其他想法？」

「你忘了你經常說的，外面的世界，已經不是我們可以想像的，那些海上來的百朗的器物，我們打破頭去想，也沒有能力完全理解其中的道理。現在的情形，我們不得不承認自己的處境確實危險。你看，這些來打仗的日本人，據說要來二百五十個一百人，目前看起來年齡很平均，看他們的穿著以及攜帶的武器形制非常整齊。雖然之前我表示不放在眼裡，但我想了想，他們是專門培養來打仗殺人的，他們官府一定比這裡百朗的官府還要精明，他們的部落一定比我們十八社，甚至比北方鳳山的官府所管轄的還要強大得多，他們才有能力養這麼多人專門來打仗殺人。」

「所以……亞路谷，你怎麼想？我沒聽你說過這樣的話，難道你沒有把握打贏他們？」阿帝朋幾乎是瞪大了眼睛，雖然亞路谷的說法與他之前的憂心相同。

「你認為呢？」亞路谷看了阿帝朋一眼，繼續說：「他們的人數，以及剛剛我們見識到的槍枝威力，都證明了我父親的看法——我們已經沒有能力完全消滅他們。但是我們必須打，必須在這裡……馬扎卒克思這個地方重重的傷害他們，或者從馬扎卒克思到牡丹社之間的路上，想辦法增加他們的傷亡，然後和解談判。」

「沒錯，的確是這樣子，所以我們得好好守住這裡。」阿帝朋說，想起什麼，又說：「好好的活著。」

「所以……我們別想了，儘快跟卡嚕魯會合吧，看看他們整理得如何了？」

一行人才剛要經過山丘，忽然有人從山丘下來，叫喚著。原來是派在這裡警戒的牡丹社戰士，大族長阿碌古特別編組了一批人，在沿路每個山丘、高地擔任警戒監視著，亞路谷等人從出湯村撤離，也都在沿路這些警戒兵的眼裡，並傳遞出訊息通報。

「亞路谷，出湯村的方向有一批人跟在你們後面來了。」

「跟在我們後面？這些人真是勇敢啊！有多少人？」

「大概十個！他們離開出湯村有一根火把的時間了[3]。」

「一根火把的時間？」亞路谷陷入沉思。

「亞路谷，我們剛剛在出湯村才還了十幾支借來的槍，如果要伏擊他們，要趕快調槍過來，我們只剩二十支槍，打起來會很吃力。」杜列克說。經過兩場的駁火，他也認知了武器效能的差異，非常務實的提出建議。

「嗯，日本人到這裡還有一段時間，如果要伏擊他們，大概也只有一次射擊的時間。

我看這樣，有槍的留下來，其他的趕快回去馬扎卒克思接替有槍的，讓他們趕快下來跟我們一起。還有，你，回到山丘生起火，生起一點煙，只要能吸引日本人注意就可以了，火光不要太大，以免暴露周邊的情形。我們就在山丘下面沿路埋伏，等他們都進來了，一次開槍解決。你們都知道了吧？沒槍的先回去休息！」亞路谷指示著，但誰都不想走，沒火繩槍，還有長刀啊！誰願意放棄獵殺日本人的機會？

阿帝朋又感到驚訝，直瞪著亞路谷，一瞬也不瞬。想到自己見證了一個偉大成熟的部落未來領導人，一次又一次精準的下達命令與執行戰鬥，因而興奮地忍不住身子微微顫抖。

亞路古正想督促其他人離開，正好卡嚕魯帶領著高士佛社約三十人，各個都攜帶槍枝前來。

「你們怎麼來了？」

「看你們遲遲沒上來，我調了一批人下來看看怎麼回事，加上剛才光線還很好，這裡的警戒打了記號，通知我們說前方回報有一隊日本人跟在你們後面，所以我直接調了人下來支援啊。」

3 約二十分鐘。

「哈，真是好兄弟，你總算有心啊，我還以為你要帶人下去找你的女人了。」

「啐，怎麼又提那個？你自己摸著良心說，我有沒有心，這麼多年你都不知道嗎？什麼時候不把你的事當回事啊？」

「喂，別鬥嘴了，趕快調派人手吧！」阿帝朋趕緊阻止兩人。

「我們以這山丘下緣為埋伏區域。卡嚕魯你的人一半在山丘下緣埋伏，防著他們朝山丘跑上來，你自己帶著一半的人守住山丘這條路，別讓他們往裡鑽了，我帶著我的人在前面埋伏。」亞路谷不理會卡嚕魯先前的話語，立刻轉換語氣，沒交談過似的果決分配，讓卡嚕魯一下子不知怎麼反應，稍稍不服氣又覺得亞路谷的安排沒有不合理。

「怎麼開火？」卡嚕魯問。

「等日本人走進你們的射程之內就分兩波開槍。山丘下緣的先別射擊，如果日本人沿著路退回就別開槍，留給我們解決。若他們要往山丘跑就開槍阻止他們。他們只有十幾個，我們把他們的人頭全部留下。」亞路谷說。

卡嚕魯心裡直嘀咕，又不得不佩服他這個兄弟，才幾年，他已經完全像他的父親阿碌谷，精準果決，無懼無畏。

「還有，天色會更晚，你們火繩點著了，要注意遮火光，別洩漏位置，他們的槍枝很準，鐵丸子會鑽到你面前的。大家注意啊，聽卡嚕魯開槍才准開槍，千萬不要搶著射擊。」

「就這樣吧，卡嚕魯，我這回跟在你身邊。」阿帝朋想到這也許是卡嚕魯第一次開槍戰鬥，所以自告奮勇。

「也好！就這樣，我們分別行動。你們其他人不想回去的，記得要躲好，別忘了白天那些日本人是怎麼射擊的。」

亞路谷說完，立刻帶著二十個人移動到山丘前方的小徑，背向溪床。他不清楚高士佛的狀況，特別是卡嚕魯如何掌握人手調度，所以他要高士佛人原地埋伏，避免移動造成傷害；而阿帝朋留下陪著卡嚕魯的貼心決定，也讓亞路谷安心。

就定位完畢，他要求牡丹社所有戰士把火藥彈丸滿量裝填，等日本人通過他們而接近山丘時再引燃火繩，避免日軍先聞到硝煙味而有所警覺。他期待卡嚕魯能清楚掌握住點火的時機，日軍通過亞路谷埋伏的位置就直接點燃火繩。山丘有燃火，煙味可以適度掩護火繩的燃燒味，等日本人全部進入埋伏陣地就開槍。

看著人員各自進入自己的位置，想起亞路谷這個調度，阿帝朋又忍不住讚佩與自嘆不如。他撇過頭看了一眼卡嚕魯，這個在三年前一起拔刀，第一次殺人的好兄弟，臉部表情緊繃著，連呼吸也紊亂，時急時緩。阿帝朋心裡輕輕的說著：沒關係兄弟，槍聲響起了，一切就正常了。他想起下午在日軍如雨般的子彈下，自己慌亂不知所措的狀態，他忍不住笑了。

「你知道嗎？阿帝朋，亞路谷變得太強大了，他怎麼可以這麼清楚的指揮我們這裡藏那裡躲的？我都不知道該怎麼跟他說話了。還有，我不是怕日軍，我只是不知道等一下會有什麼狀況，但，我想我可以應付的。」卡嚕魯輕聲說著。

「你是高士佛社大族長的兒子，三年前率隊追擊那些海上百朗的卡嚕魯，你沒有問題的。」阿帝朋語氣上也顯得平靜，連他自己也不知道說這個有什麼意義。

兩人默契的張目找尋亞路谷的位置，卻怎麼也看不到，連其他牡丹社人的蹤影也都消失在暮色中草叢裡，兩人瞬間警戒起來。

此刻，牡丹社人已經全部隱藏在自己的陣地中，專注的望著逐漸逼近陣地的日軍。亞路谷注意到這一批人，都是下午那些不顧一切勇猛往前衝的日軍，每一個人的表情堅毅專注殺氣騰騰，精實的身軀，像是部落那幾個少數懂得打架的漢子。他警覺到對手雖然只有十個人，但絕對有面對面擊倒百人的能耐。亞路谷心中一凜，目光很快搜尋埋伏的其他人。接著，他幾乎是屏著氣，貼著地壓低著身子，只留出眼睛可以注視小徑的空隙。幾群雀鳥吱喳著在幾叢樹間群起群飛，遠處傳來幾隻夜鷺聲音，亞路谷專注捕捉這群日軍走在山徑的腳步蹬音，他大為吃驚，因為那幾乎是一群雲豹，那種高端的肉食性野獸獵食突襲前，所發出來的極細微又極迅速移動的聲音。

他們是怎樣的人？亞路谷帶著有些驚訝的心理，直嘀咕。

當然，亞路谷不會知道這十名擅自脫隊向山谷搜尋，只為了搶得頭功的偵察隊，正是那些投效西鄉隆盛的失業武士，個個武功高強，刀法精湛，勇猛無懼。亞路谷耐心等了一會兒，直到完全失去了日軍的腳步聲，還沒來得及抬頭，卡嚕魯的方向傳來槍聲，接著一波的槍響。

「點火！」亞路谷輕聲的喊著，才抬頭，卡嚕魯埋伏的山丘附近又響起了兩三波的槍響，其中包括日軍的思耐德步槍、卡嚕魯埋伏陣地與山丘的幾波火繩槍的回擊聲。其中一波彈流鐵雨，從山丘下緣射擊而來掃過他的頭上。

「怎麼回事？」亞路谷疑惑著，以為日軍往山丘攻了去。目光穿透雜樹林望去，卻發現日軍正循著小徑飛快的回撤，咒罵聲中還回槍射擊。

亞路谷這裡還未完全完成點火，只有零星幾人開槍，火花槍聲自密雜林迸開響起。日軍也無心戀戰，隨意的朝槍聲來源回擊，驚慌的衝出了牡丹社人的埋伏區，向出湯村的方向飛奔。

「還沒開火的都開槍！」亞路谷大聲的喊著。

幾支槍立即朝著日軍的方向射擊。實際上，那已經超出了射程，亞路谷下令繼續開槍也不過是要讓殘餘的日軍不敢停留，直接亡命逃離。

亞路谷忍不住大喝了一聲，他不清楚卡嚕魯究竟是什麼時機開的槍，按照日軍回頭的速度與時機，極有可能是在他們的先頭還未完全進入高士佛社的陣地，卡嚕魯就先開了槍。

卡嚕魯太緊張了嗎？阿帝朋沒有提醒他嗎？亞路谷直嘀咕，隨即下令收隊。

高士佛社與牡丹社皆無人傷亡，退至石門隘口時天色已經完全暗去，牡丹社大族長阿碌古已經帶著「爾乃社」前來支援的戰士等在那裡。

五月二十二日，清晨飄起了細雨。天才剛亮，兩個盤著髮圈的人，慌張的抵達了馬扎卒克思，指名要見阿碌古，他們是從出湯村跑來的平埔族馬卡道人。說昨天傍晚追擊前來的二百五十個日軍，其中一百五十人留在出湯村外野營，他們發現了出湯村人有借槍給牡丹社人，所以晚上的時間強行進入村子搜索並沒收村子的槍。他們兩人偷偷沿著河床過來的。一來是告訴他們日軍即將採取的行動，也表明他們不是站在日本人的那一邊；二方面是，昨天借槍給牡丹社人，現在無端被日本人怪罪沒收，希望大族長阿碌古能作主，還他們一些槍枝，否則打獵沒有工具了。阿碌古允諾，等這些事結束了以後，一定償還出湯村這些友人的損失。

待兩人一走，阿碌古召集亞路谷、卡嚕魯，要他們立刻調整人手各就防守的位置，今天誰也不准離開前往出湯村方向活動。

面對牡丹溪出山口，高士佛社防守左側標高四五〇公尺的五重溪山[4]，牡丹社則防守右側的石門山[5]。這樣的安排，高士佛社人需涉水而就陣地位置，牡丹社人則直接扼守有道路進出的隘口，顯示阿碌谷要牡丹社人承擔主要的防守任務。對於阿碌古的分配，卡嚕魯沒有異議，因為五重山從溪床到山頂都是濃密雜林，容易佈陣埋伏躲藏，而且如果需要回撤，也不需要再涉水，便可直接往高士佛社方向離去。

石門山是險峻的岩壁向上陡升三七五公尺，隘口幅員不大，人多了會相互影響甚至傷害，佈署不易。阿碌古指示所有沒有槍枝的牡丹社人，全部先撤回牡丹社，協助部落其他人準備製造火藥鐵彈丸，以便隨時支援。

所有人用完昨天帶來的乾糧，分別移動到各自的位置，四林格社的阿帝朋選擇留在隘口，想就近觀察阿碌古的指揮與兩軍交戰狀況，他渴望親手射殺一名或數名日軍。

兩公里外的出湯村，日軍有了行動。

將近二百人的軍隊，天才亮就發兵出湯村支援昨夜已經進入村子搜查的日軍，他們

---

4 此名稱是後來命名的，這之前都以 Savu 概稱這個隘口兩側的山。

5 牡丹社人以 Savu 稱之，但整個區域包含兩座山以及中間所形成的隘口通路，則以馬扎卒克思稱之。

一邊貼出布告，要居民不得參與牡丹社的行動，鼓勵檢舉通報；一方面加強搜查沒收各戶的槍械。過程中，還因為柴城嚮導想搶奪村民一些財物，紛亂中日軍擊斃了出湯村一個村民。這情形引發村民的恐懼，預感日軍與牡丹社人將要在此地開戰，擔心日軍把自己當成牡丹社人的盟友，也擔心牡丹社人誤會村民是幫日軍，日後採取報復行動。所以，幾乎所有人都離開了自己的家，散離在村子周邊不肯進入村子。

一批急著要報復與建功的徵集隊（殖民兵）士兵與士官，根本不理會所有人待在村子的命令，已經蜂擁的朝石門山而去，逼得支援而來的日軍指揮官佐久間左馬太，協調原先露營的第十九隊留下預防村子有變，自己則整隊立刻前往馬扎卒克思支援。

牡丹社的幾個警戒哨陸續發出了警告訊息，幾個小高地最突出最高的樹梢，規律的左右前後擺動，一哨接著一哨，訊息傳遞到了馬扎卒克思的阿碌古。

「將近兩百人？前方有一批人飛快的前進？」阿碌古解讀著。

「大家就各自的位置吧！」阿碌古吼著。

牡丹溪出山口，溪水流經隘口的一個大石塊形成一座瀑布，溪水「轟隆」的洶湧澎湃，令在出山口後方五十公尺左右的眾人，交談間仍必須提高音量，彷若幾個重聽的聾子竭力發聲的幾近嘶吼。

「卡嚕魯，左邊就拜託你們了，請盡量守住，不讓他們從你們那裡攻上來，馬扎卒克思正面很窄，他們人再多也無法一次用上，我們會慢慢的一個一個解決的。」

「阿碌古族長，你放心，我們不會讓這些日本軍爬上來的。」

「還有……」

「還有什麼？」

「沒有了，一切拜託了。」阿碌古原先想說，如果守不住就自己向後撤，但考慮到會動搖信心，話到嘴邊又收了回去。

「那我先離開了。」卡嚕魯說完朝露營地後方走去，準備跳過幾個岩石，回到高士佛社佈署在五重山的陣地。

阿碌古望著卡嚕魯離開，又回頭望向亞路谷與阿帝朋等人走出隘口，到前方的埋伏陣地，心裡忽然感到安慰，部落總算慢慢培養出了年輕的領導人，未來下十八社的領導權總是要落到他們身上，畢竟只有北方聯盟敢跟外人戰鬥，只有我牡丹社的戰士能一次又一次的擊退外人。

不過……阿碌古忽然停止心思。

我們也得先擊退這些人啊，兩百多人，如果能先擊退前面這一批最勇猛的日本人，也許可以暫時嚇止住後面的兩百人，但是我們彈藥夠嗎？阿碌古想到最現實的條件。

「應該有機會的。」他自言自語，想起平時叮嚀戰士，在最有把握的距離才開槍，覺得也許不需要耗盡彈藥。

可是，這兩百人後面還有十個一百人。阿碌古忽然有種不安。呸！這些事我反覆思索了多少次了？實際到了現場，我居然又胡思亂想。呸！阿碌古，虧你還是下十八社最勇猛剽悍的族長，居然有這種念頭？阿碌古咒罵著。

這一仗，如果日本人提出和解請求，我該找誰談判呢？伊瑟？米亞？他心念一起，又忽然感到鄙夷，鄙夷自己還沒打起來就想到和解，完全不符合自己多年來不斷教育後輩，即使丟了性命也要維持基本的尊嚴。

先把他們的頭顱留下吧！

「都把他們的頭顱留下來！」阿碌古忽然對著隘口吼著，聲音隨著轟隆的水流撞擊岩石向外向上回聲著，傳了出去。

「阿瑪說什麼？」亞路谷問。

「應該是說把所有日本人的頭顱都留下吧。」

隘口外約二百公尺遠的一座三個人的埋伏陣地，亞路谷與阿帝朋緊盯著前方輕聲的對話。

「真是那樣嗎？」

「我亂說的，我沒聽到什麼聲音，但我真心期望那樣，難道你不那樣想嗎？」

「呵呵……我們都期望那樣，但是……你知道的，就算我們每一發都打中一個人甚至兩個人，我們也沒有足夠的彈藥，他們人太多了。」亞路谷專注地看著前方，又說：「阿瑪也非常清楚這一點。」

所以……所以，我們必須精準的把前面這一批人全都殺了，而我們好好的活著，就有希望停止更大的戰事。阿帝朋看著前方心裡想著，沒再接話。這是他們這一段時間以來說了很多次的共識。只有一次次地打敗眼前的日軍，然後期待日軍提出和解。這是尊嚴，也是宣示。

「來了！」陣地內另一個戰士說。

前方約一百公尺，二十幾個日本人，目光嚴厲注視著前方，幾乎是半跑步的朝隘口奔來，亞路谷開了一槍，日本人忽然散了開來隨地找掩護。這一槍算是遲滯日本人，也算通知後方的馬扎卒克思。

「又是一批勇猛的人，從昨天到現在，他們有不少這樣的人，像是老戰士。」亞路谷輕聲說。

疏散的日本人一動也不動，朝著槍響的這個方向目視搜尋著。不一會兒，陸續有人爬起來，左右找掩蔽的放慢腳步又繼續接近，才接近約十公尺。埋伏陣地內另一名戰士開了槍，「轟」的一聲，日本人又再次臥倒疏散，接著不到三秒的時間，「砰砰砰」的十數發子彈襲來，日本人掌握了埋伏的陣地剛剛射擊的硝煙，走在前面十幾個人都洩憤似的開了槍，使得亞路谷埋伏的陣地，噴濺起了泥沙塵灰。

「威力真大啊。」亞路谷抹去臉上的塵土，三個人身上都落了石子泥沙。

「要是沒躲進來或是沒躲好，一定會被打穿幾個洞。」阿帝朋說。

「現在怎麼辦？」剛開完槍的戰士輕觸著發燙的槍管問。

「再等等，等阿帝朋開完槍我們再退。我們盡量拖時間，阻止他們快速接近，讓後面的有時間多做些準備。」

日本人似乎也警覺到亞路谷的想法，射擊完趁著槍聲還未完全平息，已經有人立刻端槍站起來，深怕慢了被人搶去建立第一功的機會。但也因此拉開了距離，二十幾個人前後間變得稀疏不連結，這裡一批那裡一群。就在前頭的日軍又行進約十幾公尺，阿帝朋朝著最前頭的日軍開槍，擊中那日軍左半身。只見那日軍的步槍隨著左臂向左甩去，其餘的日軍立刻臥倒疏散，不消一秒鐘五、六聲的槍聲響起。後面又來了幾波，朝著亞路谷的埋伏陣地射擊，彈流比之前更凶更猛，激起更大的塵煙，陣地邊的芒草叢被削去了一大半，三個人幾乎整個臉貼在地上，呼吸都顯得吃力。

「呸，他們到底帶了多少彈藥？他們怎麼裝填槍枝？難道槍管都不會發燙嗎？」亞路谷顯然驚訝於日軍密集又大量的射擊速率，沒抬頭只伸手拍掉頭髮間的泥石，充滿疑惑地說。此時，他頭上又一波彈流掃過，其中幾發打在陣地前緣，飛濺起的石塊，「悠」的一聲飛向後頭。

日軍槍聲停了下來，好一會兒，亞路谷輕輕抬頭看著前方，只見日軍已經有人站了起來，低姿勢舉著槍盯視著亞路谷三人的位置走來，後面其他的人也陸續跟了上來，其中兩個人在處理剛剛受傷的人。

「該走了嗎？」

「我們該換位置了，走吧。阿帝朋你打傷了一個人，他們已經清楚知道我們的位置。他們在編組了，可能要衝上來了。」亞路谷說。

他並不懂現代的戰鬥編組，那種兩三人一小隊，交互掩護前進的方式，但直覺日軍正準備更有效率的前進與射擊。

「呵，我總算開槍打傷了一個人，可惜了沒一槍打死，我們走吧。下一站再來試試運氣。」阿帝朋說。

三人退出陣地，轉向約五十公尺後的下一個埋伏點。日軍沒有發現，仍預期會遭遇埋伏射擊，前進的速度變得緩慢，直到發現亞路谷先前埋伏的地點已經沒有人，前頭的小組大罵了一聲，隨即提槍快步向前。後頭跟進的見此狀況，也立刻放鬆警戒大步跟上，深怕失去機會。一行二十幾人很快出現在小徑一處轉角的小空地，日軍才警覺可能有問題，槍聲已經響起。最前面的一個人大腿右側中槍倒下，其餘人立刻疏散找掩蔽。中槍倒地的率先還擊，其餘有空隙的也立即跟進射擊。一時之間槍聲大作，密林雜樹枝葉紛落飛濺。

「更猛了，他們一個人到底帶了多少彈藥啊？」亞路谷吐了吐不小心擠進他嘴裡的泥土，趕緊又射了一槍。

循著槍聲，日軍又一陣還擊。原來只有幾根枝葉掩覆而看起來像廢棄的小徑，已經被射出了一道巷子。日軍注意到約三十公尺的正前方，有兩塊大石頭前方橫亙著一棵倒木，倒木下方清楚的清出了三個射擊座。剛剛日軍還擊讓射擊座更清楚的被凸顯出來，最左邊刻正有一枝棍狀物伸了出來一動也不動。日軍根據前一回牡丹社人射擊三發的經驗，判斷應該還有一支槍等著射擊。於是，沒人敢率先爬起衝鋒，再過了十分鐘前方仍無動靜，日軍失去了耐性，決定先開槍射擊，接著邊射擊掩護邊前進，以三人一組的編隊朝著前方的射擊座集中火力射擊。待衝到那疑似埋伏的陣地前，才發覺剛剛的確有人是在這裡埋伏射擊，現在除了一根灰黑色木棍，以及臥俯的痕跡，已經空無一人，而小徑在剛剛的空地轉彎，現正繞回大石頭旁。

在這石頭以前是五節芒草、雜樹林疏密生長的荒野地，小徑一路緩升在密雜林中前行蜿蜒，穿出密雜林出現在這裡，視野整個變得空曠。這是一片河水沖刷與切割的河床地，正前方矗立著高聳的石壁，石壁中央溪水凶猛轟隆作響，一塊大岩石在石壁中間，溪水形成一道約三公尺高的湍急瀑布，有三個人正在爬過左側山壁的底部隨後消失。日軍稍稍遲疑，後方已經響起了雜沓聲，原來是後援隊被幾陣密擊的槍聲催促著趕來。這二十幾個稍早自行脫隊的殖民兵，決定立刻追擊，不讓後方支援隊搶去機會。

那順著小徑翻過溪石消失在山壁底部的三人，正是亞路谷他們。剛剛為了自己三人能安全離開寬廣無遮蔽物的溪床，所以在第二埋伏點故意只射擊兩發，讓日軍繼續等待第三發，因誤判而延後了追擊的時間。

「亞路谷你的方法有效了，要是他們跟得太近，一到溪床上，一切看得清楚了，我們沒處躲藏，很難說不會造成傷害。」阿帝朋說著，眼裡充滿了讚嘆。平時，向來都是他拿主意的，沒想到進了戰場，他過去冶遊所累積的知識全都派不上用場了。

「那只是我們幸運，這些人一定都是老手。我想他們這個叫作日本的部落，一定有很多人有過打仗經驗，否則不會有這麼多年輕又那樣勇猛的人來到這裡。百朗官府的軍隊就沒有這種氣勢。」亞路谷說。

「的確是這樣，可是，你們別高興得太早。真正的硬仗才要開始。」牡丹社大族長阿碌古聽著他們的交談忽然插話，又伸手指著隘口外的溪床。那裡除了有二十幾個人，幾乎是以奔跑的速度爭先恐後的往隘口接近之外，後方小徑路口已經出現了另一群人，而且源源不絕。

「那後面又是什麼?該不會又是兩百多人的支援隊吧?」亞路谷說。

「不管了,先解決眼前這一批吧。我們想辦法一批一批的吸引進來,一次一次解決。」阿碌古說。他之前的規劃是對的,馬扎卒克思的正面一次不可能投入超過四十個人攻擊,這有利於防守者他們各個擊破。

阿碌古躲在岩石背後,不停的估算著日軍的距離與前進速度,他朝五重山揮了揮一塊紅布,提醒對面山頭的卡嚕魯。卡嚕魯隨後也揮了揮一條黑色布條回應。

日軍最前面的三個人已經進入射程,隨後發現牡丹社人預先設立的一個射擊陣地,停了下來,找了土堤掩蔽並出槍警戒,卻一直沒發現近在十公尺外的牡丹社人,牡丹社人也非常有耐心的沒開槍射擊。那三名日本兵向後招了招手,後方二十幾個人,一大半沒有跟著貼近,選擇了瀑布前方一段水深至腰的河段,開始涉水。企圖涉過溪直接出現在隘口正面,以及從五重山那些有著密林的山坡攻擊。此時,後方跟來的一百多名後援隊也進入了隘口前方的空曠溪床,各自找了位置或蹲或趴,看著前方已經進入攻擊狀態的二十幾人,出槍警戒準備隨時支援。

原先爭先恐後不顧紀律的一群人,臨戰前瞬間又進入了某種紀律,或者訓練好了的作戰流程。這看在亞路谷眼裡,雖然說不出個所以然,但他立刻明瞭這是豐富經驗或長年訓練的直接反應，他大為讚賞又直點頭，心想結束後他將設計一套適合牡丹社人的戰法，在農閒的時候好好訓練戰士。他想著，一陣寒意又突然襲上心頭，他意識到這些讓他讚賞的人，此刻正是即將與自己決一死戰的對手，他倏地集中精神，準備下達開火的指示。隘口岩石後方的牡丹社人專注的看著日軍的行動，但佈陣在五重山上的高士佛人有人卻忍不住笑了。由高處向下望，有人說日軍好像剛挖出來的地瓜，排列堆置在溪床上。這話一提出，幾乎所有人都笑了。

日軍在下著細細小雨的天氣裡，紛紛搶涉及腰的溪水，絲毫不擔心槍枝受潮；而守在石壁後方的牡丹社人，已經有人回報燃火的火繩受潮，並提醒其他人小心護著以免受潮。武器效能的差異在阿碌古心頭抹上淡淡憂慮，但他依然耐心的舉著紅旗，盯著日軍涉水，又看了看五重山上的高士佛人。日軍已經涉水過了一半，阿碌古忽然揮了旗，霎時石門山隘口後的岩石區開了火，五重山腰山上也隨即槍聲大作。三名日軍當場被擊斃，十幾名暴露在水面上的日軍均遭槍擊，輕重傷不一，血水四濺染紅著溪水往下流。

日軍後方的支援隊見狀，不待命令的一波波朝隘口、五重山兩個方向射擊。彈流掃過，如橫吹而過的鐵雨，斷枝殘葉齊飛，高士佛社的戰士沒人敢移動，全部貼在地上也不再還擊。卡嚕魯身邊一棵手臂粗的樹木遭子彈擊中，應聲斷裂，嚇得卡嚕魯瞠大了眼睛，張口驚懼無聲。

日軍持續射擊掩護溪水中受傷的日軍撤回，同時又稍稍往前移動。五重山腰的高士佛社人，有人開始回撤到稜線，隨即遭到日軍的火力制壓。高士佛的人員不斷的移撤，而日軍槍聲也持續不斷的響著射擊著。日軍不明原因的只持續對五重山射擊，隘口正面早已經熄火了一陣子。

日軍後援隊湧上了一批人，企圖接近隘口那唯一的通道，但一有人移動接近，牡丹社人便開槍，致使日軍始終無法接近，全被釘在溪床土堤後方，僵持了不少時間。

「現在怎麼辦？這些人不會就停在那裡吧？」

「我們也只能等吧，我想他們一定會想出辦法的，這些人很有經驗。他們的槍枝打得準，我們得跟他們比耐性，不能暴露自己的身體。」

「右邊那土堤好像有人在移動。」

「嗯，小心一點，有人站起來了。」

亞路谷發現一個日軍站起來往側邊移動，一聲槍響發自亞路谷右方射擊，另外三個日軍忽然站起來開槍還擊，同時往另一個方向移動。槍聲才停，另一側也發生同樣的狀況，但有人被牡丹社人擊中。

「他們這方法……」亞路谷沒說完，已經先扣了扳機，前方起身的日軍倒下，但幾聲槍響隨後響起，幾顆子彈打中亞路谷所在的岩石，跳空發出「咻」的撕裂聲。亞路谷困難的稍稍退離陣地，以濕布擦了幾下槍管外表，慢慢的小心翼翼的防著雨水，重新裝填火藥，塞了彈丸，以木製通條塞實後又回到陣地，槍聲已經響了好幾回。

「怎麼樣？」

「他們用一個人吸引我們開槍，然後其他人移動，他們一直有人中彈受傷，靠這個方法還是逐漸的靠了上來，真是勇敢啊。」阿帝朋說。

「的確是勇敢不怕死，這樣的戰士一點也不輸給我們！」亞路谷說著，撇頭看著離他約五步的父親阿碌古，他正好開槍轟掉一個準備變換位置前進的日本人。日軍後方的支援隊忽然響起了號聲。

「這是幹什麼？」亞路谷問

「不知道，咦？他們在撤退。」阿帝朋注意到後面有一批人，已經起身低姿勢往後移動。

「撤退？哈哈，奏效了，我們再盯緊一點。」

「別高興得太早，你看有些人根本沒動，還有一些人退了又回來。」阿帝朋沒有減低聲量，溪水出山的「轟隆」聲，形成一種隔絕，連躲在二、三十公尺土堤附近的日軍也聽不到交談聲。

日軍確實是吹起了撤退號。指揮官佐久間左馬太，眼見底下的士兵，尤其是那些殖民兵，一個個奮勇向前誰也不肯服輸，雖然有進展向前推進，傷亡卻一直在增加。殖民兵畢竟是武士出身，誰也不肯放棄可能就要攻破牡丹社人陣地的機會，決心抗命的大有人在。不少士兵裝作沒聽見號聲，檢查了彈藥，又專注的守在臨時的陣地等待機會前進。那些本能的撤退了的士兵，想想又不甘心，找了藉口又回頭接近第一線。只聽得號角聲依舊一陣一陣響著，但前方仍然有著大批的士兵，想辦法交互掩護的在溪床河道上涉水，順著石頭，一塊一塊的接近，想擴大接觸面，以分散牡丹社人的射擊面，方便接近隘口。指揮官佐久間左馬太只得下令停止吹號，並徵得二十名志願者，由左側偷偷貼近石門山，準備攀爬山頂，再由上往下射擊躲在岩石後方的牡丹社人。為了掩護這些志願者，佐久間左馬太下令日軍全部往前挺進，這一挺進，讓前方正在想辦法貼近牡丹社陣地的日軍一時反應不過來，也令阿碌古心生警覺。想起高士佛社的陣地已經有一陣子沒有任何槍聲，他抬頭仔細觀察，發覺高士佛人已經不在陣地上，心裡忍不住大罵高士佛人怯懦。怕影響士氣，阿碌古沒多作聲，只高聲大喊著，要全體注意前方日軍的行動。

高士佛社的提前撤離，是在日軍以集火射擊的方式，掩護第一批將近二十名日軍涉水被射擊的時候，卡嚕魯等人被日軍步槍威力嚇著了倉皇撤退。這一撤退，造成了無可彌補的傷害，原本五重山上可以全局觀察馬扎卒克思所有動靜，但現在，二十名日軍欺近石門山外側的山腳，完全不在牡丹社人的視角。

第一線的日軍很快理解到指揮官的意圖，也不再大冒險的前進，只是無目標的朝隘口那些岩石方向開槍射擊，以及局部的移動，想誘使牡丹社人回擊暴露位置。

「他們改變了，一定有什麼企圖。」亞路谷說。

「我注意到他們有些人一直往右側山腳看，可惜我們看不到右側，那裡不會有什麼狀況吧。卡嚕魯在幹什麼？他們的位置應該可以射擊在水中石頭後面的人啊。有狀況也應該打記號告訴我們吧。」阿帝朋語氣出現了難得的焦急。

「高士佛的人手早就不見了。」亞路谷說，語氣倒是平和，似乎早就發現這個情形。

「什麼？卡嚕魯居然幹這種事？呸！」阿帝朋想起已經很久沒聽見五重山傳來的槍聲，「你早就知道這個情形了？」

「這種事，早就在意料之中，我的父親不只一次提醒過我，高士佛想打仗的決心並不強烈，我想他們派戰士來也只是因為我們彼此聯盟，而且顧忌到我們兄弟一場。」

「可是，他們怯懦的先脫離了。」阿帝朋生氣了，語氣有責備的意思，皺著眉忿忿的說。

「就這樣吧，這個地方窄，他們先撤回去也好，如果這裡守不住，我們後面還可以一起聯手抵抗。」亞路谷平靜的說，但他內心忽然動了氣。三年前琉球人事件，高士佛社升起了狼煙，他的父親阿碌古二話不說立刻調集一百多名戰士，讓亞路谷帶領著，明快與決絕地，如牡丹溪水那般的流瀉而下，前去支援高士佛社的卡嚕魯。而今，與日軍交戰未分勝負，他們卻不告而別，讓牡丹社人孤軍奮戰。

呸！亞路谷心裡哼了一聲。他下意識的朝他父親阿碌古看一眼，只見他專注的搜尋著日軍在隘口外的活動，水氣在他的帽簷凝結了幾滴雨水，他槍托上一頭大水鹿低頭觸牴一頭山豬的標誌，也明顯的浸濕了汗水，清晰的手印區隔了雨水。心想他父親大致也清楚了五重山沒有人守住的狀況。

日軍仍舊三、五發的朝隘口的牡丹社陣地射擊，一陣一陣連續無規律的射擊著。牡丹社人隱藏得好，交戰至今還沒傷損任何一個人，而日軍已經傷了二十幾個，確認死亡四員。亞路谷回頭望著日軍，發覺前方有一個日軍暴露了頭顱瞻望著，他正要扣扳機開槍，耳邊響起了阿碌古的聲音，要所有人審慎射擊，節省彈藥。他退出手指在護弓外，環視了其他方向的牡丹社戰士，他們都安靜專注地等候，沒有懼色。時間忽然變得緩慢，日軍持續的射擊，彈丸在岩石上亂跳飛，劃破空氣的尖銳撕裂聲，在「轟隆」不停的湍急流水聲中依然清晰可聞，一揪一揪的吊著牡丹社戰士的情緒。

「呸，這樣等著，令人不安啊。」亞路谷說。

「一定有問題，依你看，他們會不會是派人爬上石門這個岩壁？」

「爬岩石？到上面？」亞路谷只停了一下，「有可能，如果從上面射擊，他們的槍枝射的準，我們全都在他們的槍口下，想躲都沒地方躲。若加上外面這些人又衝進來的話，我們兩邊受攻擊，很難守得下去啊。」

「那現在怎麼辦？除了偷偷往後退，應該沒有別的辦法了。但如果那樣撤離，這裡也不用守了。」阿帝朋說。

「阿瑪的意思呢？」亞路谷撇頭看著阿碌古，阿碌古也正疑惑著日軍的舉動，他不只一次朝右側大石壁上望著。

「他們應該不至於爬上這個石壁吧，那裡根本沒有可以攀爬的位置，連山羊也不會出現在這裡。還有，這個大石壁上面怎麼站人啊？」阿帝朋似乎是隨意說著，想緩和氣氛。

忽然，「轟」的一聲，左側方一名戰士開槍了。原來，前方一名正想變換位置向前的日軍，剛離開水中一塊岩石，就被緊盯著他的牡丹社戰士發現，而開槍射擊，左肩轟爛了一塊。這一槍，隨即遭日軍三十幾槍的報復還擊，那戰士位置周邊的岩石，濺起了石屑塵灰，整個隘口，「咻咻」響著子彈擊中堅硬物彈起亂飛的跳彈，逼得所有牡丹社、爾乃社聯軍戰士貼著地一動也不敢亂動。隘口外隱約傳來歡呼聲。

亞路谷正疑惑著歡呼聲為何，輕輕抬頭，看見幾個日軍朝著石門山上方揮手。

「完了！」他才脫口說出，山頂已經響起日軍的槍聲，而且射擊的密度高，一槍接著一槍，亞路谷的身後已經不停出現受傷慘叫與提醒著大家小心的叫嚷聲。

阿帝朋只瞥了一眼，隨即將目光拉回隘口前，隘口外也有了騷動，不少的日本人也開始一邊射擊一邊掩護變換位置。他喊著：「當心前方！」

後方的叫喚聲更亂了，阿帝朋身旁開始射來幾發由上方射擊而來的彈著。他忍不住抬頭多看兩眼，只看見山上透空的山形，有一群人陸續朝底下開著槍，人數將近二十個。

「我們得換位置！」亞路谷才說完。眼前的岩石忽然跳上兩名日軍，日軍似乎也沒預期才剛跳上岩石，居然有人藏身在後方，著實嚇一跳，情急之下雙方都開了槍。阿帝朋左臉頰擦傷，灼熱的痛感讓他一度認為左半邊的臉碎掉了，亞路谷左胸側也被子彈擦過，血染上了上衣左側，但兩名日軍被火繩槍散彈轟個正著，直接向後倒去，掉落瀑布下的水潭。

整個石門隘口亂了。攀上石門山腰的日軍，居高臨下，牡丹社人的藏身陣地暴露無遺，二十幾個人正一發一發的朝下射擊，牡丹社的戰士開始回擊，傷亡開始產生、加劇。隘口正面的日軍吹起了衝鋒號，一百多名開始蜂擁的接近，原先一直不肯退去的最前線的日軍已經開始嘶吼著接近，令牡丹社人更加慌亂，無心好好射擊。

「撤退！我們撤退！」阿碌古眼見情況紛亂，揮著紅旗大聲的叫吼著。稍後方的牡丹社戰士已經開始撤離，受傷倒地的越來越多，搶救傷患的與還想留下射擊的，全部混亂著移動位置。

「全部離開！撤離！回牡丹社！」阿碌古高聲的大吼，自己也站了起來，準備涉過水上到小徑。阿碌古的行徑被山腰上的日軍發現，接連兩人朝他開槍，一槍擊中右肩，一槍擊中腹部。阿碌古當場倒入溪水，手上的旗子掉入溪水中，而血水在稍稍混濁的溪水拉出了一道殷紅。

「阿瑪！」亞路谷看見這一幕，站了起來想過去，阿帝朋大驚，想阻止卻來不及了，亞路谷左腿挨了來自山上的一槍，右胸挨了來自隘口外的射擊，應聲倒地。

「亞路谷！」

「別管我了，你幫我……」亞路谷已經洩了氣癱軟在他藏匿的岩石旁，腳還在陣地中，身體已經躺入水中，僅頭部還靠在石頭與溪水之間狹小的礫石地，沒繼續說出話，只無力的揮了手示意阿帝朋撤離，血紅刷過溪面向瀑布流去。

「亞路谷，亞路谷！」阿帝朋哭喊著，想移位過去拉一把，見亞路谷已經闔上眼，胸部只是神經反射似的抽扯以致輕微起伏，但沒有了氣息。阿帝朋毫不猶豫的退出射擊位置換過岩石，抱起了阿碌古的軀體躍過溪退回山徑，將阿碌古交由杜列克等牡丹、爾乃聯軍，一起盡速的撤離。

「我不會原諒你的！」一路掉淚嘟囔著的阿帝朋停止了哭泣，想起怯戰的卡嚕魯，忽然又吼著。

雨仍未停止。

八、三路掃蕩

一八七四年（日本明治七年），南台灣，楓港，牡丹社。

石門隘口的雨仍舊下著，細細的，所有人，還是濕了衣服。

「糟糕了，這怎麼下去啊？」

「哇哈哈，沒想到神勇無敵，一路搶著第一個爬上來的武士藤田新兵衛，居然不知道怎麼下去了，這話要是傳回薩摩，那些酒肆又有話題了，那些女人一定圍著你問東問西的。」

「喂，怎麼說到那裡去了？我們現在還留在這個岩壁上，不知道怎麼下去，你想的竟然是鹿兒島酒家的女人？哎呀，田中衛吉君啊，你的身體想女人了。」

「吥，你胡亂說什麼？這種事你又知道了？」

「嘿嘿，我不用知道啊，我們一路廝殺下來，面對這些令人聞風喪膽的蕃人，我們沒有懼怕過，一絲的害怕都沒有的把命端著跟他們對搏，也沒有算計過頸上的頭顱誰會贏去。現在槍聲停了，整個石門隘口響起了歡呼，我忽然感到從未有過的平靜，或者說空虛吧。田中君，我們徬徨著參加西鄉大爺的徵集隊，為的也是有那麼一天，殺敵建功。這一天來臨了，我卻有種想哭的幸福感，我真正成為武士了，我射殺了不少的蕃人，這讓我太過於興奮了，以致一股熱血直往下流，總覺得我的身體需要射擊，我的心理也需要有個什麼安慰，像在廈門那樣，有個女人在耳邊呼氣、說話。這種感覺不用誰說啊，我相信你一定也有。」

「廈門？我可沒幹什麼事喔，如果要說那一回我們幹了什麼壞事，別算我一份喔，我可是什麼也沒做啊。至於你說的事，我現在沒有那種感覺。是你的身體需要女人。」田中衛吉說著，心裡卻有幾分懷疑自己說了什麼。

藤田新兵衛說得沒錯，鄰近幾個士兵夥伴有人頻頻點頭，說明藤田的說法有幾分道理。但田中也不那麼確定。因為自己還陷入在一陣槍聲駁火過後，逼得牡丹社人全線潰敗的勝利喜悅中，那興奮之情確實也有點淡淡的落寞與餘悸。他學著藤田跨坐在岩石稜線上，往底下的牡丹溪觀看由正面攻擊的隊友正在清查戰果。藤田以及其他人也都停止了說話，跨坐的跨坐，仍然趴在自己射擊位置安靜的看著下方的也大有人在。沒有人理會猶如綿綿細針飛絮的雨還飄個不停。

牡丹溪流經隘口回響起的「轟隆」水聲，除了因高度產生的透空感覺，聲量並沒有因為岩壁的攀高而變小，底下的景物模型似的，變成了平常視界的一半。只見幾十個人不停的翻查倒地的牡丹社人，時而歡呼移動，時而比手畫腳遠遠溝通著。溪水流經不同的屍體帶引著一攤一攤的血漬，讓溪水呈現了幾條細紅布條般的殷紅，不斷流動，讓馬扎卒克思隘口的瀑布，詭異的呈現出紅色虎斑條紋的怪獸形樣，向外向下噴流而出。底下涉水的日軍仍興奮的不時揮動槍枝，空曠溪床上的日軍也帶著傷患陸續回撤收攏。岩壁對面的五重山翠綠山景倒顯得一片安詳，似乎忘了這裡剛剛才發生的激烈槍戰，傷亡了不少人。

田中衛吉忽然開口吟詠：

那景色也平靜
猶如胸口一抹乳香
得激烈衝撞而後靜靜品味
溫煦的，順滑著，平靜著

那薩摩男子低吼
擎起太刀斜切而過
倏地入鞘舉槍而後優雅扣引
草偃了，樹傾著，水流朱
那景色也平靜

「喂，你在念什麼？這不是薩摩地方的詩文，也沒聽過哪個地方是這樣吟詠的，你胡亂念的吧？」藤田新兵衛回頭驚訝的問著田中衛吉。

「當然不是薩摩或者日本的詩文俳句，可是你不覺得這樣很優美嗎？很傳神地表達現在以及剛剛的情景？先有眼前的景色與情緒，暗喻一個過程，再回頭述說先前我們的狀況與情緒，彼此對照呼應。」

「不對，詩文總該有個規律，漢詩有漢詩的言律，哪有像你這樣排列的，既不是漢詩，又沒有京都人的詩風，一定是你胡亂編念的。不過，我不得不承認你這個詩文，前後呼應，內容很有意思。說得我也想念兩句。」

「好啊，趁這時候，戰事歇息著，你念個詩來，緩和一下，順便也慶功吧。這才像個真正的武士啊！」一個士兵打岔。

「好，我來。」藤田覺得開心，開口：「雨霏霏……」他忽然停止了。

「等等，我忽然又不想念了，田中君，你倒說說看，你這詩文怎麼來的。」藤田撇頭說。

「我們下去了吧，部隊在集合了，雨又下個不停，說不定再過一會兒連下去的踏點都要找不到了。」

「這點雨，哪算雨啊，難得這麼高興，我們擊退了那些蕃人，我也確定至少射殺了兩個人，既然你念了詩慶祝，你就再多說一下吧，我很好奇你這詩的來源。」

「其實，這是在廈門那個女人店學的。」

「什麼？你說我們在廈門停留的下午，你學了這詩？我不信。」

「你最好相信。你們分別忙著……，我看那個女人年輕，我也沒經驗，就想說聊聊天，但是我們語言不通，後來她拿了紙筆寫了前段我念的漢字，漢字我懂，也大致知道這個意思，然後她半吟半誦，她說這是一種詞，不算詩也算詩，我不懂，也學不來她的腔調或者廈門語，但我一直記得這些字。我想她大概講的是你們幹的事，還有更美的意境景象在眼前，就像女人的乳香，得細細品味。」

「所以，她暗示你要激烈衝撞？」

「我知道，但我不敢啊。」

「哇哈哈，怪不得軍醫官說你要割一割，而且判定你還沒碰過女人。原來你在廈門連太刀斜切而過，都要遲疑再三。怎麼樣？後悔了吧？看你寫的後半段，就有那個意思，就是我前面講的那個意思。」

「什麼呀？你在說什麼前面後面的意思？」

「你的身體想女人！這騙不了人的。回去讓岡田大哥幫你想個辦法解決。」

「這……」

「別這那了，說起岡田大哥，不知道他人現在哪裡，若讓他知道我們一行二十人爬過這陡峭的岩壁，突然出現在這些蕃人後面射殺他們，他一定羨慕死了。」藤田說。

「我們下去了吧！底下的人在揮旗了。」一個士兵提醒。

「我們走吧！今天真是令人振奮啊！」藤田說。

說下去輕鬆，但真要一個個下去，難度卻非常高，這幾近八十度垂直角度的岩壁，在不顧一切的趕時間攀爬，哪裡有縫就抓就踩，現在回頭卻不知如何進行，正所謂上山容易下山難，攀岩壁這情形更嚴重。還好當初只是為了出其不意的出現在牡丹社人上方，沒有刻意要爬到山頂，只在約二十公尺高度就翻過石壁往下延伸的山脊稜線，剛好將牡丹社人全部壓在腳底。

藤田新兵衛決定放棄原路，他吆喝著，向上攀爬了一段，然後穿越石門隘口內側錯落生長的雜木，下到小徑，再走出隘口。才出隘口歸隊，藤田被眼前景象嚇了一跳。

「岡田大哥？是你嗎？你怎麼來了？」藤田幾乎不敢相信眼前上衣敞開，沒戴帽子，手拎著三顆人頭的人，居然是沒被分派任務的非戰鬥人員，勤務兵兼翻譯員岡田壽之助。

「藤田君？田中君？是你們兩個？我一聽到這裡發生戰鬥，抓了槍彈就衝了過來，還好暴風雨前我自己來過，知道這裡。你們真不簡單啊，居然可以爬上這個石壁，真是有本事。要不是你們，我們這裡還不知道什麼時候可以進擊得手。」

「我們正在猜想你在哪裡，心想著要是知道我們爬了上去，你一定會羨慕我們。」

「是啊，我羨慕你們，也欽佩你們的勇氣。不過你看，我也砍了三顆人頭啊。」

「這是我射擊的吧？我從上面一個一個射擊的。」藤田半開玩笑的說。

「呵，這是我從正面射擊，一顆一顆子彈送進他們身體的，我才不屑偷取別人的戰功呢。」

「哈哈哈，我是開玩笑的，總之，我們太佩服你了，你真是大哥啊。」藤田說。

石門隘口外，日軍逐漸收攏，嚷嚷著叫喚著笑鬧著，歡呼聲此起彼落，第一次與相傳甚久的強悍「蕃人」面對面交手，當場擊斃牡丹社戰士十六人，傷數十員，所有人都認為這是一場勝利，直搗牡丹社指日可待。

相較於石門隘口廝殺後的士氣沸騰，日軍社寮營區，處處歡欣與忙碌中還有些詭異氣氛。從清晨支援出湯村搜查的兩個中隊出發後，到十點多石門山戰鬥結束，琅嶠灣已經塞進了幾艘大船。

被任命為「蕃地事務都督」的西鄉從道中將，不理會日本政府的阻止，以「脫艦之賊徒」自稱，五月十七日率領高砂丸、大有丸、明光丸、新紐約號等七艘船，載著增援部隊一千九百人，以及五百名「大倉組」工役，自長崎港出發前往琅嶠灣，在二十二日上午抵達，石門隘口正槍聲大作，雙方交戰方酣。

此刻西鄉從道已經被迎進指揮帳內休息，預計下午二時在自己的營帳分別接見中隊長以上的軍官。其他船隻則等候陸續靠岸卸貨卸載人員，港灣內還有一艘英國船艦不明原因的停泊著，日軍正警戒中。

西鄉被迎進了三個帳棚並聯的指揮帳內，陸軍少將谷干城與海軍少將赤松則良，以及美軍顧問克沙勒正陪著西鄉喝茶，非正式的報告著這幾天在琅嶠地區的局勢，以及登陸以後所發生的事，其中也把五月十八日開始與牡丹社人所發生的零星戰鬥，以及目前正在石門隘口的對峙做了簡單的報告。

「看來這些殖民兵，真是耐不住性子啊，我們主力還沒到達，他們就已經開始投入戰鬥了。」西鄉從道似乎對這幾天的紛爭並不以為意。

「要這些武士安安分分也不可能，傳統以來的武士節操與戰鬥習慣，並沒有辦法讓他們一穿上現代軍服就能改變，還好有這一場戰爭，這個征台之役一定是日本建軍史上一個重要的關鍵點，奠定我日本新式軍隊的戰鬥經驗與準則。」谷干城說。

「哈哈……谷將軍說的極是，這一點您是專家，這一趟希望藉由您的專才好好的觀察，作為日後日本建軍的參考。」西鄉說著，表情專注與誠懇，令谷干城覺得不習慣。

「都督太客氣了，這裡的所有事，還需要您指導呢。」

「不不不，我不是客氣，不是我的專長就不是我的專長，我是都督，我對遠征軍的一切負責，遠征軍在蕃地所面臨的外國交涉與來自國內政客的壓力，全由我承擔，但是建軍用兵的事還是要倚靠諸位的經驗。你長年在兵營，又在熊本鎮台練兵，軍隊的事你懂，我可不懂啊，我當然得倚靠你的經驗與知識，所以我不是客氣，而是要拜託你。」西鄉說得急，還不時俯著上身致意。

這讓谷干城感到不好意思了，他是熊本鎮台，負責九州地區新式常備軍的訓練，這一次遠征軍他原被賦予期望出任司令，但是三十二歲的西鄉從道極力爭取，令他希望落空，一度心生憤恨。沒想到西鄉對於軍隊事務的態度這麼謙和尊重，這讓他始料未及。心想，西鄉都督敢於抗拒來自日本各階層政治勢力的干預與施壓，除了其兄西鄉隆盛的關係，也是其本身的性格使然。也許只有他才有那樣的豪氣，敢不顧一切，擅自帶領三千近四千名的遠征軍離開日本。英雄出少年啊！谷干城暗地裡感嘆。

指揮帳裡彼此交談著，而顧問克沙勒悶著不語，翻譯員也陪著不說話，看在西鄉眼裡覺得不忍，微笑的舉了茶杯致意。隨後轉向赤松則良說話：

「對了，赤松將軍，你剛才提到日前在東海岸的偵察，你有具體的想法了嗎？」

「嗯！具體的想法倒是還沒有，我認為趁此遠征的機會在東岸建立基地，好好的偵察建立水文資料，可以避免日後再有觸礁的情形。這一點我們確實得多下點工夫，如果能，等平定牡丹社的任務結束，我們第一優先執行這個任務。陸地上，我們的偵察人員已經四處偵察，就海岸的部分，還是得靠船一段一段的探測。這一次琅嶠灣的探測就很成功，樺山資紀與水野遵兩位執行得很精準徹底。」赤松說。

「他們人呢？現在。」

「應該在打狗附近，這幾天會回來會面。樺山君真是我的得力部屬啊。」谷干城說。

「另外，福島九成昨日已經從廈門搭船到了台灣府，這幾天也應該會抵達。」赤松說。

「嗯，看來過兩天，我們的主要幹部都回來了，可以進行下個階段的計畫了。」西鄉說，他注意到克沙勒似乎有話要說，「克沙勒上校，你這些天過得好嗎？我聽說了先鋒隊在你的指導下，經由廈門的遠航以及在社寮建立新營區很有效率，這一點非常感謝您。」西鄉的話透過翻譯，克沙勒難得的舒開了臉上的一點愁慮。

「都督客氣了，作為顧問，我很榮幸能為遠征軍做點事。不過……」克沙勒欲言又止。

「克沙勒上校，你直說吧，別讓自己難過了。」西鄉收起了笑容，很認真的看著克沙勒。

克沙勒不知其意，卻感受得出西鄉的體貼與善意，沒等翻譯便直接開口說：「是這樣子的，我們的士兵的確勇猛，不管他們各自的習性如何，面臨到關鍵的軍事行動時刻，也還是有正確的判斷。我要說的是，遠征軍有正式的軍事行動計畫，在東京的軍事會議上，我提出的迂迴繞越山區，直接攻入牡丹社徹底摧毀的計畫，是正式的軍事行動計畫。如今，我們的武士幾乎不受管束的私自外出，軍官們也束手無策，這不像是一個現代軍隊該有的狀態。」克沙勒停了一下。

翻譯官看了一眼克沙勒，猶豫要不要照實翻譯克沙勒帶有責備意涵的話語。

「你照實說！」克沙勒輕聲的向翻譯說道，臉色並沒有慍色。

「克沙勒上校的意思是？」西鄉透過翻譯的傳達，並沒有顯得很不高興，還是微笑的看著克沙勒，但在旁的兩位將軍卻顯得尷尬。他們都是武士出身，經歷過幕末各藩的私人軍隊，轉變成現代化國家軍隊的建軍過程，自然清楚士兵的結構與習性，克沙勒的責問，他們自然知曉，卻不便反駁。

「我的意思是，我們的士兵橫衝直撞，現在直接在石門隘口跟牡丹社人正面開戰，牡丹社人有了防備，我們自己也有耗損，將來我們分兵攻擊的效果便打了折扣。我們是不是應該及早再確定我們細部的攻擊計畫，同時也要求我們的士兵別再製造衝突？」

「原來，克沙勒上校憂心的是這件事啊？」透過翻譯，西鄉等三人都露出了微笑，西鄉更是忍不住近乎自言自語的說。

「現在在前線指揮的是誰？」西鄉又問。

「參謀，佐久間左馬太中佐。」谷干城說。

「喔，原來是參與敉平佐賀起義的軍官。這樣很有意思啊，平息武士起義的軍官，現在居然帶著武士在前線打仗，這多像是我們遠征軍的寫照，想來這次出兵征台，是個正確的編組。」西鄉似乎意有所指，他轉向克沙勒說：「上校的顧慮是對的，我們應該多多約束士兵，而且盡早訂定新的軍事行動計畫。」

西鄉從道、谷干城、赤松則良在聽完克沙勒的抱怨，幾乎同時產生了「沒什麼大不了」的念頭。石門隘口的戰鬥如果能緊緊吸引牡丹社人的注意，將注意力放在中路，也許有助於其他進攻路線的前進。其戰鬥效益不可謂不巨。

「我們傷損了多少人？」

「還不清楚，等他們回來才會知道。不過根據昨天以前的情況來看，牡丹社的蕃人多半是以伏擊方式執行戰鬥，可能是因為投入的兵力有限，不敢正面跟我軍戰鬥，所以造成我軍傷亡也實在輕微，甚至還有士兵抱怨，十幾天以來還沒有真正面對面見過任何戰鬥蕃人的面目。」谷干城說。

「這真有意思啊！」西鄉說。

營帳門口進來報告，港灣進來了兩艘清國船隻，並派人來要求見日軍司令官西鄉從道。隨後又來人報告，參與石門隘口戰鬥的軍隊正在回營。

「清國船隻？他們的情報不慢啊，知道我今天會抵達，就立刻跟了進來。」西鄉站了起來，捻了一下唇上的髭，又揮趕一隻繞著他嗡飛的牛蠅。「我該不該接見？」

「讓他們等等吧！」一直安靜的赤松則良開口說話。

「哈哈，對，讓他們等等。這樣吧，赤松將軍與克沙勒上校，你們幫我到港灣去看看那裡的情形，我呢，同谷將軍一起迎接那些戰士回來。」

「這安排好！清國官員可能也拉著英國的官員一起來的吧！」赤松說。

「就這樣。」西鄉說著，很自然的比了一下手勢，幾個人便分頭進行。

理應是凱旋而回的隊伍，氣氛顯得詭異，所有人已經濕了衣服，只見走在前頭的指揮官佐久間左馬太寒著臉，那特有的方型臉，顯得緊繃與一點不高興，連帶著跟在他後方一百多個士兵也不敢造次，安靜地跟著。但明顯的，這些士兵臉上都有著一點難掩的喜悅。第一次真正面對面的交戰，他們擊敗了牡丹社人，任誰也很難不喜悅，這種情緒氣氛，表現在後面梯隊尤其明顯。只見一批批各自成群的士兵，有些人扛著槍，上衣釦子解開衣衫不整，邊走邊說話開玩笑，聲音時大時小，笑聲各自爆發展開。這一梯隊前面有兩個年輕的雜務兵，兩個人前後協力肩挑著一根長樹枝幹修飾成的長木棍，上面吊綁著以頭髮纏紮的十二顆人頭，那是剛才在石門隘口交戰，牡丹社留下的十六具屍體中，馘下來的首級。

聽到西鄉從道準備在營區門口迎接，所有人不待命令的，都自動整裝束衣，走進各自的行列，抬著頭驕傲與興奮地，準備接受都督西鄉從道的迎接。這讓佐久間左馬太愣了一下，忽然轉為笑臉。離開石門隘口，他緊鎖著眉頭，是因為日軍死了六名，其中包括少尉軍官伊澤滿，輕重傷十五名，有幾名是以擔架抬了回來。進了營區門口佐久間向西鄉口頭報告，西鄉也稍稍受到震撼，盡量維持著笑臉迎接凱旋軍，但見到綁在樹枝木棍上的十二顆猙獰、帶著血跡的頭顱，西鄉一陣作嘔又強自鎮定微笑。他雖然也算是明治維新前的武士，也曾奉派去歐洲考察半年的軍事制度，現在又是帶領著三千六百人遠征軍的司令官，但對於凶殺見血的事並不習以為常。

這真是一群勇猛的戰士啊，招募殖民兵編組徵集隊，果然是對的決策。西鄉心裡想著大自己十六歲的兄長西鄉隆盛的遠見，讚嘆著。

「都督，我們什麼時候接見那些清國使節？」谷干城見隊伍尾端都進了營區，忽然問。

「依谷將軍的看法，他們此行會有什麼意圖？」

「我不便猜測，這幾天我們與此地蕃人交手，剛剛又在石門那個隘口交手，他們立刻就知道了，可見這附近的眼線多，但我想他們恐怕不是想談這個吧。」

「嗯，這快要演變到外交的層次了，日本國內與那些洋人都不同意我們出兵台灣，那些外交折衝很激烈的。清國不知道會是哪個階層來，他們居然派了兩艘船，另外一艘英國船與他們關係又如何呢？」西鄉說。

「這的確有意思，等赤松將軍踏查回來自然可以得知一、二，都督現在不用費神，先用餐休息，下午兩點的會議，我們再好好的討論整個情勢吧。」

「嗯，那就晚一點接見清國使節好了，先聽一聽大家的意見。」西鄉說。

凱旋回來的士兵持續亢奮著，營區內到處充滿了笑聲歌聲，幾乎所有人都來參觀了日軍帶回來的牡丹社人的首級與槍械。對於槍械簡陋的程度簡直不敢相信，這居然是擊退英國軍艦、美國陸戰隊的武器，而這些看起來像是長途奔行浪人的牡丹社人頭顱，居然可以逼得日本國動用三千多名軍隊前來圍剿。這些令日本軍官士兵，無論是常備軍或徵集兵覺得匪夷所思的事，忽然又轉化成某種情緒，直搗每個人心底，要自己成為真正的武士、軍人，在下一場戰鬥中，取得戰功，擊潰所有蕃社蕃人。

但情勢的發展有一點超乎意料。

佐久間左馬太派人到社寮請米亞等人前來，協助指認被殺的牡丹社人的身分，好進一步處理屍首。米亞經過那些收繳的槍械，一眼就瞧見一支有著大水鹿觸牴山豬的圖案，那正是令柴城這一帶漢人恐懼的，牡丹社大族長阿祿古所有，說明阿祿古可能當場就已經戰死。經比對頭顱，米亞證實其中一顆正是阿祿古他那勇猛的兒子亞路谷。消息一出，社寮營區內的士兵不斷傳出歡呼聲，喝酒歡唱的情形更加放縱。但集合在指揮帳外準備見都督西鄉從道的中隊長以上的軍官們，忽然有種莫名其妙就已經打完仗的愕然。

營區外，所有琅嶠半島的部落、漢人聚落，半天之內便已經知道石門之役的結果。射麻里的族長伊瑟，率先派信差到日軍大本營表達希望見面之意，而楓港方面的村落頭人王媽首，晚上也派人前來求見希望與日軍結盟或日軍派兵前往佔領楓港村。

這個結果大出司令部意外。在兩度拒絕清使節團求見之後，西鄉從道同意第二天接見。西鄉更是提醒幾位將軍與參謀，遠征軍的征台之行有著國內外的壓力，各方的談判折衝不曾停止過，就連福島九成也都還在台灣府與台灣道夏獻綸會面，說明遠征軍此行係「深入蕃地，諭彼酋長，殛其凶首，薄示懲戒，以安良民」，以避免清國猜忌，過度兵力介入引發戰爭。遠征軍應該利用這個時間徹底弄清楚琅嶠半島的情勢，並配合東京那些職業外交官，為日本創造最有利的談判環境。但在這個之前，遠征軍還是必須確保自己的安全。因此他綜合美籍顧問與幾位將軍、參謀的意見，指示：一、即日起派出幾批人員進出深山部落偵察各部落狀況。二、安排與半島內無敵意的蕃社和解，建立同盟關係。三、勸誘牡丹社、高士佛社、爾乃社等出面說明並和解。四、參謀研擬執行克沙勒上校武力掃蕩蕃社的戰術建議。

這個裁示，說明西鄉從道還是希望實地進軍琅嶠半島全境，以建立某種實質的軍事行動記錄，但保留牡丹社人提出和解的機會，以決定後續的軍事行動應該屬於「演習」或「戰鬥」性質。

五月二十三日，清國使節團周振邦、傅以禮、吳本杰、貝錦泉，在英國代理領事額勒格里、英商法勒、稅務司艾格爾陪同下見了西鄉從道，清使節團轉達閩浙總督李鶴年的「照會」，表達琅嶠屬於清國領土，要求日軍退兵。態度上，清使節團卻異常和藹，肯定日軍「出兵逞番」之事，讓西鄉等人疑惑清國照會的真正意圖，以至於清使節要求西鄉有無「照會」可回覆李鶴年時，西鄉以「沒有」作為答覆，以為緩兵。

五月二十五日，由社寮米亞聯繫的，以射麻里社伊瑟為主的南方聯盟，其中五個社的大族長也來到社寮，與日軍司令部西鄉從道、谷干城、赤松則良、三位美軍顧問以及參謀會談。會談中日方要求：一、伊瑟所屬聯盟不得庇護牡丹社人，且應協助日軍捕捉逃逸的牡丹社人。二、允許日軍在南方聯盟內通行無阻，並與居民交易。三、嚴懲曾對日軍有敵意的蕃社，如龜仔角社。四、允許日艦於東海岸無害停泊，補充食物飲水。

對這幾項要求，伊瑟完全應允，並提出希望日軍能夠消滅牡丹、高士佛兩社。這樣的態度令西鄉從道感到訝異不解，最後卻也開心的致贈五個社大族長禮物與日本旗作為敵我識別，並宴飲到午夜。

五月二十六日上午約八時，氣溫已經高熱，社寮沙灘上已經不斷響起吆喝聲歡呼聲，遠遠望去兩堆的士兵各自揮舞振臂叫囂，時而鼓掌時而嘆氣。人堆裡各圍起了一個土俵，僅著「渾兜西」[1]當成摔角服裝的士兵，正捉對摔角。左邊這一個土俵正膠著，又忽然逐步向土俵邊界移動，引起觀眾興奮，加油聲四起。眼看一個選手就要被推出界外，選手一吋一吋的移動，圍觀的群眾響起如潮水般的規律呼喊加油聲。土俵上的摔角手忽然停止移動又陷入膠著，眾人正想催促加油，一直被推移的選手突然微蹲又斜側過半個肩頭，一迎一送之間改變姿勢，也改變了力道均勢，令一直猛力推送的對方收勢不及，向前踉蹌踩著了線圈。

「喔，田中！田中……」圍觀者爆起了聲浪，重複喊著「田中」這個選手的姓氏，令另一堆圍觀人群好奇的撇頭觀望。

「田中？他們在喊著田中，是嗎？」

「的確是的。」

「是田中衛吉兄嗎？喔，不可能，他這麼文靜，不可能是他。」

「正是他，岡田大哥，他就是田中衛吉。」

「這怎麼回事啊？藤田君？」

琅嶠灣海灘，離開兩個摔角人群不遠的水際，岡田壽之助與藤田新兵衛正泡著海水消暑，起伏不大的浪潮，規律的湧來拍打著。

「那是因為您，他也想擁有您一樣的武士氣息。」

「武士氣息？氣質？呵呵……田中君在想什麼呀？你們都已經是真正的武士了，從了軍也殺人建功了，說起來比我更有資格稱武士。」

「大哥，不是那樣的。你是知道的，田中君文質彬彬，雖然跟我一樣出身卑微，但

---

1 男士的內裡遮羞布。

是他更像是文人出身的武士，詩詞論理都有很好的造詣，但他總覺得自己不夠強健，不夠男子氣概。」

「強健？不夠男子氣概？藤田君，這些氣質你都具備了，這些從你身上就能學到啊，更何況一個男子，也未必要多麼強健。」

「這不同啊，他說我粗野，不夠細心周到。」

「呵呵……強健跟粗野沒有關聯吧？哎呀，不管這個了，這個跟他去摔角又有什麼關聯呢？」

「他說要強健身子，只有身體強健了，才能讓他更有男子氣概。」

「哈哈哈，這個田中還真是有趣啊。」岡田壽之助只覺得有趣卻完全無法理解這些有什麼關聯。

「大哥，田中君的確有意思，但他的說法也沒有不對，摔角這種事，絕對比他練劍搬磚頭練身體還粗野。」藤田說。

「喂，你們在討論我嗎？」田中高聲的說著走來。

岡田與藤田聽見叫喚轉過頭，正看見田中衛吉只圍著襠部，渾身汗水走了過來。

「大哥，他的身體想著女人呢。」藤田壓低聲音說。

「嗯？怎麼了？」

「那天在廈門他只陪著女人聊天，我們在石門那個隘口上方射殺蕃人之後，他念起了充滿情慾想像的詩，我想他的身體想女人了。這可要大哥想點辦法幫忙啊。」

「呵呵……田中君也太有趣了，而藤田君你也很有意思啊。」

營區東面，西鄉從道與谷干城、赤松兩位將軍，坐在幾棵樹下，遠遠看著士兵在海邊、溪床戲水與高聲說話。

「真沒想到，事情是這樣發展的。國際間干預的力道越來越強，而這裡反而感覺已經沒事了。」西鄉說。

「不過這四天來，士兵無事可做，成天遊蕩飲酒嬉戲也不是辦法，得要求各大隊安排一些活動，否則久了一定出亂子。」

「不過，這天氣也真是太熱了，蒼蠅、蚊子也多，你們得要小心士兵的健康啊。」西鄉叮嚀著，而營區門口走來了兩個人。

「咦？樺山資紀？水野遵？」谷干城脫口說，「這兩個優秀的情報蒐集者回來了！」

「既然我們參謀都回來了，請他們整合一下最近對蕃社的調查，我們盡快修正軍事行動計畫吧，我想趁各國尤其是清國針對我們出兵做出決議前，先行完成南台灣這塊蕃地的軍事進出，這件事勞煩谷將軍督促。」

「都督客氣了，這件事我來安排吧，如果能，以六月為出兵日為佳。」
「這一點，赤松將軍意下如何？」
「越拖，天氣越熱，雨也下得大，不可預測的變數也多，宜趁早進行。」

軍事會議在五月三十日舉行，樺山資紀整合先前水野遵對山區部落的調查，與最近派出的偵察隊所獲得的情資，大致確認目前只有高士佛社、牡丹社、爾乃社仍採取對抗日軍的態度，竹社與茄芝萊社未明確表態，總戰力大約四百人至五百人之間。因此軍事會議上，眾人提出的相關討論，傾向修正美籍顧問克沙勒原先計畫的，以主力迂迴直接從牡丹社背後攻擊，徹底殲滅牡丹社。修正後的軍事行動方案，以北中南三路攻擊，會師牡丹社後，伺機進襲東海岸而回，對此克沙勒沒有意見。會議進行三小時，綜合樺山資紀與克沙勒在會前所擬定的兵力分配建議，做成新的行動計畫大致如下：

一、總攻擊日：一八七四年六月二日，總兵員約一千三百人。
二、中央本隊：總指揮西鄉從道，實際指揮：佐久間左馬太。
　　嚮導：張鴻業、張連生。
　　兵力配置：徵集隊（殖民兵）二小隊、步兵（常備軍）一小隊、信號隊一、山砲臼砲各一門、醫療團。約三百餘人。

攻擊路線：社寮——石門——牡丹社。

三、右翼隊（竹社部隊）：總指揮赤松則良，參謀：福島九成。

通譯：詹森。

兵力配置：徵集隊一小隊、步兵一小隊、信號隊二、砲隊一小隊、卡德利砲一門、醫療團。約四百餘人。

攻擊路線：社寮——竹社——高士佛社——牡丹社。

四、左翼隊（楓港部隊）：總指揮谷干城，參謀：樺山資紀。

通譯：水野遵。

兵力配置：徵集隊三小隊、步兵三小隊、信號隊二、山砲臼砲各一門、醫療團。約五百餘人。

攻擊路線：楓港——丹路——爾乃——牡丹社。

這個行動方案比先前的方案更能完全殲滅山區部落，令美籍顧問克沙勒感到滿意，他同時對於樺山資紀的計畫能力與戰場想像力投以更多的敬意，他不免多看了幾眼方型臉身材壯碩結實的樺山資紀。

上午才進行軍事會議，整個營區就已經進入戰備狀態，所有軍士官都留在自己的單位待命，並同時檢查保養各自的裝備槍械。會議結束，兵力編組確認，各個編組的小隊長與主官也接著召開任務編組協調會，士官兵則是相互的見面確認彼此關係。自下午起，人人陷入臨戰前的興奮狀態，個個期待這一回能搶得先機建立頭功。

已經在第一仗立了功的藤田新兵衛與田中衛吉，也同樣按捺不住，下午下過一場大雨之後，接近傍晚的時間，他們先到補給房領了一些清酒與啤酒，然後一起去找岡田壽之助，卻遍尋不著，最後在營區靠海的一處礫石上，見岡田壽之助一個人獨自飲酒，無語臨對夕陽。

「大哥，您在這裡啊？我們給您帶了些酒。」藤田說。

「那真是不好意思，出征前，你們可得忙了。」

「大哥，你會不會又單獨脫離然後自己建功啊？」

「這回不同啊，這是西鄉都督親自領軍深入山區敵營，是正式的軍事行動，我想脫隊找敵人恐怕沒什麼機會了，只能眼睜睜看你們出征建功了。」

「大哥這麼一說，我也稍稍緊張了，我聽說這一回我們這一隊將會繞過山區，出現在牡丹社背後直接與他們決戰，那應該是一場大決戰、大殺戮了，真是期待啊。」藤田說著，又自己陷入一股情緒直往遠處望。

「大決戰下來，整個戰事就平定了，大哥就別擔心了，我們會彼此照顧的，請相信我們一樣會穩穩的射殺那些蕃人，就像在隘口那樣，一發子彈一個蕃人。」田中衛吉說。

「我對你們很有信心，可是戰場還是要謹慎，不到面對面的時刻，不可以鬆懈，以免被伏擊喪命，一旦接戰了，就該拿出你們身為武士的本事與意志。我沒有辦法跟你們同往，希望你們可以理解我的渴望，替我多殺幾個人。」

「大哥你放心，我會在馘下的第一顆人頭上，刻上『岡田戰功』的字樣，代表您的精神與我們同在。」藤田說。

「喂，藤田君，真是謝謝你，你還真會安慰人啊。」岡田說著，「來，敬你們，勝利！」

三人猛灌了一口酒，岡田壽之助吟唱了起來：

思耐德槍口火焰豔紅如櫻花紛飛

崖頂山澗紅灩霞光如日之丸

「好啊，我也來。」藤田叫好，喝了口酒，接著吟誦：

映照處蕃人鬼哭神泣猶生死兩分

伏降就戮如草之芥

田中衛吉張開了臂，輕旋了身，頭撇過一半斜睨著幾步遠的礫石地上，輕誦著：

那武士也瀟灑

悠然轉身間太刀尖刃血滴如櫻花紛飛

「那武士也瀟灑？」岡田壽之助輕皺了眉，對於「瀟灑」這種不常在日語出現的字眼，他有些無法理解。「你該不會又是在廈門那個女人店教的吧？」

「啊，這個……」田中衛吉一時反應不來，收起了姿勢，說：「我在那個女人寫的紙上看見這兩個字，她告訴我意思是不管過往如何？前行如何？一個人無懸念無眷戀的，便能輕鬆自在。像風吹颯颯，如盆水潑灑，自有其去向與落處。」

「所以，武士也該放下懸念專心一致，拔刀上陣？」岡田說。

「是那樣吧！」

「哎呀，田中君，怪不得藤田君一直誇讚你，這是一種禪的境界了，也超過了我的修為，佩服！」岡田轉過身來深深俯過身子致敬。

「哎呀，大哥，您過獎了。」

「我們好好的敬上一杯吧，等你們帶上幾顆蕃人的頭顱回來，我們再好好醉上一晚，吟詩說文。」

「乾杯！」

「乾杯！」

藤田新兵衛與田中衛吉所屬的徵集隊單位，被分配到楓港部隊的其中一個小隊，六月一日，擔任本隊先頭部隊開拔前往楓港，在離開營區北上後的第一條河道，一名士兵在涉水時被沖走了。為了這件事，五百餘名北上的部隊，因出師不利，心頭不免沉重有些不安。

「濕了鞋子、下半身還真難走路啊，再出個太陽，那一定讓人更受不了的。真想換鞋子。」藤田新兵衛撇過頭跟走在後頭的田中衛吉說。

「確實是這樣，上一次在石門濕著皮鞋走路就讓人不舒服了，我們得找個地方把鞋子換了。」

「等等吧，等休息了，那些老經驗的武士一定不等你招呼就換了鞋子，到時再換吧。」藤田說。

果然，部隊沿著海岸向北行軍，才經過一個漢人小村莊後的一座雜樹林休息時，徵集隊的士兵幾乎就各自換上了自己的厚底草鞋，有的還將預留的備用鞋掛在背包側邊。

這個情形看在指揮官谷干城眼裡，愣了一下，又理解的笑了笑。樺山資紀也在準備糾正的同時，看見谷干城的笑容而心生理解。

徵集隊的組成皆為士族，這些習慣貧賤長於健走的低階武士，大抵都保有著隨時為自己準備一雙輕鬆無負擔、適合遠行健走的鞋子，那些鞋子多半以草編紮為主，厚厚的鞋底在崎嶇地形或碎石散布的路上遠比皮鞋舒服。皮鞋遇水發脹遇熱緊縮，平時在營區穿著操練校閱問題不大，行軍作戰，可就苦了這些習於赤足或草鞋的徵集兵。谷干城的笑容自然是因為理解，他同時還有著實驗的念頭。常備兵步兵小隊一開始招募、編組、訓練就是以制式裝備為主，裝備的適應性對日後建軍有極大的參考價值。而徵集兵只要能徹底發揮戰力，這些無傷大雅的軍容外觀就不值一哂，就連谷干城本人也極想這樣穿著。

部隊在下午時間抵達了楓港，天氣也整個好轉了，雲層漸漸散去，日照變得刺眼。看在幾個軍官眼裡，想到往後兩天崇山峻嶺間的行軍作戰，也暗暗叫苦。

第二天，六月二日是總攻擊日。南軍竹社部隊、中央軍都在天明之後由社寮營區開拔。楓港部隊由谷干城少將率領，考量路程較遠，在天剛破曉時分由楓港的露營地出發。

徵集隊三個小隊極力爭取擔任先頭部隊，但樺山資紀建議只允許由徵集隊一小隊擔任行軍尖兵警戒，一個常備步兵小隊在本隊先頭，其餘二個徵集隊與二個步兵小隊，編成本隊在後跟進。樺山資紀與水野遵選擇走在最先頭擔任尖兵的徵集隊當中，以確定行軍路線與方便第一線指揮。至於最前方擔任尖兵警戒的班伍，則由五月以來在石門隘口外有交戰經驗的徵集兵為主。藤田新兵衛與田中衛吉所屬的伍班自然是首選，該班的班長歸功於當時擅自脫隊的藤田與田中，特別准許兩人與另外兩人擔任最前方的尖兵伍。

真叫人高興啊。藤田扣了上衣衣釦，提起了槍，往前跨出第一步，開心的想著。

任誰也知道，這一趟軍事行動的意義，除了是擴大幾天來對牡丹社人的戰鬥成果，更深層的意義是，這是日本新式陸軍成立後第一次在海外用兵的正式軍事行動，是在正式的軍事會議上決定的軍事行動。第一線的戰鬥單位與個人，都值得在往後日子裡吹噓再三，是榮耀也是記錄。這也是幾個小隊爭相搶著擔任最先頭部隊的原因。藤田新兵衛這樣想，隨後跟在尖兵小隊的樺山資紀也是這麼想。最初宮古島人被殺，他的義憤填膺，除了薩摩傳統對琉球的情結，他更有著繼承先祖出兵揚威異域的志氣，他不顧一切的多方折衝協調與鼓動，總算最後有了西鄉從道甘冒被中央政府懲處與日後世人批評的脫隊行徑，率軍出兵台灣。樺山尤其明白，日軍最大的對手，不是還盤據在各個山巔山坳的蕃社部落，目前而言，即便所有蕃社加起來，也不可能對抗日本新式軍隊的強大。戰場外的國際交涉才是日本國未來的重心，而遠征軍的行動必須為國際談判提供更有利的籌碼，即使不能一次佔領整個南台灣，也要迫使清國表明對台灣的態度。目前清國還保持著「管轄權不及於蕃地」的態度，若能因為軍事行動的實際佔領，迫使各國承認，也承認日軍是為其屬地居民伸張公理，而一併解決琉球的歸屬問題，將是最好的結果。這是極具歷史性的軍事行動，是日本政府與遠征軍司令部的打算，也是樺山資紀急著結束在打狗一帶的偵察，趕回來參加這場戰役的原因。

但跟在藤田新兵衛後方的田中衛吉，卻有著不同的想法。自五月十三日開始跟著岡田壽之助私自外出偵察找尋機會擊殺蕃人，以至石門隘口的交戰與凶殺以來，他已經清楚理解他之所以不斷跟著私自外出偵察，除了是追求一種刺激，也是自己對「武士」階級想像的實踐。但現代軍隊對殺人立功的獎勵，已經不同於他們對於武士時期的想像，軍隊整體的行動目的與意志，也大不同於過往強調個人建功揚名的舊制軍隊幕府。因此「搶第一功」已經激不起田中衛吉的任何欲望。他爭取擔任前頭的尖兵警戒任務，主要還是想獨自一個人享受在異地行走，特別是晨露未退的荒野，至多只有一兩人作伴無聲的前行，那種浪漫與不確定的探索。

行軍道路僅兩人寬，沿著楓港溪南岸逐漸進入上游的麻里巴溪，陡度漸升而寬度越窄。拂曉時刻微弱的光影，在雇請的楓港人前導下，臨溪的山壁小徑，令耳廓盈滿著溪水「稀哩」的聲響，水聲「瀝瀝」中，還遠遠傳來早起的鳥雀吱喳啁啾。才覺得前方一片寧靜，後方併著個人裝備碰撞聲的跫音，已經細細的接連著雜沓著，傳來，遠去，又時刻隨著山壁的曲折回升而來猶如緊跟在後。田中腦海忽然升起了一個漢字「默」。

那是他十五歲在一家道場習劍，第二年，在一次比試之後，道場塾頭[2]破例找他談話，即是以漢字的「默」開始。田中回應這字義包括：寂靜無聲、暗地裡的算計，延伸出關於劍道的意涵，則必須安靜沉穩，精準算計每一個步伐與出手的時機點。對此塾頭點點頭沒多表示意見，僅僅要田中衛吉回去思考。田中持續練劍，一個月後，塾頭又找了他去，這一回塾頭並沒有請他入室，僅在道場一角，告訴他，「默」這個字，有「黑」與「犬」的意涵，有「一個黑犬在黑夜行動」的意涵。塾頭指出田中衛吉經常在刀術比試所遇到的困境是，他常被比試場的環境所干擾而忽略環境的有利因素。因此就算他能精準算出對手的下一步，也常常因為位置、光線與噪音的因素，令他必須分神或者因為要克服那些干擾因素，而造成速度與擊中對方力道的減損。田中始終沒有領悟，這也使得當年道場的塾頭覺得可惜，田中衛吉空有資質卻無法進一步提升刀術的層次。

田中現在走在山壁旁的小徑，忽然升起了這個記憶又頓悟出這個道理。「默」的意

2 總教頭。

涵除了安靜專注，還有將自身融進環境之中，讓環境因素成為力量的一環。現在如何利用天色微弱的光線隱蔽自身行動，掌握周遭聲音適時隱藏自己所發出的聲響，那正是「默」的另一個更深層的意涵。田中知道眼前不可能遇到牡丹社人的襲擊，因為前方的嚮導並沒有任何會遭遇危險的舉動。他試著盡量走在山壁樹影中，不變慢又極輕躡的貼在藤田身後兩步走著，他看著藤田的身形輪廓，忽然感到有趣了。當年在鹿兒島那個磚場的街上，藤田便是善用「默」的訣竅，讓周遭環境的聲擾變成他的一部分，以木刀擊敗街上武士的真刀，造成轟動。

他也許一直知道這個訣竅。田中心裡說。

「咦？田中君，你什麼時候貼著我走路了？」藤田的聲音因為意外發現田中僅在他身後兩步而略微吃驚。

「我想起一件事。」

「什麼事？」

「你很享受打頭陣的樂趣。」

「廢話，打頭陣有很多的機遇性，也自由多了，遇見狀況第一時間可以隨狀況發揮自己的本能，這可是樂趣呢。」

「嗯，這就是『默』。」

「默？」
「是的，從前我待的劍道場的塾頭說的。」
「那是什麼？」
「刀術！」
「刀術？」
「哈哈，以後再說吧，這麼說話違反了夜間行軍警戒的禁忌。總之，藤田君，我敬佩你。」田中說完，不著痕跡的退回原來的行軍距離。後方另一個士兵居然沒警覺田中已經前後大距離的移動。

藤田新兵衛是天生的高手，不論是刀術或者實際的戰鬥，都令田中衛吉暗暗稱道。一個念頭倏地浮上心頭，而牡丹社那些戰士鬼魅般的身影，忽然清晰的襲上腦海，令他打了個冷顫。

交手了二十幾天，牡丹社人用極簡陋的武器，已經造成日軍十幾名死亡，近三十個人輕重傷；幾回近距離的駁火，也只有在大白天的石門隘口，才讓他們暴露在日軍的火力下，造成傷亡。這一回日軍直搗牡丹社人的巢穴，那些山巔峻嶺，那些叢林又將如何掩護牡丹社人的移動襲擊呢？田中想起這個，忍不住仔細打量周遭與前方的環境，發覺陽光正好從東面山稜線上方雲霓間的縫隙射出，他才警覺一早的行軍是朝東邊前進。

將是一場難以想像的戰鬥啊。他拭了汗水，心裡頭好大的回聲。

前方的嚮導與藤田新兵衛已經停了下來，田中衛吉也本能的靠向一側停了下來警戒，等待後方的隊伍跟上來。那是爾乃山的登山口，有一塊不算小的平坦草地，楓港的嚮導拒絕再擔任前導，表示因為一方面他們沒有深入走過，二方面已經進入可能交戰的區域，怕危險，所以都拒絕了日本的繼續聘用返回楓港。

日軍做了一次長休息，再確認地圖的標記後，稍稍調整了行軍距離與編組，要本隊與先頭部隊稍稍加大距離約一百公尺，以防遭襲擊時，本隊會立刻遭遇危險。

「田中君，你剛剛說了什麼？我怎麼無法理解？」藤田新兵衛走向一直無語的田中衛吉問道。

「喔，藤田君，我想起你在磚場外的街上以木刀擊敗真刀的事。」

「哈哈，你還惦記著這件事啊？」

「那可真是經典呀。」

「呵呵，這跟你說的『默』有什麼關係？」藤田拭汗，那寬額頭亮了起來。

田中把他的想法說了一遍，藤田眉頭稍稍緊鎖旋即又舒展。

「這樣才有意思啊，作為一個真正的武士，我們被教育，而後在往後歲月中不斷訓練自己，就是要讓自己越來越知道自己的不足，以及如何補足自己的弱點，成為一個真正可以克服危險戰勝敵人的男人。在我看來，沒有一個人可以迴避這個過程。這些蕃人的確很強，有著我們無法想像的能力，也提供了我們在每個階段不同程度的挑戰與樂趣。田中君，我沒有看輕這些人，只是，我更想挑戰自己，在這片叢林或者在他們所熟悉的山崖水澗之間，我要以我的能力與他們對決，這是我的覺悟。」

「藤田君，你讓我佩服，也激勵了我要與他們一決高下的決心。我對於您的能耐是由衷的讚嘆與服氣的，我會好好的跟在您左右學習與鍛鍊。」

「啐，田中君，你客氣這個幹什麼？你能觀察與說出這些個道理來，就證明你的確不是普通人。記得啊，這段路，你得好好掩護我，別讓那些蕃人從左右背後襲擊了。」

「哈哈，以木刀擊退真刀的武士需要我保護，那才是笑話。你別說那些了，我們一起融入這個環境，殺進蕃人的心臟吧。」田中說。

田中衛吉的觀察與理解，並非是臨戰前的多慮或怯戰，這除了是他劍道訓練中的心智鍛鍊成果，麻里巴溪沿岸的山壁、樹林與聲音氛圍，也很自然的導引他有這樣的想法。讓他深信這將是一場奇特的戰爭，牡丹社戰士將會淋漓盡致的發揮地形的特色，以及他們那種狩獵的本能與耐力對抗日軍；而日軍能靠的也只有比他們精良數倍的武器，或者這些武士還沒完全淡去退化的傳統精神與意志。

出發的命令已經下達，田中衛吉著裝起自己的裝備，看著已然準備好正挺胸朝著爾乃山，深吸一口氣的藤田新兵衛，邁起步子。

爾乃山，標高八百零四公尺，位在牡丹中（總）社的北方，日軍作戰計畫指派楓港分遣隊大迂迴的目的，即是要直接攻下爾乃社，而後切入牡丹的心臟地帶，瓦解牡丹社的防線。但由海拔一百公尺的登山口，以近六十度的斜角攀爬，讓這項任務變得極為艱困。四公里多的路程，樹木連天山巒疊層，山徑變得遙遙無盡頭。

天氣燠熱與陡峭的山路已經讓不少的軍官士兵大感吃不消，甚至有十六個人瀕臨中暑狀態，行軍速度變得非常慢。田中衛吉所憂心的事，顯然已經漸漸浮現，讓部隊的山地行軍一度完全停擺。爾乃社派出好幾組的戰士，在沿路設置一些障礙與伏擊陣地。有些路段原本已經不甚明顯的山徑，爾乃社用倒塌的樹木連續的卡在岩石之間，完全封閉道路。某些路障還配合著兩三人一組的伏擊陣地，在日軍忙著清除路障時開槍妨礙。因為射擊陣地設置較遠，爾乃社火繩槍的金屬散片只造成日軍七、八員受到輕傷，藤田新兵衛左臉頰橫劃過一道傷口，灼熱與撕裂的傷口，讓他一度以為左臉都毀了。日軍遇襲往往採取火力集中還擊，在過了中午以後，伏擊的狀況不再，但滾石與竹籤藤刺還是讓日軍不斷受傷，使得行進的速度更慢。

直到入夜後，日軍才抵達爾乃社。爾乃社十幾戶茅草屋已經空無一人，為防襲擊，日軍編了幾組警戒兵向外搜查後，在社外燃起幾座篝火當照明。

「呸，真是混蛋。」藤田靠著一個茅屋的柱腳，輕觸著臉頰輕聲咒罵著。

「藤田君現在看起來更像個歷經百戰的勇猛戰士了。」田中安慰的說。

「哼，你大致的意思是，我像個鬼魅，不用裝扮也能去演一場能劇的魔鬼將軍，是吧？」

「喂，我可沒那個意思啊，你傷了臉，我也沒好過啊，一根竹籤狠狠插進綁腿，右小腿肚扎出了一個小洞。」田中說。

「唉，田中兄，我真是失禮，你別介意，只是想著就不高興。」

「我知道你的意思，我們受傷了幾個人，每個人辛苦的走到這裡，只聽到槍聲，一個人影卻沒見著。我知道你的意思的。」

「也許你早上的憂慮是對的，這些人如鬼魅，這裡環境他們熟悉，我們得多一點運氣才有機會與他們面對面戰鬥啊。對了，你的腿傷如何？」

「還好，就只是疼，隨隊醫官上了藥，走路還不受影響。」

「有人！那裡有人！」住屋外圍，一個士兵大聲的叫吼著，所有人幾乎是跳了起來抄起武器，蹲伏著以防突襲。

「有人跑向那個方向。」一個士兵又吼著。

「別跑！」一個聲音又起，伴隨著一兩聲驚嚇的哭聲。

兩個士兵壓了兩個人過來，火把照明下，是一個五十歲的老婦人和一個十二歲跛足、帶有眼睛疾病的小女孩。這情形令眾人好奇，不少人找了藉口來探視，甚至想盤問爾乃社人去了哪兒，牡丹社的方向在哪裡？但語言不通，一老婦人一幼童也沒啥看頭，熱鬧很快平息。

另一邊，已經累得兩腿抬不起來的谷干城，正召集樺山資紀、水野遵以及幾名軍官開會著。攻打爾乃社的行動意外的遲緩與不具威脅，預料接下來前往牡丹社的狀況也大致相同，大部隊在山地行軍不容易展開，也容易受阻撓。谷干城的想法是，主力立刻改變路線折回石門與征討軍主力會合，僅派出一個徵集小隊，排除通往牡丹方向的障礙。參謀們也覺得應如是，畢竟牡丹社沒有正面迎擊的能力，以將近百人的隊伍直接進攻牡丹社，而主力前往司令部會師待命做進一步調度，確實符合現況。只是目前無法與西鄉從道的中央軍取得聯繫，不知其他方面的情況如何。

士兵忽然喧嘩騷動，原來擄來的老婦人不見了。為了防止婦人通風報信或引人在夜間騷擾，兩百多個士兵廣泛的搜查，仍被老婦人逃走。這一意外，令日軍夜裡提高警覺，只聽見遠遠的槍擊聲，眾人數度驚醒而疲憊不堪。

六月三日，楓港部隊燒了爾乃社，一支以徵集隊為主的小隊，先行出發沿預定路線進攻牡丹社，而谷干城率主力改變路線沿著里仁溪向南折返石門，所擄獲的小女孩也跟著被帶了下來。到六月四日清晨抵達阿眉社，在西鄉從道所設立的臨時指揮所，見到竹社的指揮官赤松則良，與中央軍的其他指揮官，才知道這兩天其他方向的動態。

南邊的竹社部隊在六月二日出發，在當地嚮導的引導下，通過竹社並縱火焚燒後，在下午兩點左右抵達高士佛社，立刻遭遇埋伏的高士佛社人從四方射擊，造成三名日軍陣亡，兩名輕重傷。日軍立刻還擊，無特定方向的朝各處射擊。只見日軍持續的開火數十分鐘，再沒有任何來自高士佛社人的還擊。過了一個小時，日軍放火燒了高士佛，然後退出部落外設立監視哨。接著在下午五點出發，準備夜行軍抵達石門盡早與西鄉的中央軍會師，但是嚮導錯認小徑，嚮導彼此間對路徑的選擇又爭執不休，以至於竹社部隊直到三日上午才抵達石門，並前行到阿眉社。

中央軍部分，除了六月一日先遣部隊在涉水時，也同楓港部隊一樣，有一名士兵被溪水沖走溺斃，其餘的還算順利。六月二日出發時，雖然一路上沒有敵情，卻因天氣熱，地形陡峭山徑崎嶇，溪流橫陳，需要渡涉攀爬，致使補給難以跟上，人員行軍異常艱辛。加上山徑後端開始出現路障與警告式的槍聲，西鄉從道以下的所有人無不飢渴難耐，晚上八點抵達一座部落前約四百公尺，所有人便已累垮了，沿著山徑一路隨地躺臥睡著，也不管有無敵情，整夜只清醒著幾個武士出生的徵集兵，志願輪著守夜。六月三日，進入部落才得知這是不同於「大耳生蕃」的阿眉社，大家盡興享用村子裡的地瓜之後，設立了臨時指揮所，也向南北各派出六十名的偵察隊，以便取得南北兩軍的訊息。向南行的偵察隊才出發，就遇見赤松則良帶著竹社部隊前來會師，而向北方的偵察隊，在嚮導的引導下，居然走到已然空蕩的牡丹社，這些以石板石牆覆上茅草的住屋大約有五十幾戶。偵察隊決定進入村子搜查，忽然遭到來自山坡樹林的襲擊射擊，造成三名士兵輕傷。日軍一陣還擊亂射後進入村子搜索，發覺牡丹社人早已從容的撤離，偵察隊便一棟一棟的焚燒五十幾間住屋，回程時又將沿途經過的廢棄住屋與部落全部縱火燒毀。另外，偵察隊也證實牡丹社通往爾乃社的通路已經設置路障層層封鎖難以通行。

綜合這些戰果，司令部的軍官大致認為可以接受，雖有傷亡，但日軍進出南台灣全境山區，也徹底的將主要敵對的爾乃社、牡丹社、高士佛社摧毀驅散，掃蕩與宣示的意味已然達成。

經過三位將軍研商對策，決定將已佔據的部落全數燒毀，只留下一部分兵力扼守進出幾個部落的樞紐位置，如茄芝萊社等，其餘兵力則撤回社寮，準備未來對東海岸用兵。但士官兵顯然對此行的成果並不滿意，特別是徵集隊那些桀驁不馴的殖民兵舊武士，他們對於一千三百名的征討軍，死了三個人，輕重傷十餘人卻連一個敵人也沒真正遭遇到，連他們在哪兒也都不知道的結果十分的不服氣。有好幾批的請願者提議，希望司令部允許他們以三人小組編組的方式留在山區，以持續獵殺山區「蕃人」建立功勳，但被西鄉否決，並指示除了分駐的建制兵力，征討軍所有單位於四日早上九點出發，離開山區往社寮營區移動。

一千餘名兵力在山徑上蜿蜒移動，緩慢而驚險。回程路途雖然已經讓支援部隊清除了大部分的路障，路途還是很艱辛。尤其那些陡峭的山徑，一個不留神就可能滑跤摔落山谷，最教人膽顫心驚。

田中衛吉一路無語，想起幾天的歷程，心中升起一陣陣寒顫。他認為這無疑是一場敗仗，一千三百名的軍隊居然連一個敵人也沒有殲滅。那些房舍隨時可以重建，那些農作隨時可以復耕，那些神出鬼沒的戰士隨時會再出現眼前繼續糾纏，而日軍卻傷損了一些人，疲累了所有人。

這是吃了敗仗！田中衛吉心裡反覆升起這樣的念頭。他注意到走在前面的藤田新兵衛的臉色，也少了先前出發時的意氣昂揚，田中衛吉知道那不是因為折騰三、四天的疲累所致。因為其他的徵集兵，那些心高氣傲的士族武士們，也漸漸黯淡了臉上的自信光彩，完全不同於前些時候在石門隘口的興奮與張揚。

假如，牡丹社人擁有相同的武器，情況絕不可能這樣輕鬆結束，他們是精熟「默」這種至高刀術意境的高手。田中衛吉心裡說。

這股氣會持續往下延伸，徵集兵的士氣會垮的。田中又嘀咕著。

走在前頭的樺山資紀與水野遵，當然不可能與士兵有著相同的看法。遠征軍既然負著「深入蕃地，諭彼酋長，殛其凶首，薄示懲戒，以安良民」的責任，出兵圍剿蕃地而回的行動自然有著正當性，未來談判就有可能誤導清國承認其勢力、治權不及「蕃地」，這都將有利於談判桌上的攻防，也為日後日本取得台灣更有著力點。

「水野君，幾年的偵察，果然還是有成果的。」一路上短暫休息時間，樺山回過頭跟走在他後方的水野遵說。

「的確啊，只不過，偵察還是得按照我們的老方法，實際走到那個地方看看而後記述，這一次蕃地的探險，有許多不在我們先前所蒐集到的情報當中，這也是我的疏忽啊。」

「不，這已經很足夠了，我們不是這裡的人，我們不熟悉這裡的一切，能做到這個程度已經很不得了，你的成果豐碩令人敬佩啊。」樺山資紀拿出了菸盒遞給水野遵，自己也點起了菸捲說。

「長官太客氣了，我也只能做這事。依我的觀察，我們應該好好考慮把台灣拿下來，如果沒有辦法拿下全島，至少把山脈及山脈東邊都拿下來，變成日本的版圖，這裡的物種太豐富了。」

「水野君也是這麼認為？你說的沒錯，台灣太迷人了，但願東京那些政客能好好思考這一點。」

「我看，您也應該好好大力遊說，像征台計畫那樣，讓這件事情能變成真實。」

「我？」樺山噴了口煙，睜著眼，似乎別有意涵的看著水野遵。

「是啊，遠征軍的征台，從頭到尾，您都極力參與，甚至不惜放棄舒適生活，幾次前來台灣偵察，這種規劃與行動力不是常人所有。您定然有著長遠的想法，以及堅決想要讓您的想法變成事實的意志力。未來日本想要擁有台灣，是需要不停的灌注這種意志的，而您是很重要的來源。」水野遵說。

「哈哈，水野君，你說的太多了，我只是一個軍人，要把這些想法變成國家政策，還是需要東京那些政客推動啊！」

「是啊，但是，總是需要有人開始，並提供某種視野，讓政客們安心堅定的推行。」

「水野君，我的確懷抱著某種理想，那是源自於傳統薩摩藩的海島情結，特別是我的先祖當年揮軍琉球，就是希望琉球這個屬地，真正變成薩摩藩的領地，或說成為日本的國土。這也是為什麼我積極遊說出兵，要為琉球爭口氣的原因。」樺山吸了口菸，又用力的呼出，「但是遠征軍的出發與這幾個月的偵察，我醒悟到，這些看似天經地義的事，一旦有國際勢力的介入，就會變得複雜，必須謹慎。」

「長官的意思是？」水野遵覺得有點混淆了，樺山先前那種急著肩挑整個出征前遊說作業的氣勢變了。

「我沒別的意思，現在東京的政客們，變得聰明與務實，但拿下台灣或者琉球，以擴張日本勢力與提升國際地位的企圖與野心，卻與日俱增。現在清國人還沒意識到他們的主權擴及的範圍，我們的軍事行動正是為談判提供一個台階，我相信外交官們一定有智慧合理化我們的行動，若不能一下子取得南台灣的管轄權，也要在談判桌上讓國際承認琉球屬於我國的領地。將來必須撤兵時，遠征軍也才能追認為合法合理又符合日本的期望。」

「長官思慮得可真是周到，您應該在決策圈裡才是。」

「呵呵，水野君，我是軍人，必須退居到符合我當一個軍人的位置。我有個野望，如果有一天，我們真的可以拿下台灣，我倒想好好爭取出任台灣事務的都督，總理台灣一切的事物。不過這是未來很久遠的事。現在，關於遠征軍的軍事行動，是西鄉都督的權責，關於台灣與蕃地的一切談判與最後的結果，是東京的政客們與外交官的事。而我的心事也請暫時為我保守秘密。」

「樺山長官放心啊，我理解您對這裡的情感，要不，您也不會一連幾趟的長時期偵察。說實話，我對這裡也充滿了好奇，先不說那些清國人、熟蕃、生蕃，光是物種的豐富，就足以建構數種獨一無二的世界級知識庫。這一回軍事行動結束，我想我應該再踏上我的偵察旅途，好好建立資料。」

「這是極重要的事啊，水野君。」樺山說完，忍不住轉過身子俯身致意，「回了營區，我們好好的喝一杯吧。」

「喔，那一定是很愉快的事了。」水野遵說。

樺山資紀遠遠看著前方已經著裝，正小心翼翼的走在崖壁山徑下坡的士兵，心裡有股「這仗打完了」的感覺，他咧嘴笑了。

九、聯盟重組

一八七四年（同治十三年）六月，牡丹山區，保力庄。

「日本人離開了！」

「什麼時候的事？」

「上午的時間，還不到中午的一半。」

「全部走了嗎？」

「還有幾十個人在茄芝萊附近，看起來是打算長時間居住。」

對話停止了，而現場全都靜默下來了，連遠遠傳來的溪流聲，也忽然被太陽蒸發了那樣，靜了下來。幾個方向的樹蔭裡，斷斷續續的開始傳來了婦女哭聲，起初是啜啜泣泣，後來是放聲大哭，連帶的幾個小孩的嚎啕，融進那些哭聲裡。

那是牡丹社通往爾乃社所經過的第一條支流，往東北方向上溯的山腰上，一塊稍稍平坦的地形。平坦地是一片樹林，三面有著不連貫的石牆岩壁。五、六棵三人抱的大樹，生長其間，枝葉樹冠與向上延伸的山脊樹林連成一片。往下只有一條路需經過約一百公尺長的山壁小徑，連接往牡丹社的山徑，山徑除了連接牡丹社，還通往其他地方。平坦地是個半封閉狀態，沒有其他小徑向外延伸，除非爬上後方幾塊較矮岩石往上連接山脊，便可以通往幾條四散的山脊稜線。日軍在五月二十二日攻擊馬扎卒克思時，牡丹社另一氏族族長古力烏，選定了幾個藏匿點，這是第一個藏匿點。日軍於六月二日發動總攻擊時，收到來自爾乃社以及高士佛的烽火警告，古力烏便指揮所有人離開牡丹社，進入這個地方。幾天來，上了年紀的男人們留守避難所，協助處理臨時發生的雜事，戰士們則除了一部分守在入口那長長山徑附近的埋伏陣地，其餘都各自領命監視著日軍沿途的活動。最敏捷的一群戰士則跟著杜列克守在牡丹社附近樹林山坡，準備趁機襲擊日本。婦孺們深感恐懼，怕影響士氣，沒人敢表露出軟弱懼色，連嬰兒小孩童也感染那個氣氛，沒人夜哭或無理喧鬧。所有家庭都謹慎將隨身帶出的衣物收攏，一經使用就捆紮，準備隨時離開。為了隱匿藏身處，除了吃乾糧，肉脯，這三天沒有人生火炊爨。所以，當日本人離開的訊息傳開，不少人壓力一釋放，忍不住的哭了。

「部落所有的房舍都被日軍放火燒了，我們仔細查過，沒有任何東西留下。」

「從我們這個位置看去，恐怕爾乃社與高士佛社都已經被燒毀了。」一個中年人說。

「不只是這些，連廢棄的部落都被燒掉了。」

「畜生，這些日本人瘋了，連祖先安息的屋子也不肯放過。」古力烏憤憤的說，而他們的對話又引起一些哭泣聲。

「古力烏，這個時候，你應該挺身而出，帶領我們走出困境啊，日本人還沒離開走遠，部落被燒毀了，按規矩我們也回不去了，我們得重新找地方建設村子啊。」一個長者說。

「唉，別再說這個了，阿碌古的身體還沒有變成泥土，我們那些戰士的魂魄都還沒來得及走到祖靈居住地，你們就已經勸了幾回，怎麼不累啊?大家都有自己所屬的氏族，而且也沒有誰的氏族比誰高一階，有事大家商量即可，這個時候，別再跟我說領導部落這種事，我擔當不起。」古力烏語氣不悅。

「好，就不提這個，你倒說說看，我們現在怎麼辦?」

「沒怎麼辦，現在日本人還沒走遠，他們還有什麼意圖我們也還不清楚，我們得繼續保持現在這個樣子，看看後續有什麼變化。」古力烏說著，見到其他幾個氏族族長皺著眉，實在不忍心，又說：「別傷神了，這裡幅員太小，你們幾個氏族不妨往裡走到我先前說的地方，先搭建牢固一點的臨時住屋，這個季節颱風天隨時要來，每天跟鳥一樣來去的陣雨也不會少，大家能種點什麼便種什麼，好好的活下去。這個時間慢慢派人去尋找適合重建的地方，日後，穩定了，我們再重建我們的部落。」

古力烏的話挑起了眾人壓抑著的情緒，多數人哭了，中壯年的本來還忍著，後來索性放聲大哭，哭自己部落的悲慘，哭未來日子的不確定，也發洩這幾日的恐懼。

「大家別哭了，今晚，各家安心的生火煮點熱食吧。」古力烏又安慰著大家，想起眼前的局勢，他又撇過頭看著杜列克說：「杜列克，大家的安全還要依靠你們，你調整出三十名的人槍，一方面守住這個前面的通道，一方面四處留心日軍的行動，別讓他們有機會危害族人，其餘的人手都回到各個氏族，幫助家人暫時安置。另外你們盡可能聯絡上爾乃社、高士佛社的人。人手雖然不多，你們辛苦一點，盡量別暴露行蹤，也別惹事。」古力烏說。

「古力烏族長，您的交代我們一定會遵守並且盡心完成，只是，關於高士佛社，就像牡丹溪的分隔，我這輩子不準備再跟他們有任何關聯，他們是一群懦弱不守信用的騙子、叛徒。」

「杜列克……」古力烏想斥責杜列克的想法，但想想，他說的也是事實，「我不打算介入你的情緒，你可以一輩子不再理會高士佛社的所有一切，但牡丹社的事，我謝謝你的允諾。」

「族長，別說謝謝，我是牡丹社的戰士，沒有保護好部落，是我的責任，是我們這些年輕人的責任，我們沒有能力彌補已經發生的，不過您放心，也請所有族長們放心，大家好好重建家園。我們不會讓日本人踏進這裡一步的。」杜列克的話語激起了更多的哭聲，連戰士們都哭了。

相對於牡丹社的情緒激盪，隔著牡丹溪，高士佛社後方獵場，一座瀑布上方一片樹林，一群人顯然也處於緊張與不安的狀態。但大致都穩定著的，畢竟六月二日下午日軍攻擊高士佛社時，大家已經向這裡疏散了，留下來的戰士也成功的射殺了三名日軍，造成幾名日軍的輕重傷，而高士佛社只有一個人左肩頭被流彈削掉一層皮。不安與流離的張皇情緒下，還有那麼點打了勝仗的喜悅，幾個當時參戰的年輕人還兀自開心的開玩笑，與另一處幾個群聚的長老，言語時高時低但表情嚴肅、愁緒，形成一個不太協調的景況。

長老群商議的是，如何安置高士佛社的所有人。部落已然被日軍焚毀，依照傳統慣習是不能原地重建，若要立刻覓地著手建立新部落，眼前日軍的行動不明，企圖不明，難保不會再發動一次攻擊。這兩三年來與平地村落居民往來，高士佛社的進出路線已經沒有隱密性可言，從社寮出發，日軍可輕易的在幾小時內抵達。

「所以，這一回，日本人是故意要驅離我們，讓我們遠離部落跟野獸一起在山林流浪。」一個長老說。

「這個，你已經說了很多回，能不能請你稍微停一下，換個話題，不要每一次討論，你就說一次，這個我們都已經很清楚了。」一個長老說。

「咦？看起來你不服氣啊，我說的是事實啊。這個話也不過是要提醒大家，即使是那樣，我們也應該及早決定該如何作為，就算不立刻建設新的部落，我們也要想辦法找到足夠的食物，想辦法讓大家在夜裡不挨寒受凍。」

「你得了吧，這種可以熱枯一棵樹的六月天氣，誰受凍了？誰挨寒了？是你嗎？我看是你身體太衰弱，除了嘴巴那兩片，其他的都已像曬乾的菸葉，割了也不感覺痛吧！」

「你……你胡說八道什麼？討論事情需要這麼惡毒嗎？氣死我了。」

「你們就別鬥嘴了吧？不能每次商議事情，你們就鬥嘴，我們作為部落長老還是得討論出個結果吧，部落人已經各自找出路了，再不處理，高士佛社也要分裂四散了。」

一個長老看不過去，想阻止那兩人鬥嘴。

「你閉嘴！」那兩個長老異口同聲的說。

「你們……」那長老生氣了，站了起來說：「如果你們要我閉嘴，我從此以後閉嘴，我帶著我們一家人離開這裡，離開你們這些只會花時間彼此攻擊鬥嘴，彼此給難堪的人。

現在都什麼時候了，什麼時候你們可以收起你們的驕傲，好好討論未來？你們不同意俅入乙繼續領導，你們總要拿出辦法，形成部落的一個核心，好好解決我們現在面臨的問題啊。」

「喔喔，請平靜下來，別這樣，請坐下來吧，我們都別意氣用事吧，拜託，別讓族人看我們的笑話，我們可是部落長老啊。」一個年紀稍長的說，「俅入乙，你說說話吧，怎麼說，你總是部落推舉出來的族長，部落領導人。」

「為什麼要他說話呢？」最先說話的長老又說話了，「當年就是他讓那些海上來的百朗進到部落，才會有這麼多事。這一次，他堅持要跟牡丹社的阿碌古組成什麼北方聯盟，去對抗那些日本人，結果呢？現在呢？阿碌古死了，我們躲在這裡每天要淋雨幾回，晚上也不能好好睡上一覺，這些都是他要負責的事。現在你要他說什麼？要他帶我們一起去八瑤灣挖海螺來吃？還是現在就去跟日本人求饒，要他們來幫我們蓋房子？真不知道你們想什麼？高士佛社沒有人可以當領導人了嗎？你們就不能挺身出來領導嗎？」

「你……」俅入乙站了起來，整個火氣都上來了。他強忍著氣說：「你說的有道理，這些事，我的確是應該負責任，日後高士佛社的事，你們商量好就好，我從此退出長老的商議圈。我們『福黎亞德』氏族，看來也沒有臉繼續待在這裡，明日起，我們自尋生路，不再麻煩各位了。」

「俅入乙，拜託，別急著做這樣的決定，我想大家沒有惡意的，這個節骨眼，很難避免說些不入耳的話，但請你別下這樣的決心。高士佛社是你從舊社帶著我們尋找得來的新天地，雖然現在被日本人燒毀了，但我依然相信你有能力帶領我們重建新的部落。拜託你，不要捨棄我們，請不要現在下這個決心。」剛剛企圖圓場的長老急了，拉著俅入乙說。

「唉，我的兄長，我們已經用去了兩天的時間在這裡相互指責，今天還是一樣。如果大家覺得鬥嘴相互攻擊可以讓自己心裡好過一點，可以讓家人吃飽睡好，那就請繼續在這裡做無謂的爭吵。我的家族都很平凡，並不想高高在上，也沒有別的需求，現在只想好好吃上一頓熱食，睡好一覺，然後努力重建家園。長老群要卸除我的部落領導權，這不是第一次，我沒有怨言，也應該接受。就請各位好好領導高士佛社，我作為福黎亞德的氏族族長，我有當族長的責任與義務。兄長啊，我不是說氣話意氣用事，我老了，還知道進退。」俅入乙說完，轉身就離開。

那老者追了出去，長老會議現場陷入一片死寂，而隔幾步遠，應景似的傳出了幾個老婦人的啜泣聲，壓抑著，沉凝著，又不時迸出一些句子，吟誦著，哭泣著：

他們說那老鷹的視力病翳了

不再看得見地面的蛇與兔
他們說那熊鷹的翅翼衰弱了
總飛不盡高士佛社的領地
他們有了新的期望與寄託
可是那些從沒長成的熊鷹
飛越得過牡丹溪啄回山羌？
那些始終沒有磨銳利的爪
能攜回高士佛山崖的山羊？
哎呀，老婦人憂心了
哎呀，孩童們恐懼了
哎呀，笑聲從社外響起了

這吟誦聲，配合著老婦人們那種特有的上氣不接下氣的沙啞，透著幾分嘲諷，讓這些議論的長老們心煩，有人起了身離去，有人不以為然的取了檳榔，填上石灰夾上荖葉往嘴裡送。

「嘴巴！」一個咒罵聲從另一個方向的樹叢傳來，音量剛好送進這塊樹林的每個人耳朵裡。

俅入乙並沒有意氣用事，他調度了所有的戰士，重新沿著樹林往內延伸的幾個平坦地，以樹枝茅草搭建避雨功能較好，又能容納一家人寢睡的簡易住屋五十戶，好容納全部落的住家。又囑咐了氏族內幾個家族婦女與長者們，一起搭建十口的灶子作為公共廚房，另外在兩道的山坳褶曲處，梳開了水道，接了剖半的竹節，拉出兩道接水處當生活用水，並在樹林底下下風處挖出幾個坑，圍出幾個遮蔽當成廁所。

巡守的部分，交代部落裡的另外兩名猛將，吉琉與烏來，各帶領二十名戰士，一組戍守高士佛社通往此地的通道，另一組在高士佛社外圍機動巡察，兩個組依狀況自行協調交換任務。

傍晚時，大致的建築物都處理完畢，原來緊湊在一起的臨時避難住所，也稍稍梳開，有了活動空間與隱私，令部落居民感到開心，樹林裡出現了這兩三天以來難得的喧嘩。

至於一整天不見的卡嚕魯，也在傍晚夕陽落入牡丹山區稜線時，被俅入乙發現他在通往高士佛社小徑的山崖上，一語不發的怔怔望著馬扎卒克思的方向，石頭座位旁放著一壺以竹節製成的酒壺，酒壺是滿的，卡嚕魯甚至沒喝上一口。

「這是沒必要的，就算你帶著所有的人留在那裡，也是守不住。作為你的父親，我不應該肯定你先帶著人回來，但作為部落大族長，我要謝謝你當機立斷的撤回，為高士佛保留更多的生命。馬扎卒克思的事，你不需要一直自責對不起牡丹社的兄弟，那無濟於事的。」見到卡嚕魯頹喪，佅入乙也心疼的說了話安慰。

「只怕，這輩子，我們都要讓人指指點點了。」

「這已經是發生的事情，即使現在你轟掉自己的腦袋，它還是存在的。你已經折磨自己十幾天了，也許還要繼續折磨一輩子，但是，這是你自己的事了。一個有責任感的人，不在於你要怎麼彌補或銷蝕錯誤，而是抬起頭看看那些很需要你拉一把的人。你改變不了那些已經對不起別人的事，也不能把自己封鎖，不再面對現實而對不起那些需要你的人。現在部落需要你，家人需要你，活著的人更需要你。這是你作為高士佛可能的未來族長、領導人的責任。」佅入乙把目光從卡嚕魯身上移向馬扎卒克思的方向。

「我能不擔任族長嗎？」

「能不能不是你說了算，但我知道，日本人還沒走，高士佛社還沒有重建，所有的人還在繼續等著看我們父子的笑話。」佅入乙看了一眼卡嚕魯，「你不當族長是小事，我們能不能讓笑話停止是大事；能不能獲得大家的諒解是小事，我們能不能在自己垮下之前，讓活著的人有所依靠、寄託才是大事。」

卡嚕魯低下頭又抬起了頭看前方，不語。

「從來沒有一顆石頭，在水流的溪床上能夠永遠保持原形，但，那些侵蝕雕琢的痕跡，說明的，便是這一顆石頭的生命經歷，不論那是苦的還是酸的。卡嚕魯，你還年輕，這些也許正是你人生必須要經歷的，你垮了，你這一生也就這樣了，將來帶著羞辱去見你的兄弟亞路谷。我們也許可以做得更多，要不了多久我去見阿碌古時，也可以稍稍抬起頭來好好解釋。」俅入乙說著，而淚水已經止不住的，在他臉上明顯又橫陳的皺紋亂流。

「我們……」俅入乙哽咽著，「沒有讓高士佛的家人們死去任何一個人。」

「那是我在意的事，我是高士佛社的大族長。」俅入乙又說。

卡嚕魯哭了，一陣比一陣大聲與狂烈。

日軍四下派出偵察隊，這兩天已經出現在東海岸附近的事，讓高士佛社大為緊張。因為，從八瑤灣附近海岸進出高士佛社山區，時間更短，威脅更大更難防守，為此，卡嚕魯決定親率一組人追蹤日本偵察隊，想辦法遠遠監視。而牡丹社方面，也派出幾組人手，對牡丹灣附近進行監視警戒，研判日軍可能會再進行一次軍事行動，以徹底圍剿牡丹社或者高士佛社。對此，牡丹社古力烏族長，已經特別囑咐偵察的人員盡量繞遠路，以及採取不同的進出路線，以免走出明顯的路徑。另外，進出的山壁通道也要盡早設置障礙，並加強埋伏陣地。所有的炊事，盡量錯開以避免產生大量濃煙，暴露位置。

六月十日，阿帝朋由牡丹灣方向出現在牡丹社東北方山區，遇見杜列克的巡察警戒，遂一起跟著到牡丹社臨時避難所。阿帝朋瘦削憔悴又沉鬱的面容，讓牡丹社幾個長老大為吃驚與疼惜。阿帝朋是在馬扎卒克思戰鬥後跟著回到牡丹社，在葬完阿碌古以及隨後重傷不治的牡丹社戰士後，隔兩天回到四林格社，從此鬱鬱不歡。這一回他帶來一些訊息，證實日軍近期的偵察活動，確實是為了準備再圍剿牡丹社、高士佛社與爾乃社這些與日軍對抗的部落。另外，有十一個部落在射麻里伊瑟的率領下，與日軍司令部在社寮米亞家召開會談。會中日本的指揮官分發了以日軍旗為底，上面寫了「歸順土蕃⋯⋯」字樣的所謂「御旗」，讓他們在日後日軍發動攻擊的時候，插在部落入口，日軍便能區分敵我態度，會避開他們。會議中，伊瑟等部落族長同意日軍在八瑤灣設立營區。這些參加會談的部落族長，最後在日軍千餘人整裝閱兵的歡送下離開，所有的族長被日軍一致的裝束與武器嚇得幾乎走不出日本營區。

「茄芝萊社的溫朱雷也去了。」阿帝朋補充說。

「溫朱雷？」

「看得出來他並不是十分情願。」阿帝朋說。

「但願他是真的不情願，現在日本人在他的部落設立營哨監控高士佛社與牡丹社，他不表態也不行。但願他的心還保有牡丹溪的純淨，不至於危害自己人。」古力烏說。

古力烏的憂慮在於牡丹社族人在更早的歲月裡，大多遷移自茄芝萊，兩社有血濃於水的感情因素，加上地理環境近，他們真要有心順從日本人，對牡丹社的傷害必然難以估算。他看了看阿帝朋，想多問些事，但見阿帝朋神情甚為疲憊，像是經歷了一場大病，或遭逢劇變，以致失去了生活樂趣與希望那般的頹喪。古力烏又忽然明白了其中的緣由。

阿帝朋兄弟一般的亞路谷，在他面前被日軍射殺而無力救援，只能眼睜睜的看著他斷氣。更讓他崩潰的是，當牡丹社亟需支援時，他的另一個兄弟卡嚕魯居然已經帶著高士佛的人撤離，以至於日軍好整以暇的居高臨下對他們射擊，那種被兄弟背叛與失去摯友的雙重打擊，令他無法調適以致落寞喪志。

「阿帝朋，難得來，你多待幾天別急著回去吧，這個時間，我們需要你的一些建議。」古力烏說。

阿帝朋沒多說話，勉強擠出了笑容，那樣的苦澀與憋屈，令在旁的杜列克也心生不忍，與古力烏眼神交會後，便拉著阿帝朋離開。兩人沒目的的走著，卻也不知不覺走到被燒毀的牡丹社入口左側一塊坡地，那裡埋著戰死在馬扎卒克思的阿碌古與其他戰士。

坡地頂上有棵樹，阿帝朋走了上去，又忍不住坐了下來靠在樹幹大哭了起來，一直持續的哭著。杜列克也不知該如何了，他靜靜的退下坡來，坐在阿碌古已經發出青綠短短草芽的墳前，靜靜的聽著阿帝朋的哭聲，那個帶有牛哞叫聲的嚎啕，才剛過下午三點的太陽，居然也顯得清冷失去溫度。

六月十一日，日軍的一艘軍艦停泊在八瑤灣南方，約有兩百人已經在港口溪河岸紮營。這個消息立刻在山區傳開，引起不少的震撼與驚懼，部分家庭已經考慮往更北的地方遷徙。牡丹社的幾個氏族族長更是派了經驗豐富的長者，向更北的山區尋找可能的藏匿處。高士佛與牡丹社不約而同的派出警戒，遠遠的監視日軍在八瑤灣的行動。高士佛社在西邊，牡丹社在北邊，兩個社的警戒小組並不知道彼此的位置，但都受命嚴密監視，不讓日本人忽然向各自的藏匿點移動。兩個社也不敢忽略已經在茄芝萊社設站的日軍，所以又多派了幾組警戒。但更壞的消息是，兩個社的存糧早幾天就已經耗完了，爾乃社甚至已經派人詢問能否支援糧食。

「這真是糟糕啊。」古力烏說，幾個牡丹社的長老們沒人接話。

糧食吃完是三天前的事，這幾天，頂多就是分食一點已經蛀了的地瓜，或者沒成熟的南瓜。幸好幾個老獵人設下的陷阱偶有收穫，大家喝喝湯啃啃骨頭分點肉片，不至於過度挨餓。但長期下去缺乏主糧，也不是辦法。古力烏忍不住說糟糕，在幾個老人心裡猶如潰堤的情緒，一下子都感覺餓了乏力了。

「我們再想點法子吧。」一個老者說，「對了，我記得那個阿米絲的部落[1]地瓜和其他的糧食很多，我們派人去借吧。」

「他們隔鄰的茄芝萊社也該還有剛收成的小米，雖然他們跟日本人講話了，現在也還不平靜，我想還不至於不借給我們一些吧。」一個老人說。

「可是茄芝萊那些百朗的交易所，附近有日本人的軍隊。」一個老人說。

「目前，哪裡沒有日本的軍隊？往東，八瑤社那裡現在有軍隊了，我們走山路到南方，伊瑟他們那一幫人怎麼可能幫助我們？」古力烏說。

「長老們，雖然是這樣，我們還是試試吧，晚上我帶人下去，小心點應該沒事的。」杜列克說。

「唉，你們試試吧。另外，族長們長老們，等待也不是辦法，我們平常也跟著婦女上山找些食物吧，這個山區養活了我們這麼多年，不會再吝嗇這幾天的。」古力烏說，但他心裡也清楚，山區儘管有食物，總不是辦法，他們習慣的地瓜、小米等主食不能缺太久，生活所需的油鹽或者其他生活用品也不能缺太久。目前的狀況看來，也只能走一步算一步。

高士佛社的臨時避難所雖然機能完整，也同樣面臨食物、油鹽等生活必需短缺的窘

---

1 阿眉社。

境，因為人口集中，幾次的軍事行動也無傷損，所以缺糧的情況反而比牡丹社嚴重，特別是有三個婦女都將臨盆，都不能陷入飢餓狀態。戰士們除了持續監視日軍行動，卡嚕魯已經率隊出現在茄芝萊與阿眉社之間活動。雖說是借貸，日後會加倍奉還，但阿眉社只提供了幾袋地瓜和少量的鹽，並透露牡丹社的杜列克與阿帝朋才來借過剛走，所以無法大量的提供高士佛社。

第二天，日軍的偵察隊忽然頻繁的出現在茄芝萊的牡丹溪上游。顯然牡丹社與高士佛社的戰士，出沒在茄芝萊與阿眉社之間的訊息有人走漏，這使得茄芝萊與阿眉社兩社感到驚恐，深怕遭到報復，紛紛派人帶著食物與用品往牡丹山區與高士佛山區走動，企圖與兩社聯繫並說明立場，但都無法遇見兩社的人，連平常巡邏警戒的戰士也沒遇著。不得已，只好將物品放在走過的小徑上而後離開。

六月十四日下午近傍晚時間，偵察兩天毫無所獲的日本兵回程途中，有五名因為臨時起意決定到溪裡泡浴再回營。這個情形恰好落入已經沿著牡丹溪對岸跟監了一整天的十名高士佛巡察隊眼裡，隊長卡嚕魯決定伏擊狙殺。十幾公尺寬的溪床，兩側矮樹叢茂生，十人佈署完畢，小心的燃起火繩槍，靜候卡嚕魯開出第一槍，山風順著溪床往下游吹，燃起的煙硝沒有引起日本人的注意。卡嚕魯正準備扣引扳機，忽然發現溪床對岸也有一批人正燃起火繩槍準備射擊。他定睛一瞧，發現是牡丹社的杜列克，身旁還有一個憔悴的漢子，輕皺著眉表情甚為複雜的注視著卡嚕魯。

「阿帝朋！」卡嚕魯脫口說，聲音引起浸浴的日軍警覺，瞬間起身離開溪水。

「別射擊！」卡嚕魯伸手並出聲阻止高士佛社人射擊。

「砰」「砰」……槍聲霎時響自對岸，三名日本兵當場被射殺倒入溪水，其餘兩個最機警起身的，已經抓起了槍枝衣物，迅速朝下游脫離，幾道由後射擊的散彈濺起了水花與碎石塵土。

幾分鐘後，牡丹社與高士佛社的戰士都站了出來，隔著牡丹溪排列對望。杜列克恨恨的怒視流著淚的卡嚕魯，而卡嚕魯正濕糊著眼與阿帝朋相互凝視，眾人無語。不一會兒，杜列克割下一顆頭，隨即帶領牡丹社戰士而去。

這一次的伏擊又引發茄芝萊社、阿眉社的驚慌，深怕引起日軍報復再發兵而使兩社變成戰場，不少人紛紛趁夜向四重溪方向撤離。兩社族長也分別派人前往山區想再說明態度，卻不得其門而入，牡丹社與高士佛社兩社的警戒哨，早被囑咐不得接觸。

駐紮在雙溪口的日軍營盤決定報復，第二天等到社寮派兵支援後，約兩百人沿著前一次中路軍進攻的路線向牡丹挺進，行經阿眉社往牡丹山區的山壁小徑，突然遭遇幾個方向的射擊，一名士兵當場被擊斃摔落崖下，另有數名輕重傷，日軍緊急開槍回擊，牡丹溪溪谷頓時槍聲大作，群鳥盤升飛起嘎嗚不止，日軍在毫無方向目標的射擊中撤兵，回守雙溪口。

「卡嚕魯不是懦夫。」杜列克遠遠望著已經撤離的日軍，對著阿帝朋說。

「可是他讓日本人有機會從後方射擊。」阿帝朋冷冷的說。

「你們兄弟一場，你有你的傷痛，我不準備說服你什麼。昨天他明明已經盯了一整天，卻讓給我們下手，這種事，他一定會被他的手下在背後指指點點。總之，對他，我沒有氣了，往後我們還得一起攜手抵抗這些日本人呢。」杜列克說。

「唉，沒想到，我阿帝朋居然也會有被攪亂的時候，我簡直無法正常思考了，還好來牡丹社，總算也向阿碌古大族長說明了我的挫折與虧欠，只是，我仍然沒有辦法接受卡嚕魯背棄我們兄弟的事實。」

「阿帝朋，你別多想了，過去你總是扮演著智者，那是因為你是旁觀者，現在這些事纏在你身上，你一時心急才會這樣。這也說明你是重情重義的漢子。想想，我們現在還有很多事得處理，聯盟的，部落的，日本人的。我們沒有必要為這個瑣碎的事煩心啊。」

「杜列克，你說的沒錯，我得自己站起來。謝謝你。看來你完全可以頂替亞路谷的位置，牡丹社還是很有希望的。」

「哈哈，阿帝朋，我還早呢。人還是需要不停的經驗一些事，我，還需要時間。」

「牡丹社的人這麼客氣了，還真讓我不習慣啊。對了，光說話，你看我們要不要變換個位置？日本人應該會再來吧？」阿帝朋問。

「我們可以往裡退一點，不過我們應該先派些人到下面那個阿眉社，再借一點東西帶回去，我直覺的認為先前應該是他們通風報信的。」

「也好，照你的意思，我們盡快行動，也好加強準備。」阿帝朋實在也沒心思多想。

出乎意料的，日本沒有進一步的再發動軍事報復，反而託了幾個在茄芝萊社專事與部落做產物交換的漢人，到牡丹社找族長們勸和。那些被託付帶話者，卻在接近中午的時間抵達杜列克原先埋伏的小徑，被杜列克直接擋了回去。

日本人派人來求和的事，很快傳遍整個琅嶠各社，以射麻里伊瑟為核心的新聯盟，猜不透日軍的想法，也懷疑這事情的真實性，畢竟牡丹社、爾乃社、高士佛社刻正被驅離在山區，無處安置。這消息傳到牡丹社與高士佛社，兩社長老群的反應大致相同，一方面懷疑有詐，二方面也期待這是事實。大家都累了，部落居民食宿都已經在饑荒邊緣。當初採取對抗態度，要的也是希望有尊嚴的，能有條件的好好和解，也好重新建設新的部落。所以，兩社不約而同的加強監視東岸與茄芝萊社方向的日本動靜。

阿帝朋決定到社寮一帶偵察。

翌日，朝陽才剛爬上牡丹社山區，阿帝朋已經抵達馬扎卒克思，他不自覺停了下來，在一顆大石頭上坐了下來，望著亞路谷當天再也沒有爬起來的地方，彷彿還看見幾帶的殷紅，不停止的往下游流去。他忍不住一直掉淚，直到他起身離開抵達出湯村，才驚覺自己正要進入統埔、社寮等漢人與馬卡道的村落，他拭去淚水，把今天的行程規劃了一下。

他決定先到統埔去見一見村長林阿九聊一聊，了解當面的情形。碰巧遇見了正前往統埔省親的任文結，他陪任文結去見親戚後，邀任文結一起拜訪林阿九，卻意外的知道昨晚高士佛社的卡嚕魯已經先來造訪了。

膽子真大啊。阿帝朋心裡讚嘆著。兩人後來一起走訪社寮的米亞，而後到社寮海灘與龜山之間走動，下午約三點鐘，兩人一起走回牡丹社。

「這樣聽來，日本人是真的想和解。」古力烏說。

「應該是這樣，百朗的官府最近來探察日本人的動作變得勤快，海面都停泊了幾艘船，我想他們應該在忙這個，沒有空多理會我們。只要我們跟他們說說話，之前的帳應該就會一筆勾銷了。」阿帝朋說。

「如果那樣，我們確實可以好好考慮了。我們再觀察一陣子吧，我們才剛趕走他們找來傳話的人，等他們找來更合適的人再說吧。我們也還必須跟爾乃社、高士佛社好好商量。」古力烏說。

「不如，我們明天去找他們談談這事。」任文結說。

「也好，有些事還是要當面好好說一說。」阿帝朋說著，表情出現了一絲勉強。

「任文結啊，有一件事我想先說清楚。」古力烏說，他輕皺了眉頭，表情變得嚴肅，繼續說：「你們都知道伊瑟一直有取代卓杞篤的野心，這一點，我們沒有意見；伊瑟希望日本人消滅牡丹社、爾乃社與高士佛社的話語，我們一字一句的烙在心頭也沒有遺忘。我不是阿碌古，不會想著等到日本人的事情結束後找伊瑟算總帳；但是要伊瑟號令或者讓他代為協調我們與日本的和解，那得等到馬扎卒克思山頭的岩石長了青草再說。就算因此和解不成立，牡丹社繼續挨餓與日本人作對，我，以及全牡丹社、爾乃社也不會接受伊瑟的。」

「古力烏族長你放心，今天拜訪林阿九，他提到了和解的事，他願意出面向日軍說明。」

「不只是跟日本人和解這件事。」古力烏停了一下，伸手取出檳榔籃子，邊處理邊說：「兄弟家人之間再怎麼紛爭，總是家裡的事，想引進外人消滅自己的親人，那只有百朗做得出來的事。今天是牡丹社、高士佛社，未來誰跟他意見不和了，是不是也用同樣的方式對待？你們可以接受，我，不接受。」

「所以……」古力烏吐掉第一口檳榔汁，「各部落之間有任何事需要協調，有牽涉到我牡丹社的，請豬勞束社族長召集。有伊瑟在場的任何會議，就別找我牡丹社。這個立場我會在適當的時機公告說明，也請轉告通知豬勞束新任族長朱雷，我支持他接任卓杞篤的盟主地位，繼續擔任整個區域的聯盟召集。」

「我知道族長的意思了，您的話我會轉達，也謝謝您為我豬勞束社設想。」任文結點了頭說著表示感激，心裡有一股不預期收到大禮的驚喜，這一段時間來自於射麻里伊瑟猶如一顆大石的壓力頓時放下，輕鬆了不少。

射麻里的伊瑟作為卓杞篤的胞弟，又是朱雷青少年時期的監護人指導人，在很多事務上經常展現強勢、跋扈與得意忘形，令人感到厭煩。牡丹社族長古力烏的態度，確實有助於建立朱雷的聲望形象，讓豬勞束取回聯盟的發言權。任文結甚為高興，直至入夜，幾個方向傳來婦女孩童因為生病、飢餓而顯得無力的啜泣聲，才稍稍讓他平靜下來。

牡丹社、爾乃社與高士佛社陷於生活困窘無糧為繼的狀態，非得盡快解決不可，否則孩童、年長者將危及生命。任文結心裡嘀咕著。

一整個晚上，任文結不時望著時時陷入沉思的阿帝朋，自然理解阿碌古兵敗馬扎卒克思背後牽涉的，關於他們幾個摯友兄弟的因素，他也不忍多加追問，只期待明日造訪高士佛社，能解開阿帝朋與卡嚕魯的心結。

第二天，六月十七日，太陽升起不久，喝過水後，阿帝朋與任文結才要出發，準備盡快涉過牡丹溪上游進入山區找尋高士佛社，杜列克派在阿眉社附近埋伏的警戒哨匆匆趕來報告，剛剛攔截了茄芝萊社派來通報的人，說清晨在雙溪口，有兩名日本兵被槍殺，現在茄芝萊社的日本兵已經四下偵察想知道凶手究竟是哪個部落。

「高士佛社的人幹的！」杜列克直覺的說。

沒人接話，因為除了高士佛，誰也想不出有哪個部落會幹這事。阿帝朋想起前幾天卡嚕魯跟監日本兵一整天，卻在最後一刻阻止了高士佛人開槍搶功的畫面。

「我們早點上路吧！」任文結提醒著。

兩個多小時後，阿帝朋與任文結兩人離開牡丹社橫越牡丹溪上游，進入高士佛社後方山區，被高士佛埋伏警戒的戰士攔截帶往臨時避難住所。還沒進入避難住所，便在接近溪邊的林子遇見了幾個婦女，揹著揹簍尋覓、摘採可食用的植物，其中一個黝黑精瘦的女人揹著小孩，提著簡易的籃子，又牽著一個瘦小男孩，似乎認出阿帝朋，一臉倦容卻又開心的朝他笑。

「阿帝朋，你怎麼瘦成這樣？四林格社又不缺糧食。」那女子說，「我是衮古，你可能沒印象了，但是這裡的女孩都記得你。」

「我……原來……你是衮古，我記得你，你怎麼變黑變……。」阿帝朋一時無法連結高士佛社第一美女，那個三年前宮古島人恰巧造訪高士佛社時，令幾個部落青年大展才藝追求的美麗女人。他住口收回了變「瘦」的話語，換了語氣說：

「我記得呀，那年我們還在你家裡院子聽吉琉與烏來，一個唱歌一個吹笛盡情的展演，後來你嫁給他們了嗎？」

「沒呀，那些海上來的百朗來了又偷偷離開，從此，好像整件事都改變了，吉琉的臉毀了，烏來也一直迴避我。」裘古聲音沒什麼氣力，「唉，我不是巴望著要嫁給他們其中之一，時間也過了這麼久，整個變得很不同了。阿帝朋啊，你是個聰明有智慧的人，我不知道你們幾個要好的男人是怎麼了，但，我想說，你們男人儘管逞凶鬥狠，儘管像個孩子不顧一切攪亂所有的事，事後，總要想辦法補救恢復一切啊。」裘古保持著笑容語氣無力的說。

「我知道你的意思，我們也在想辦法。」阿帝朋似乎懂了裘古的意思，但又不完全知道所指為何。

「你這麼說，表示你沒弄清楚我的意思，不過沒關係，你是聰明人，你會懂的。好了，我得想辦法摘點什麼，每天也只能這樣摘摘，那樣採採。唉，我們幾天沒好好吃一頓了，小孩子身上都沒什麼肉了。」裘古仍然微笑著說。

「謝謝你。」阿帝朋不知如何接話。

也許她是指協助解決與日本人打仗的事，希望能有個好的解決方式；也許指的是他與卡嚕魯之間的事。離開的途中，阿帝朋猜測著。

她也沒什麼肉啊，好好的漂亮的女人可吃了不少苦啊。阿帝朋心裡又嘀咕著。

避難的臨時住所，多有毀損，樹林內已經清出了不少的小空地，幾個老人們無精打采的坐著少有閒聊，見到阿帝朋與任文結，也只是撇過頭望著他們，眼神閃過一絲瞬間而逝的星芒。

高士佛社的長老會議，也同意與日軍和解，盡早讓部落恢復正常。對於部落之間結盟的狀態，高士佛社與牡丹社同進出。至於調解並聯絡日本人的中間人，商議的結果還是請他們相熟的統埔村長林阿九出面。最後決議請卡嚕魯、任文結、阿帝朋再跑一趟統埔正式表達意願。

林阿九隨即與日本臨時設置的地方課，商議取得日軍願意和解談判的文案，以取得牡丹社、高士佛社、爾乃社的信任與保證。但這事，並不順利，原因是自六月四日日軍山區掃蕩回營之後，清國幾個官員，如李再來、袁聞柝、周有基、沈葆楨、潘霨，陸續前來偵察，欲與遠征軍司令官西鄉從道見面、知會、談判。另外，日軍幾個重要軍官也陸續離營，谷干城與樺山資紀帶著傷兵回日本報告戰果，赤松則良與福島九成離台赴廈門轉上海。整個琅嶠半島的軍事行動，已經轉為清國與日本談判桌上的攻防。日軍無暇專事處理「和解」這事。

這個情形，琅嶠諸社自然無法得知與理解。而六月二十四日清國北京派來的官員潘霹，召集接見豬勞束、射麻里等十五社的舉動，以及六月三十日日軍由社寮遷營至龜山的事同樣令琅嶠諸社不解。所幸最後林阿九帶來日軍同意召開和解會議的文書。七月一日，豬勞束族長朱雷·卓杞篤率領牡丹社、高士佛社、爾乃社，另外射麻里族長代表與其他部落約七十餘人作陪，在保力庄楊友旺家中，與代表西鄉從道的佐久間左馬太會談。會中，佐久間左馬太質問琉球人被殺原因，以及五月日軍遭伏擊之事。牡丹等三社族長，避重就輕的承認錯在己方，雙方的和解也就成立了。

牡丹社與日軍和解一事，除了確立琅嶠半島的戰事結束，射麻里族長伊瑟因為牡丹、高士佛兩社的抵制而缺席，也似乎正式宣告十八社聯盟核心，又重新回到豬勞束社的朱雷手上，而牡丹社、爾乃社、高士佛社，可以開始重新覓地遷村，全力重建。

散會回程，卡嚕魯攔住了阿帝朋。除了任文結，其他人都知趣的離開了。

「阿帝朋，你不能一直不跟我說話，你不可以這樣對我。」卡嚕魯仰著頭看了阿帝朋一眼，隨即又平過頭撇向一邊說：「馬扎卒克思的事，是我不對，我承認我太受到日本人射擊所驚駭，以至於害怕高士佛的手下受到傷害而率隊離開。」

阿帝朋不語，視線越過卡嚕魯頭頂向馬扎卒克思方向遠望。

「這件事，讓我心裡沒有一刻是好過的。部落青年看不起我，雖然沒有直接頂撞，但我知道他們眼神裡認定我懦弱、怯戰。我不是難過這個，我難過的是我的兄弟亞路谷戰死，我連在當下幫他報仇的機會也沒有。」卡嚕魯又說。

「沒錯，他是你的兄弟，他活生生死在我的面前，正是因為你提前離去，讓日本人有機會爬上山，一顆一顆的把子彈打進我們的身體。」

「嗚……原諒我，我擅自離開害你們受傷害，甚至後來也沒有為亞路谷報仇。」卡嚕魯開始嚎啕。

「不，卡嚕魯，我知道你一直不好過。你一直以來就在尋找報仇機會，否則你也不會一直跟監準備伏擊那些日本人。」阿帝朋一動也不動，目視著遠方語氣平和的說。

「原諒我，我已經失去了一個兄弟，別讓我又失去你們。任文結，你替我跟阿帝朋說。」卡嚕魯轉向任文結。

「卡嚕魯，我不恨你，我現在甚至一點也不怨你。我只是需要時間調整我自己。你回去好好整頓高士佛吧，我到牡丹社去幫忙，沒有能夠帶回亞路谷的身體，最起碼我可以為他的家人扛起一根樑，蓋一個屋子，好度過風雨與冬季。你保重吧。」阿帝朋說完直接離開。不多時，才離開統埔水稻田外圍，他自己卻已經止不住淚水。

「也許就這樣了吧！」阿帝朋喃喃的說。

當晚他露宿馬扎卒克思那轟隆水聲不停歇的隘口，望著阿碌古父子中槍，再也沒爬起來的陣地，時不時，狠狠的痛哭。

十、鬼域冥土

一八七四年（明治七年），社寮、龜山。

六月十三日，樺山資紀收拾著相關資料，望著掛在帳棚邊棚的地圖，一張是南台灣輿圖，上面畫有六月四日掃蕩山區圍剿牡丹等社的行軍路線圖，以及註記相關蕃社的位置路線。這輿圖的底圖是他後來根據最初取得的輿圖，對照水野遵與社寮附近居民所提供的意見重新繪製，除了作為軍事會議的地圖，也成為他的一種筆記，直接在上面註記他所發現的差異，以及發生的相關事件。

「這件事，大致就到此結束了。剩下的就請外交官們，好好的打一場嘴上的戰爭吧。」樺山資紀喃喃的說。

明天他將隨著谷干城將軍返回日本，報告遠征軍的戰果，讓東京在未來國際談判中有個依據。另外，赤松則良與福島九成也將隨後離開，前往廈門上海，將南台灣的狀況回報給北京第一線的日本外交官柳原前光，好決定對清國談判的態度。至於目前傳來清國逐漸增兵的消息，以及清國官吏陸續造訪西鄉的事，樺山並不當回事。就像瑯嶠灣來來去去的各國兵艦，目前都已算是旁枝末節，因為戰場已經移轉到廈門、上海的談判桌上，而主戰場北京已經開始佈置醞釀。遠征軍只要保持軍隊健康，作為和與戰的談判籌碼，屆時風光的凱旋回日本。至於牡丹社與高士佛社，和解投降是遲早的事，而且時間不會太久，樺山篤定的認為。

「這裡的軍事對抗已經結束。」樺山又說，目光移向台灣地圖旁的琉球諸島輿圖，不自覺笑了。

希望外交官們眼光能放遠啊！樺山心裡說著。他燃起了菸捲，深吸了一口，又緩緩吐出。約十點鐘，他走出睡寢與辦公的帳棚，想看看社寮這個營地最後的狀況。

營區四處都有士兵活動，除了操場有約兩百多個軍士官兵集合著，準備輪班接替六月四日以來，留在山區前線幾個地方駐守警戒的士官兵。多數的單位正準備打包整理，準備近日遷移至即將完工的龜山新營社。營區內幾處陰涼地也圍聚著一些士兵，他們多屬於徵集隊的殖民兵，開懷著聊天飲酒。自下山以來，除了建制的常備軍，還持續進行極少量如器械分解結合與保養等訓練科目，營區內多呈現半休假狀態，特別是徵集隊的殖民兵，在不影響集體作息下，幾乎都處於閒散自由的無管理狀態。日夜都有人喝酒閒聊，甚至有人私自離營，想從事附近的探險。

明天之後，樺山資紀將帶著傷重已不適合留在戰地的傷患回日本，他走向保力溪出海口北岸，然後轉向朝著醫療所走去，途中他注意到一群黃紅的陸蟹在濕地移動著，他覺得有趣，正想踢個石頭，紅蟹有警覺似的忽然四下離去。

真像牡丹社的蕃人啊，說來就來，說消失就消失。他正想說，卻聽到交談聲在前方河岸濕地的雜樹叢傳出。他好奇的走近，發覺那是有樹蔭遮蔽的濕地樹叢，有兩個人蹲坐著，身旁有幾瓶啤酒，還有一個空籃子。啤酒才各開了一瓶，都保有三分之二的量，看來這兩人才剛到不久。樺山資紀覺得好奇，停了下來，順手揮了揮幾隻貼近他的飛蚊。

「藤田君啊，岡田大哥去了茄芝萊那個營哨，一定是因為不甘心沒有參加這一次的山區掃蕩。他真是積極的武士啊。」

「哈哈，也只能這樣啊，待在營區是很無趣的，能去山區走走，也不枉他費了那麼大的心思參加遠征軍。況且，我們打了大勝利燒光了蕃人的住所，他一定是羨慕不已，只是，他這一去，應該不會安分的待在營哨，說不定又帶兩顆頭顱回來。」

「哈哈……」

「噓，田中君你輕聲點，我先抓那隻蟹來。」藤田新兵衛阻止了田中衛吉繼續說話，他起了身，抓住了一隻橫過他面前濕地的陸蟹。

「這個大小的螃蟹不知道能不能吃？」

「不知道，先抓個幾隻，回去請教廚師如何料理，配啤酒應該能吃吧。」藤田說。

「我不知道你這麼有勇氣吃這些東西，我佩服你啊，藤田君。」

「哈哈，田中君，我出身貧微，自幼對於食物確實渴望。現在雖然還不到吃蟹黃的季節，但這個大小應該好吃。」

「沒問清楚，我可不敢吃啊。」

「噓，來了兩隻……」

「藤田君……」田中喝了口酒，看著藤田新兵衛開心的抓蟹，又閉上嘴。

「喂，田中君，你別吞吞吐吐啊。是不是又想念你廈門的女人？」

「呸，那是多久以前的事了，是你想念吧？」田中說著，他注意到幾公尺外的地方有幾隻淡黃接近白色的蟹，他不準備提醒藤田，「我說些事，你別介意啊。」

「怎麼了？」藤田被田中的語氣揪了一下，「你等等。」他說著，又抓了一隻蟹。

「我是說，我們根本沒打贏這場仗。」

「你說什麼呀？我們在那個隘口擊斃了牡丹社的大族長，又割下十二顆人頭回來，這當然是一場勝利啊。還有……」藤田撇過頭看了田中一眼，「我們一千三百名大軍，兵分三路幾乎踏平了整個山區，燒了他們所有房舍，這還不算是打贏了嗎？」

「唉，可是，除了石門那一場，我們是看著他們，一發一發的射擊，請問，其他地方，我們哪裡是面對面看見了那些蕃人？而且我們的死傷數量幾乎是相同的。」

「這……」藤田顯然沒思考過這個問題，頓時啞口，「田中啊，你硬要這樣想，還真壞了心情。」

「是啊，我知道你也這樣想，只是你憋著不說，我看不出來這幾天你是開懷的。」

「唉，這種事，就別想了，我們是武士，不，是士兵，戰場上殺敵達成任務平安回來就算勝利了。等等……」藤田注意到一隻滿滿抱著卵的蟹，他停止說話，站起身往前幾步來抓蟹，回頭看見已經站到樹叢蔭的樺山資紀。

「樺山長官，你怎麼來了？」藤田鞠了個躬問候。

「哈哈，正想到醫院看看，明天要回日本報告這次我們的戰績，聽到你們談話，我才注意到兩位正是幾天前我們出征牡丹社的最前線尖兵警戒，真是失敬啊。」

「長官客氣了。」藤田被說得有點不知所措，而田中更是因為剛剛說的話被聽到了，覺得窘迫。

「來來來，我注意到你們還有幾瓶酒，你們招待我一瓶，算是給我餞行吧！」樺山說著，逕自坐了下來。

「這……」長官要一起喝酒，藤田有種受寵若驚的不自在，愣了一下。樺山自己開起酒瓶了。

「來，敬你們。」樺山這一敬，兩人也回魂了，趕緊回到自己的座位站著。

「都坐吧，兩位都是武士，也就別拘泥軍中這種階級了。」

「你叫田中衛吉，是吧？藤田新兵衛。」樺山先問了田中，沒等回答又轉頭稱呼藤田，讓兩人驚訝，依著樺山的手勢坐了下來。

「田中君說的沒錯，就幾次的戰鬥結果來說，我們確實沒有完全贏過牡丹社的蕃人。但是作戰，比的不是誰的傷亡多，而是有沒有達成作戰目的。帶著國家使命的大部隊作戰，尤其是這樣。」樺山喝了口酒，「我們在石門隘口擊斃了牡丹社頭目父子，擊碎了此地蕃社的信心，逼得各蕃社紛紛來求和；我們進山掃蕩，也讓清國人知道，我日本陸軍的神武，有能力解決他們沒有能力辦到的事，有能力膺懲殺害我國人民的凶蕃；也讓那些西洋人注意到，日本已經具備有出海遠征的能力。這樣，遠征軍的目的便達成了，多殺一個人，多燒一個村社已經沒有意義了。」

「兩位啊，我們就像一波波滔天巨浪拍擊上岸，浪濤所及，樹倒草偃，地表都要刮出幾道徑流，看上去，全都要改變了。藤田君，田中君，我們改變了這裡，改變了局勢。」

樺山又說。

「所以，我們最後也要像波浪，濺灑拍碎了前浪，退潮而回等候後浪了。」田中忽然接話，令樺山與藤田感到愕然。

「哈哈哈，對，我們必須退回去，必須等候東京的政府中央召喚，而後凱旋回去。就像浪濤，準備下一回的捲起。接下來就是外交的戰場了，我也得離開這裡換個戰場啊。」樺山說。

藤田與田中理解遠征軍私下發兵，必須由中央追認的道理，所以沒有繼續在這個話題多打轉，轉而談螃蟹以及這海域可能的海產，以及無處不在的蚊蟲。三人閒聊竟也到了中午，酒都喝完了。

翌日，六月十四日，谷干城將軍與樺山資紀帶著傷兵與在爾乃社俘虜的小女生離台返日。同時，茄芝萊的營駐所，傳來三名日軍被牡丹社埋伏擊斃，其中岡田壽之助被馘首的消息，令藤田與田中大為震驚與哀痛。又接著十五日、十七日又連續傳來有三名士兵被殺數名受傷的消息，社寮營區，特別是徵集隊的殖民兵們，群起激憤，嚷著要出營區報仇，但遭司令部阻止，下令禁止任何人出營滋事。

岡田壽之助被馘首的事，讓田中衛吉感到異常的悲傷，一直到六月二十八日，日軍全部從社寮營區撤遷到龜山新營區，他依舊處於失魂落魄的狀態。即便七月一日牡丹社與日軍和解，田中衛吉仍然頹喪，看在藤田眼裡也忍不住了。

「我不相信你不悲傷。」田中衛吉這樣說藤田新兵衛。

「我如何不悲傷？正是因為岡田大哥，讓我對人生充滿了積極想法，也重新認識作為一個武士的價值。我在戰場勇猛無敵，不也是因為岡田大哥的精神感召嗎？」藤田解釋著，「作為武士，生死是一件極平常又極嚴肅的事，我們無法自由選擇死亡的時間與方式，但也不能陷入那樣的情緒無法自拔。我們還有任務要執行，我們還有比哀傷悼念死亡來得更重要的事。」

「唉，你說的我都懂，我如何不懂？可是，一個生活在你身旁，給予你人生指導的人，活生生被人奪去生命，那種失落、哀傷與憤恨又如何能夠快速消逝？藤田君，你我重情重義，我又如何不哀傷？」

「那是你往牛角尖鑽了，田中君，你得振作，你可以舞劍耍刀，可以好好的寫你的詩文，甚至緬懷你廈門的女人，但請你振作起來，拜託！你是武士，你有更重要的事。」

「武士，啊，沒有武士階級了。」

「沒有階級了，但你還有一顆純淨得不得了的武士魂，還有一個薩摩男人純潔專情的靈魂，你得振作。得想想我們一起搬磚頭，一起參加西鄉大爺的殖民兵，編進遠征軍的徵集隊，一起面對過強悍的蕃人。這些，岡田大哥都聽見了，見證了，他死而無遺啊。」

藤田也覺得被田中這樣扭怩陷溺搞得有些煩躁。

「還有，你記得你的廈門女人給你的啟示吧？」藤田又說。

「廈門女人？什麼啟示？」田中忽然愣了一下。

「瀟灑，那個漢字，瀟灑。你說的那個意思是：不管過往如何？前行如何？一個人無懸念無眷戀的，便能輕鬆自在。像風吹颯颯，如盆水潑灑，自有其去向與落處。」藤田瞪著他說。

「你呀，連個妓女都不如，虧你還三番兩次拿人家的詩詞改寫吟唱呢。岡田大哥他是個武士，死在戰場了無遺憾，他驕傲的走了，你哭哭啼啼的又算什麼，你該振作的！」藤田又說。

「唉，藤田君，我的兄長，我是得振作啊。」田中說著，忽然細細聲的哭著。

等藤田離開，田中衛吉自己一個人，一整個下午在龜山山腰上一棵樹下哭著。渴了便喝樹旁別人挖鑿過的一窟小水窪的水，然後繼續細細聲的哭著。

田中衛吉似乎真的振作了，除了寫詩吟詩，他經常跑到司令部前方的土俵與人摔角、相撲。連短短的出操訓練時間，大家意興闌珊，只有他一個人當一回事，惹得單位其他士兵發噱引為樂子。他還不時在空閒時間發明一些身體操練活動，要拉著藤田一起。被藤田噓了半天，甚至一整天躲著田中，以免被人當笑話。

田中的舉動看似突兀滑稽，卻也不是他悲傷過度後的性情大變，而是因為他警覺到，山區掃蕩後，營區生病的人逐漸增多，感冒著涼發燒時有所聞，腹瀉拉肚子時有所聞，而且患病的人，重複生病的比例越來越多，病情越來越重。雖然醫官不時提醒要注意身體活動，但幾乎不會有人當一回事。岡田壽之助戰死的事的確讓他傷心沮喪，但也沒有讓他完全忽略這件事。他還注意到，七月上旬來了一場颱風之後，營舍被吹垮了好幾排，往後數日天氣變得溽熱，生病的人更多，有一些軍官也生病了。田中已經好幾回的進出醫院幫忙運送病患，那些忽冷忽熱的病徵讓他感到憂心。

這是個嚴重的疫病，我必須拉著藤田一起鍛鍊讓身體強健啊。田中心裡嘟囔著。

田中的憂心，也是因為日軍派駐在豬勞束、大港口、雙溪口營盤的軍隊已經陸續撤回龜山大本營。暫時沒有戰事憂慮，加上清國與日本緊迫的談判下，連軍官也沒心思考量出操訓練這一件事，龜山營區頓時變成一座只有年輕男人閒蕩的城鎮。除了短時間簡單的操練，或者偶爾來的風雨，其餘時間就是閒逛、喝酒、打屁吹牛打發時間。

「他會到哪裡去呢？」田中嘀咕著。他知道藤田新兵衛老躲著他。

他先去了營區內設有的理髮廳，那是藤田不喝酒的時候最常去閒扯聊天的地方。去之前他繞了一下福利社，看看會不會遇到藤田剛好想買一些乾製的海產來配酒。他又走到營區東側，那裡的營區外圍有許多當地的小販帶著些土產或者即時可吃的小菜來叫賣，常有士兵買了就在那附近喝酒聊天。那兒也沒有發現藤田的蹤影。

「會不會在那裡？」田中自言自語。

他說的「那裡」，是因為七月中，士兵發生了嚴重的軍紀案件，調戲民婦殺傷百姓，不得已，才從日本調來了十數名女子，在營區北邊臨近龜山的山腳，搭建了幾頂帳棚，供士兵解決生理需求。每天都有不少士兵出入，向來豪邁的的藤田也光顧過幾回。

想到那兒，田中衛吉有些難為情了。他繞過醫院，經過司令部前方的小廣場，看見了幾個東京來的高階軍官，據說是來祝賀遠征軍的軍事勝利。他忽然想起家鄉鹿兒島，想著沒多久他便要搭船回日本，回九州。遂決定先繞回看看有無人留在帳棚內，能陪他去令他尷尬的去處，卻看見藤田蜷縮在床上。

「藤田君，你怎麼了？一個上午沒見到你的人，我以為……哎呀，好燙啊。」田中說著，收回了他碰觸藤田身體的手。

「我想我生病了。冷了一段時間，又開始熱了，真不好受啊。小腿肌肉痠著的，膝蓋也覺得痠。」藤田呼著氣說。

「走，我們去野戰醫院，你該吃點藥的。」

「我自己去吧，我想我只是著涼了。」

「走吧，我陪你一起走，萬一你在路上倒了，誰扶你啊。」

「田中啊，你太看輕我了。」

兩人一起到了野戰醫院，醫院有許多人，田中側頭看了一下，病床上已經躺了將近七成，問診的區塊四個醫生，各排上了十幾個人。排隊一陣子拿了藥，兩人往自己的營舍走去。

「真嚴重，到底這是什麼病啊，難道淋了雨就會生病嗎？」藤田輕聲說著。

「藤田君，別氣餒啊，可能真的就是濕寒造成的，已經有不少的軍醫病倒了，昨天下午那個養馬場上有幾隻馬幾乎站不起來，像是餓了很多天。所以，這是一場很普通的風土病。你看，六月的時候我們忙作戰，生病的人不多，仗打完了，生病的人變多了。我想是因為我們身體勞動不夠，所以颱風一來，我們就容易生病，不是只有你。」

「你又來了，說著說著又轉到鍛鍊身體。看看你，把身體鍛鍊好有什麼用？又沒有女人要嫁給你。我跟你講清楚了，要鍛鍊，要跟自己的身體過不去，你自己去，別拉我啊。我生著病，需要休息呢。」

「不是，是因為你沒鍛鍊身體，大家都懶得鍛鍊身體，所以生病了。」田中爭辯著。

「你們兩位在爭辯什麼？這麼認真？」一個聲音從左後側響起。

藤田感到厭惡，皺了眉頭不理會，但田中想著也許有人可以幫腔，便撇過頭看去。

「喔，是醫官呀？我們正在說鍛鍊身體可以增加抵抗力，減少生病。」

「嗯，你說的對極了。」

這話聽在藤田耳裡覺得刺耳，撇過頭準備說兩句，看見醫官正微笑著專注地看著他，藤田忍不住停下腳步來了。

「落合泰藏醫官？」藤田驚訝的說。

「哈哈，你還記得我呀？以木刀擊敗真刀的薩摩男子藤田新兵衛居然還記得我。」

「不，我不記得你，我只是忽然想起這個名字。」藤田似乎不想繼續說話，以免醫官夥同田中衛吉要他去相撲摔角。

「沒關係的，不記得最好，我記得你就行了。我問一下，你現在的身體狀況。」

「你……」藤田顯然被落合泰藏順勢搭腔給弄得尷尬，「落合醫官，是這樣的，我發冷發熱間隔著來，有的時候渾身沒力，噁心。我記得以前在薩摩，著涼生病不是這樣啊。」

「嗯，這個病得觀察啊。」落合泰藏拿著筆記本邊寫邊說。

「醫官的意思是，這是一種新的病？」田中問道。

「不敢下定論，但這種冷熱交替的弛張熱，的確比我們熟悉的著涼感冒不同，我懷疑天氣太熱，濕氣太重，但也有可能與這個地區的植物動物有關。」

「如果是這樣，為什麼這裡的蕃人不生病？」藤田問。

「不知道，也許是因為他們熟悉習慣，而我們不習慣，還要再觀察呀。」

「所以，我這只是風土病！」藤田語氣肯定的說。

「不，藤田君，也許真的只是風土病，但你要謹慎的觀察自己的病徵，按時服藥，一感覺不舒服就趕緊回醫院。」

「喂，醫官，你這是嚇唬我。」藤田開始覺得不安，因為他知道醫生不可能對他自己的專業開玩笑。

「藤田君，你是個武士，這種嚇唬大概起不了作用吧。我需要持續觀察，希望你有任何狀況要告訴我啊。」落合泰藏仍然保持著微笑。他目前所能歸納出的結論，大致可以看出一個趨勢是——已經病倒的軍士官以「弛張熱」與「傷寒」居多，但原因不明，藤田新兵衛的狀況顯然屬於弛張熱。

「喔，對了，落合醫官，我發燒前會覺得冰冷，感覺手腳要結冰了，冷到骨髓去。」藤田補充說。

「冰冷？呵呵，那是發燒前的自我感覺，手腳確實會感覺冰冷，但不是真的冷，身體還是會熱燙的。你要注意到，發燒的時候要想辦法降溫啊。尤其是頭部，熱度持續久了，腦袋可要燒壞的。」

「好吧，我會注意自己的身體，現在，我開始感到冷了，我得趕回去蓋被子，八月的大熱天蓋被子，真沒臉見人啊。」藤田說完，急著加快腳步離開。

遠遠的，落合泰藏忽然喊道：「多多鍛鍊身體！」

「喂，都是你，連醫官都來囉唆了，我的身體哪裡不好呢？身體不好我怎麼使刀？怎麼有辦法爬上那個峭壁？怎麼有能力擔任先頭，繞過遠路爬過那個山去攻擊牡丹社？生病就是生病，不能都牽扯到身體強不強健。」

「哈哈哈，好了，藤田君，我們趕快回去，你吃完藥好好休息，我還得去土俵找人摔角呢。」田中衛吉說著，但也沒真的離開，他等著藤田冷得發抖完又開始發燒，一會兒幫他蓋衣物，一會兒幫他擦身子散熱。他相信藤田新兵衛只是單純的著涼感冒，這種發燒也會很快痊癒。

野戰醫院醫官們綜合六月以來將近六百名以上的病例分析，大致警覺到這不是普通因為環境不適應或者天氣變化的傷風感冒，而是一種新型的病疫，才會造成死亡病例的陸續發生。落合泰藏甚至提出一個假說，認為遠征軍開闢社寮營區，可能翻動了地表內層那些腐壞的動植物，所產生的有毒分子懸浮在空中造成病因；也有醫官認為士官兵衛生習慣不佳，隨地便溺，幾千人居住過於密集，致使傳染病散播快速；另外官兵缺乏娛樂的心理壓力使身體衰弱的說法也被提出。因此野戰醫院向司令部提議：一、增加官兵飲食營養，每週供應兩次肉食。二、重新調整帳棚間隔距離，並做好帳棚防漏雨與防潮措施，要求內部衛生，嚴禁隨地便溺。三、每週訂一日洗滌衣物。四、鼓勵士官兵鍛鍊身體。另外，也建議希望從日本國內再徵求醫生來支援。

這個想法主要是想從環境清潔與乾爽，以及官兵營養、衛生與健身著手。甚至為了讓官兵不至於熱渴，除了開始自製冰塊，設在龜山山麓的檸檬水工廠無限量供應，但顯然效果不彰。

八月中，龜山大本營兩千五百人，已經超過八成的官兵染病，其中又有八成是弛張熱。兩位美籍軍官克沙勒、瓦生染病了，連指揮官西鄉從道中將也感染了，更糟的是軍醫最初帶來的特效藥「奎寧」已經早早用完。有的醫官們只好研磨一些麥片充當特效藥，讓已經重病無救或者還算輕微不需要特效藥的病患服用安心。九月一場颱風襲擊以後，病情蔓延更為嚴重，每日出現將近六百名急症求診的情況，有些病重無力的，已經要勞動營區內服勞役的軍伕揹著就醫。醫院床位不足，又緊急搭設了醫療營帳。四十幾名醫官全數病倒，每日在診療室會出現四到五名重症者就診當下死亡，一百二十個入院病床上，每天平均死亡十五人，營區隨時有人死亡的恐怖氣氛逐漸蔓延。

十月時狀況似乎稍稍令人感覺有希望。由日本長崎支援而來的二十四名醫官，前來替換部分病情較重的醫官回國療養。同時從長崎來了五、六個商販，雇用當地居民在營區邊空地搭起茅草屋，賣起牛肉麵，蕎麥麵，以及其他薩摩地區常見的小吃、豆腐等小店。另外，六月初在山上擄來，被西鄉從道取名「御台」送去日本改造的女孩，跟著被送了回來。她已經會說簡單的日語，裝扮成日本小女孩的樣子，吸引大批還能走動的官兵前來觀看。她將被送回爾乃社，作為日本教育成果的樣板。

某日，才上午八點多，田中衛吉與藤田新兵衛正從牛肉麵店走出，走回營舍，聊起便宜又美味帶有家鄉情感的麵食，格外開心。

「很久沒吃家鄉的麵，味道還真是讓人以為還在鹿兒島，真是懷念啊。」藤田說。

「是啊，生意真好，每一家都排滿了人，我看營區能下床的都來排過隊了。」

「田中君，我覺得你的說法是有道理的，身體真的需要保持強健啊。還好後來你硬拉著我鍛鍊鍛鍊身體，我現在走路覺得輕盈多了。」走在營區幾道營帳之間的道路，藤田感慨的說著，但明顯的虛弱。這是他八月以來第二次染病復發後的康復階段。今晨，田中衛吉建議不吃營區早餐，改成上午稍晚的時間吃牛肉麵，讓他精神稍稍好轉。

「連醫官都病倒了，我們得靠自己的身體了。」田中也不知道怎麼安慰或接話。

最近半個月以來，鄰近幾個營舍接連死去幾名士兵，藤田有所警惕，只要身體狀況允許，也開始跟著田中早晚走上一、兩小時的路。田中知道藤田身體越來越虛弱，極有可能再復發，他心裡感到悲傷，除了拉著藤田出營舍健身鍛鍊曬點太陽，能吃點好吃營養的食物，他總會想辦法讓藤田嘗嘗。一起從鹿兒島從軍，一起經歷了幾場跟蕃人的戰鬥，他不願失去這個結拜的兄長，但他知道，藤田的身體經過反覆發病，已經太虛弱了。

「還好，這個月，我們徵集隊的最後一批殖民兵可以回家了，常備兵會來接替我們。」田中安慰的說。

「到時，我們穿著正式的軍服，帶點禮物去看一看磚窯廠的老闆，他一定嚇一跳，當年不顧武士尊嚴甘願到磚廠工作的我們，居然已經是大日本遠征凱旋而回的真正武士。」

「哈哈哈，我們還可以走到那條街上，踩踏一下那個你以木刀擊敗真刀的地方。」

「喔，你又提起了，不過恐怕沒人會認得我。不，根本不會有人認得我，那時我是蒙面的。」

「有，那個落合泰藏會像鬼魂一樣出現在你身旁跟你說話。」田中看著高顴骨窄下顎，因為生病更顯得憔悴的藤田，心裡一陣痛，一股淚水急升，他趕忙轉移念頭，耳邊忽然響起了一個熟悉的聲音。

「喂，木刀的高手藤田新兵衛，你的身體好一點了沒？」

「哎呀，落合醫官，你還真的是鬼魂一般，才想到你就出現了。」田中衛吉說。

「落合醫官啊，你不會是天天偷偷的跟著我們聽我們說話吧。我的身體還好，只是老是覺得體內灼熱，老想喝水，還偶爾瀉肚子。您呢，聽說你們醫官都病倒了。這究竟是什麼可怕的疾病。」

「唉，真是令人挫折啊，我們不知道那是什麼，不過，能把所有醫官都擊倒的疾病還真是可怕，還好我只是輕微，即時休息用藥，平時有鍛鍊，恢復得快。還是田中君身體最好，一直健康著，真想抽你的血去研究研究。」落合泰藏邊說著，卻看見田中衛吉眼眶有些濕，眉宇間有著深深的憂慮，他趕緊開玩笑的說要拿他的血研究。落合也知道，藤田的身體可能經不起下一次的復發，即使可以，恐怕也要終身服藥。

藤田新兵衛倒沒注意到這些細節，這幾天確實是他精神最好的時刻，他數度幻想回到了鹿兒島，以及「甲突川」河岸的酒肆。

「所以，我們好好保重身體，等回去，我請兩位到我們第一次與落合醫官見面認識的地方喝酒。」藤田說著，眉飛色舞。

「好啊，到時，恐怕那裡的女侍還有賓客一定會層層的圍著你，聽你敘述經歷與英雄故事，那個情形，一定是這裡驚呼那裡大笑的。」落合泰藏說。

「說起來，還是要謝謝落合醫官，要不是你說動我們參加西鄉大爺的殖民兵，我們也不會有機會遠征異域，建立功勳，我想，比起以往的武士，我們是絲毫不遜色的。」

「不遜色，一點也不會，若在幕府時期，你們一定會被拔擢三級，說不定都變成了上士，成了高階武士。你們在戰場的故事，我都聽說了，太令我佩服了。」

田中安靜的聽著藤田新兵衛與落合泰藏說話，他盡量保持著微笑，看著藤田那已經隱然呈現骷髏型的灰青暗沉臉色，但他心裡早已經滿是淚水了。

十月初疫情減緩的景象沒有維持幾天，又爆發了更嚴重的疫情。從長崎來做生意的老闆們才來不到一個星期，全部染病倒下，兩個賣麵的老闆相繼病逝。士兵們重病的已經放棄治療，仍然覺得有希望的，已經沒力氣就診，便雇用當地居民幾十人，早上從個別的營舍揹著前往野戰醫院就醫拿藥。就連一直以來強悍的「大倉組」也已經倒下了一百二十餘人，營區很多被颱風吹襲倒毀的營舍也只能放任傾圮，再也無力修復整建。

已經出門四天，協助護送小女生「御台」前往楓港，而後又跟著翻山前往爾乃社的田中衛吉，在趕回龜山營區的路上，才經過新街村，便已強烈的感受到一股濃郁的死亡氣息不斷盤旋、騰空而後籠罩整個龜山營區。他心繫著藤田新兵衛，幾乎甩開一起出任務的同僚，一路疾走進入營區大門，眼前所見，營區景象令田中衛吉驚訝得說不出話來。先不說門口警衛蠟黃青灰交雜的臉色，無精打采的斜靠警衛亭無力盤問田中衛吉；光從營區大門望進去，道路已經沒人走動，兩側長草幾乎雜亂的有半個人高，看起來應該已經有半個多月沒人整理。往裡走，幾棵樹下坐著一些人，兩眼無神屈身冥想。接近司令部，一些官員與士兵還能走動，但看得出來，都在崩潰邊緣。

「這即將是死城啊。我們到底要怎樣？不打仗了還需要死守在這裡嗎？」田中衛吉忍不住嘀咕，雖然他清楚的知道軍官們不斷傳達的，現在正在與清國談判，要遠征軍繼續堅持的政令宣導。

「希望藤田君熬得下去。」他說著，卻也悲觀，因為從司令部到其他單位營舍幾條路的距離，他已經看到約二十個人揹著病患往醫院走，有六個以擔架平躺的運走。

「藤田君！」才進入營舍，田中嚷著叫喚藤田新兵衛，只見骨瘦如柴的藤田僵硬仰躺著，一動也不動。

「藤田君！」田中幾乎是撲了上去。

藤田的頭動了一下，掙扎著尋找聲音的方向。

「藤田君，我的兄長，我在這裡，我是田中衛吉，我已經回來了。」田中強忍著淚水說。

僵冷的藤田新兵衛看似費了一番勁的掙扎，微微撇過頭望著田中。許久，乾涸空洞的眼眶出現了濕潤與一點神采。他忽然開口說話，語氣清晰又平和堅定的說：「田中衛吉，我……可真是個武士呢。」

田中一股悲傷頓時湧了上來，他說不出話來，只能淚水盈眶地怔怔看著藤田。他伸手觸摸藤田新兵衛，發覺他的身體已然僵硬，能微然轉動的只有頭部與一點點神智。他知道這是藤田新兵衛倔強的維持著最後一口氣息等著自己歸營。田中衛吉無法再說出一個字，安靜看著藤田乾癟的笑容漸漸僵硬，眼神裡那一抹光彩慢慢消逝。好長一段時間，他強忍住悲傷，深吸了一口氣嚴肅的說：

「明治七年十月二十七日，前薩摩藩武士藤田新兵衛就義。」

田中又呆立了近一個小時，忽然想起最近喪葬用的木桶直葬棺嚴重不足，他立刻請同僚代為報備藤田的死訊，自己衝出營舍往木桶製作場奔去，想以工代償搶訂一個木桶棺。萬萬沒想到，木桶缺乏的真實情況比傳言更殘酷與悲傷數倍。到目前為止，因病死亡的已經達到三百一十七個，而製作木桶棺的幾個師傅，早在兩週前就已經相繼染病過世。後來只好找柴城、社寮、新街一代的漢人木工製作。但是這些師傅只會製作漢式平躺的棺木，對於日軍直葬式的木桶棺沒有概念，雖然日方提供規格數據，七、八個師傅也只能憑想像，一天製作出三個規格形制有差異的木桶，根本應付不了每天十幾個人死亡的速度。最後，只能以當地盛產的竹子，製作與木桶形狀相當的「竹筥」來替代。木桶製作場已經變成竹筥製作場。

田中幾乎是絕望的頹坐在台階，嚎啕大哭。他遠遠看著到處長了長草的營區裡，那些由大倉組當初以木板、稻草捆紮而成的營舍已經倒塌了一半。一群人穿梭在這些傾頹的屋舍與一些臨時搭建的帳棚，揹著或抬著嚴重病患或者屍體。其行進所形成的隊伍之後，又好像接連著其他長長的不知為何的隊伍，緩慢的無聲的略帶點氤氳霧靄的，游移著，走動著。田中分不清究竟那是真實景象，還是因為眼眶濕糊而形成的，某種地獄鬼魂群聚漫遊的畫面。

「這是什麼鬼域冥土啊？我們戰勝了蕃人，卻在蕃人的土地上，毫無抵抗能力的一點一點被吞噬。」他忽然生氣了，朝著營區指揮大聲吼著：「你們不想想辦法嗎？」

唉……，似乎是一道長長的回聲，來自他身後的製作場，或者不遠海灘的浪濤聲，或者海風擦過龜山山麓灌進營區的迴盪聲。而一隻蚊子或者兩三隻蚊子貼近他，「啪」的一聲，他擊斃了一隻在他手臂上的，後頸同時傳來輕微的刺痛。

田中衛吉當然不完全知道遠征軍陷入進退維谷的窘境。

日本與清國的談判已經進行了七回，日本在瑯嶠半島不斷增兵，分批以常備兵取代並召回殖民兵，日本已經在長崎完成出征戰備，以增加談判的籌碼。清國不斷增加台灣駐軍，並以日軍無條件退兵為談判的主調，彼此考驗兩國的決心與意志，最後在英使威妥瑪的居中協調下，簽訂《清日台灣事件專約》[1]。清國同意支付十萬兩撫慰琉球受害家屬，四十萬兩購買（補償）日軍在瑯嶠半島相關設施。日本遠征軍，在戰死十九名，傷四十幾名，病歿五百五十四名之後，得以在十二月二日完全撤離台灣，以「凱旋」之姿回日本。整個「牡丹社事件」（征台之役）正式落幕，日軍花費七百五十萬日圓（約七十萬兩），在清國無異議於其行動是「保民義舉」下，間接承認琉球與日本屬地。而清國，花費五十萬兩，向國際證明擁有台灣主權。

但，這些事，有些是後來的事了。田中衛吉也是在好幾年後旅居廈門，才完全弄懂了兩國在外交折衝的細微與機鋒，以及遠征軍幾乎面臨以數千名病倒官兵對抗已經集結數萬的清兵。此刻，明治七年（一八七四）十一月三日上午九點，他正與最後一批的殖民兵，在琅嶠灣登上了昨天抵達，從日本載運常備兵來換防的船艦，準備撤回日本。船早已升火待發，濃煙冉冉升起，又由濃轉淡。

「這算是退潮了嗎？後人又將如何書寫這些事呢？」田中衛吉望著琅嶠灣周邊不斷湧起的浪潮喃喃自語。又沒來由想起廈門那個女子手抄本上的漢字。

他笑了，心裡一陣苦澀。

---

1 一般簡稱「北京專約」。

十一、巴沙佛達

一八七五年（同治十四年）二月，恆春。

「這裡改名叫恆春了。」

「恆春？」

「什麼意思？」

「百朗話語的意思是說，這裡一整年都不冷也不熱的。」

「都不冷也不熱？哇哈哈，這些百朗的官員穿那麼多的衣服，哪裡知道冷不冷熱不熱。還有，這裡是猴洞社，他們要改名稱有沒有問他們大族長的意思呢？」

「唉唷，你問我這個幹什麼？我只是聽說這樣，我怎麼會知道這其中有什麼緣由呢？

更何況猴洞社都被趕到東邊了，他們能有什麼意見啊。」

幾個築城的工人挑土搬石塊的空檔說話著，他們是鄰近幾個部落的居民，其中包括豬勞束所屬聯盟最南部的幾個社，應豬勞束族長朱雷．卓杞篤的號召，由任文結統一調配支援恆春城的興建。

去年十二月二日，日本人由社寮、龜山撤軍，當晚營區隨即被社寮附近的居民劫掠焚燒。第二天，清國官員周有基隨即與豬勞束族長朱雷以及任文結見面，提及築城的勞役雇用與派遣。

「這些事你又是聽誰在胡說八道呢？」

「誰胡說八道？我聽四林格社的阿帝朋說的。那，他在那兒。」說話的人指著猴洞社的方向幾棵大葉欖仁樹下交談的兩個人。

「如果是阿帝朋說的，這件事大致就是事實了，可是為什麼好好的一個地方要改名字？而且那些日本人剛走，這些百朗的官員忽然變得很敢說話，敢直接到這裡來，又要我們工作？真想不透啊。」

搬泥石的工人想不透，大葉欖仁樹下的阿帝朋與任文結，也有不同程度的不解。

「這座城一旦蓋完，百朗的官府就永遠在這裡扎根，日後我們恐怕處處要受他們牽制了。」阿帝朋說。這一回四林格社也應朱雷邀約派人參與建城工程。

「阿帝朋啊，我的好兄弟，這些憂慮我們也不曾停止思慮過。經過這一次日本人的事件，百朗的官府似乎有了改變，聽說在台灣府已經蓋了一座城堡，要防止洋人從海上進襲。在這裡，要我們興建這個城，聽說也有這樣的功能，防止其他外國的勢力進入。日後，我們一定會受到影響。」陽光刺眼，任文結瞇著眼睛，仰著頭看著高他一個頭的阿帝朋說：「唉，實力懸殊啊，我們實力太薄弱、懸殊，誰也不想重蹈牡丹社的老路，聽說百朗的官府，這一次集結了幾萬人的軍隊，日本才被迫撤退的。」

「幾萬？這個萬是什麼意思？你剛剛念的是百朗的話語嗎？」

「萬是百朗的數字說法，一萬就是一百個一百。」

「哈哈，我忘了你的家族是統埔的人。唉，真希望有機會去證實一下，日本人跟百朗的官府談什麼？那些傳說的軍隊調度又是怎麼回事？」

「會的，你會的，依你阿帝朋的個性，你一定會找機會證實的。」

「只是想起來，還真叫人感到卑微啊，我們琅嶠這麼多社，居然也還只是他們這些人談話交換的禮物啊。連發表一下我們想法的機會也沒有。」阿帝朋說。

「唉，實力懸殊啊。」任文結又重複了這句。

「等等，任文結，你幫我看看，那個走來的人是卡嚕魯嗎？」阿帝朋伸手指向「出火口」方向的小徑，那裡正有一個人朝他們走來，還不時遮陽遠眺搜尋。

「嗯，是卡嚕魯，這個時候來有特別的事嗎？都半年了，高士佛社應該也遷地重建得差不多了吧！」

「在百朗的九月，就重建好了。」阿帝朋說。

「咦？你知道得很清楚啊。」

「呵呵，你忘了，我在牡丹社跟著幫忙啊，高士佛的事自然知道一些。」

「你不氣卡嚕魯了？」

「啐，兄弟一場，沒有過不去的事。想想，他也沒有錯，就算高士佛留下戰到最後一人，我們也擋不住那些日本人，只有增加雙方的傷亡，沒什麼意義的。如今，所有的事已經完全改變了，計較那些也沒什麼意思了。」阿帝朋邊說邊舉起手往卡嚕魯的方向招呼。

「阿帝朋，你這話說的，好像也註解了我們下十八社的命運，或者，我們一直就是這樣，不管我們最初是不是願意那樣。」

「唉，實力懸殊啊，你說的。」阿帝朋說完，兩人大笑了。

「喂，你們是在說我吧？看你們笑的。」卡嚕魯走來了，遠遠看見阿帝朋與任文結說笑，感覺心裡輕鬆多了。

「怎麼來了？好久不見你啊。」任文結說。

「我……」卡嚕魯開口，眼睛一碰到阿帝朋，又支吾了。

「怎麼了？看了我一眼你不說話。你說吧，我們是兄弟，過去那些鳥事，都過去了。我們不能有芥蒂疙瘩的。」

「唉，你個阿帝朋，這話你早幾個月說，我也不至於自己折磨自己大半年，你真不夠意思。」卡嚕魯一顆心上的石頭全然放下，說著話，心頭一陣泫然。

「是這樣的，我想結婚了。」卡嚕魯說著，因為害羞，目光不自覺的移向一旁。

「啊？」阿帝朋與任文結異口同聲，大表驚訝。

「我說我要結婚了，你們啊什麼？有這麼驚奇嗎？」

「是柴城那個傳說的『卡嚕魯的布條』的百朗女人？」任文結問。

「是統埔的林豬母。」阿帝朋說。

「啊？」這回是任文結與卡嚕魯同時驚訝的看著阿帝朋。

「是吧？」阿帝朋問。

「是！」卡嚕魯說。「但是……家裡長輩反對，部落裡所有老的、年輕的女人都反對。說什麼，高士佛剛重建，無論如何我也應該跟部落女人結婚，增加人口。」

「呵呵，難道娶一個百朗就不能繁衍後代？」任文結好奇的問，他的父親是統埔客家人，娶了豬勞束的婦女。

「這真是個差勁的理由，講起來他們的反對其實也沒什麼理由可言。有人說，萬一我要接任部落大族長，有個百朗的女人當老婆總是說不過去。我還沒表示我要不要接任大族長呢。」

「林阿九贊成把女兒嫁給你嗎？」

「反對，當然反對啊。這段時間，我們經常往來，高士佛重建也少不得要跟他們買賣取得物資，我們可是稱兄道弟親近得不得了，一提起要娶他女兒就堅決的死命反對。我問豬母，林阿九究竟為什麼反對。結果，居然是林阿九不想要有我這等蕃人的後代。」

「哇哈哈，這可有趣了，瑯嶠下十八社以及上十八社的領地，這些百朗有幾個是沒有蕃人血統的後代，這個林阿九也真是有趣。況且，漢人的女人不進宗祠，這哪有後代的問題，我看他是想賣豬吧。」任文結說。

「喂，我可不准你們說豬母是豬啊，那是百朗嘴巴的輕賤，別學啊。」卡嚕魯收起了笑臉。

「唷，你是認真的，好吧，你說說看，你來找我們一定有事，怎麼，要我們幫忙說嘴？」

「嗯，任文結你是統埔的百朗，你去遊說林阿九成功的機會大些，阿帝朋你在我們部落老人間說話有分量，你們倆就看在我們兄弟一場，出面幫我說說話吧。」

「你都這麼說了，這忙是一定要幫的。不過，你確定你的父母一定反對到底？」

「他們說，如果一定要娶，要我乾脆自己成立自己的氏族，取名叫『巴沙佛達』。」

「巴沙佛達？這也可以當氏族名稱？」任文結表情很認真的問。

「沒錯！」

「哇哈哈……」阿帝朋忍不住忽然哈哈大笑。

「巴沙佛達」是勉強、勉為其難的意思。真要接受卡嚕魯迎娶林豬母，對俅入乙夫婦是勉強的事，對高士佛社是勉強，對統埔村的村長林阿九來說也是勉強。假如卡嚕魯、林豬母兩人勉強在一起結婚組家庭，對於來自其他方面的壓力，恐怕也不得不勉強接受某些必要的妥協。阿帝朋大笑可不完全是笑這一件太出乎意料的親事，而是他忽然聯想到整個瑯嶠半島面對如浪濤般，接替輪番而來的強敵所造成的衝擊，以及各社之間關係的改變，那其中存在的「巴沙佛達」。先是日軍，現在是清國，要勉強各社配合與改變，何嘗不是「巴沙佛達」？而各社基於種種現實考量，勉為其難的接受這些原先不該出現的變局，根本就是「巴沙佛達」。那些浪花的掀起、拍岸、碎裂與灘頭的捲退、改變容貌，在更龐大的局勢中，何嘗不也是「巴沙佛達」？

阿帝朋想著，大笑中卻越來越覺得苦澀。瑯嶠半島，不，恆春半島的這一切，已經根本改變。他心裡暗忖而苦澀。

「阿帝朋，你笑得太詭異，太不像你了。」卡嚕魯已然收起笑容疑惑的看著阿帝朋。

「卡嚕魯啊，你記得四年前我們帶領著琉球人進入高士佛社的路上，我們提到你娶柴城女人的事？」

「忘了，怎麼了？」

「我說，你娶了柴城的女人學會織布裁縫，你要為我縫製一套百朗那種輕柔舒適的衣服。」

「啊，我真的那樣說啊？」

「嗯，你要我拿兩隻里古勞[1]皮跟你換。所以，雖然你不是娶柴城的女子，但我仍會到北方那些古老的部落獵場，為你狩獵兩隻里古勞，作為你新婚禮物。」

「啊，你們真是這樣約定啊？好，我來不及參與你們當初的約定，但我今天作證，也允諾，我們一起為你的婚事努力！」任文結興奮的說。

「真的？有你們幫忙，這婚事一定成功。不過，這沒有巴沙佛達？」卡嚕魯睜大了眼問。

「沒有巴沙佛達！」阿帝朋與任文結異口同聲說。

二〇一五年八月二十二日　岡山

1 雲豹。

後記

針尖對麥鋩

前段時間蒐集資料，看見一個有意思的詞——「針尖對麥鋩」。鋩，指刀口的尖端，我猜想，「麥鋩」應該指的是麥子長出穀子時的長鬚，隨穀子成熟而退化成為其外殼的尖刺。我這樣猜想，是因為多年前我曾載著母親與家人，專程去了台中大雅一片小麥田，讓母親重溫童年的麥子記憶。當時，我被麥子外殼那個尖刺扎過手指，如刀尖一樣。

針尖能傷人，麥鋩也能造成傷疼；一個是金屬，一個是植物。當兩樣東西別有用意的擺放在一起相對立，又成為某個地方帶有特定指涉意涵的習慣用語時，其傳遞的恐怕已經不是「針鋒相對」的那樣勢均力敵，反而有一方是針對性、破壞性、壓制性的強勢意味兒。這讓我不自覺地連想起「牡丹社事件」。

一八七四年五月，日本出兵台灣。這是日本明治維新後建立新式陸軍的第一次對外用兵，前後約三千六百名軍人，攜帶現代火砲、後膛槍，猶如鋼刀或鐵杵的直插恆春半島；對手是猶在狀況外的恆春下十八「蕃」社，知道了日本準備攻打的意圖後，倉皇的只剩下牡丹社不足兩百五十名戰士，攜帶長刀、長矛、百餘枝老舊前膛槍堅持應戰。那可是活脫脫的「針尖對麥鋩」啊，金屬與植物的碰撞啊。至於結果如何，其最初的原因為何？那些複雜的政治算計又怎麼了？研究文獻已經多如牡丹溪床上的卵石，只待俯拾。

作為小說創作者，我更關注針尖與麥鋩，那些卑微的，從一開始就被忽略遺忘的，第一線衝撞流血的戰士，他們的容顏、情緒與可能的想法。作為日軍的針尖，那些失業的，代表日本整個時代逝去的流浪武士，有些人槍響刀落魂斷異鄉；作為牡丹社的麥鋩，那些捍衛著部落，始終堅持民族尊嚴的，沒有人記得他們的名字的部落戰士們，或許始終也沒有能理解時代的變局，便長眠山崗從此庇護鄉里。他們有沒有可能彼此相遇，把酒言說生前那一場場血與鐵，聲嘶與力竭的拼鬥，究竟誰的勇氣少一點，槍法差一點，而後彼此訕笑又一起舉杯交臂，一起醉臥溪床或海邊或岩石上？我想像著。

小說寫完了，每一回，我總要誇耀我的小說是「文學史上第一本ＸＸＸ」什麼的。閱讀完了關於一八七一年宮古島人與高士佛社戰士之間，友誼與凶殺的《暗礁》，再閱讀這一回關於一八七四年日本末代武士與牡丹社戰士彼此，敬重與廝殺的《浪濤》，您不覺得嗎？

最後，容我向妻子阿惠表達一點謝意，謝謝她總是容忍我圈圍在書房編織我的小說境域，不事日常勞務，也謝謝「公益信託星雲大師教育基金」應允授權本書的出版，更謝謝印刻的夥伴們，不計營收，促成本書付梓。

二〇一七年八月十一日　岡山

文學叢書 544

浪濤

作　　者　巴　代
總 編 輯　初安民
責任編輯　宋敏菁
美術編輯　林麗華
校　　對　呂佳真　巴　代　宋敏菁

發 行 人　張書銘
出　　版　INK 印刻文學生活雜誌出版有限公司
新北市中和區建一路 249 號 8 樓
電話：02-22281626
傳真：02-22281598
e-mail：ink.book@msa.hinet.net
網　　址　舒讀網 http：//www.sudu.cc

法律顧問　巨鼎博達法律事務所
施竣中律師
總 代 理　成陽出版股份有限公司
電話：03-3589000（代表號）
傳真：03-3556521
郵政劃撥　19785090　印刻文學生活雜誌出版有限公司
印　　刷　海王印刷事業股份有限公司

港澳總經銷　泛華發行代理有限公司
地　　址　香港新界將軍澳工業邨駿昌街 7 號 2 樓
電　　話　(852) 2798 2220
傳　　真　(852) 2796 5471
網　　址　www.gccd.com.hk

出版日期　2017 年 9 月　　初版
ISBN　978-986-387-191-0

定　價　360 元

國家圖書館出版品預行編目資料

浪濤 / 巴代 著；
--初版, --新北市中和區：INK印刻文學，
2017. 9　面；14.8 × 21公分.（文學叢書；544）
ISBN　978-986-387-191-0（平裝）
863.857　　106014236